Marina Zwetajewa

Briefe an Bachrach
und
Ausgewählte Gedichte

Briefe und Gedichte
ausgewählt und übertragen
von
Irmgard Wille

Herausgegeben
von
Siegfried Heinrichs

Oberbaum Verlag

Für Elke von Irmgard

Erstveröffentlichung
(der deutschen Übersetzung)

Oberbaum Verlag GmbH
Taschen-, Kunst- und Sachbuchverlag
Pannierstraße 54
D-1000 Berlin 44
Telefon 030 / 624 69 21

Satz: Oberbaum Verlag GmbH
Druck: Fuldaer Verlagsanstalt GmbH
Fotonachweis: Umschlag, Titelfoto: Marina Zwetajewa, Paris, 1925
Innenklappe vorn: Marina Zwetajewa, 1911 (Detail)
Umschlagrückseite: Marina Zwetajewa, Zeichnung von A. Bilis, 1930
Innenklappe hinten: Marina Zwetajewa, Paris, 1925

Der Verlag dankt für die Genehmigung zur Abbildung.
Russischer Originaltext: Gedichte: Marina Zwetajewa,
New York, 1980–1983, Band 1–3, Russica publishers, Inc.
– Stichotworenija i poemy v pjati tomach –
Briefe an Bachrach: Zeitschrift „Mosty",
(V, 1960, S. 299–318 u. VI, 1961, S. 319–346)
Verlag: Izd(atel'stvo) Central'nogo Obedinenija
politiceskich emigrantov iz SSR, München

ISBN: 3-926409-54-1

Briefe an Bachrach

und

Ausgewählte Gedichte

Dem Andenken an Marina Zwetajewa

Düster ist der Tag, will sich nicht neigen.
Trostlos fließt des Regens grau Gerinn
vor der Haustür an der Treppe Steigen
und in meine offnen Fenster hin.

Es ertrinkt in ihm entlang den Wegen
hinterm Zaun der Park, und dumpf und schwer,
wie sich Tiere in die Höhle legen,
schweben Wolken ordnungslos umher.

Und ein Buch träumt mir am düstern Tage,
das die Welt und ihre Schönheit preist,
und auf seine erste Seite male
ich für dich des Waldes bösen Geist.

Ach, Marina, schwer ist es nicht eben,
und es ist schon lange an der Zeit,
deinem schon vergessnen Staub zu geben
her von Elabuga das Geleit.

Deiner Überführung hohe Feier
habe ich im letzten Jahr bedacht
bei Barkassen, die in Schneefalls Schleier
tief im Eis den Winter zugebracht.

***

So schwer ist bis zu dieser Zeit
für mich dein Totsein zu erfassen,
wie zwischen hungernden und blassen
die reiche Frau im Festtagskleid.

Was kann ich Gutes dir erzeigen?
Ich bitte dich, o sag' es mir!
Es bleibt aus deines Fortgangs Schweigen
ein stummer Vorwurf für uns hier.

Voll Rätsel sind Verluste immer.
Ich suche fruchtlos, voller Not.
Doch Antwort wird dem Fragen nimmer:
So schemenhaft bleibt uns der Tod.

Dem Selbstbetruge schon zum Raube,
bleibt nur ein Schatten, was man sagt.
Ein Zeichen gibt uns nur der Glaube
an Auferstehung aus dem Grab.

Der Winter gleicht den Totenklagen
in einem reich geschmückten Saal.
Korinthen in die Dämmrung tragen,
ein Guß von Wein: ein Totenmahl.

Ein Schneetuch deckt die Stadt wie Leichen,
ein Apfelbaum steht tief verschneit.
Auf deinem Grabstein sind die Zeichen
so groß wie Jahre aufgereiht.

Du strebst zu Gott aus Erdentagen,
ihm ist dein Antlitz zugekehrt,
wie einst, da man dir auf dein Fragen
des Daseins Sinn noch nicht erklärt.

Boris Pasternak
1942

Vorwort

Alexander Bachrach
Briefe von Marina Zwetajewa

„Ame pour qui la mort fut une guérison“[1]

Diese Briefe von Marina Zwetajewa lagen fast vierzig Jahre lang ungenutzt da und blieben nur dank einem fast wunderbaren Zusammentreffen von Umständen unversehrt erhalten. Sie sind zweifellos von einem gewissen Interesse – nicht so sehr zur Wiederherstellung der Gestalt der Dichterin wie zur Charakteristik eines Menschen, zur Bewertung ihrer Anschauung von Literatur, von ihrem eigenen Schaffen, vielleicht sogar vom Leben. Es gibt nicht oft Fälle, wo die Briefe vollständiger die Persönlichkeit eines Dichters offenlegen als seine Verse. Das bezieht sich zweifellos auch auf die Zwetajewa. Die Sammlung ihrer Briefe wird, wenn sie einmal veröffentlicht wird, zusammen mit ihrer Prosa einen der – in ihrer Einmaligkeit – bedeutendsten Teile ihres literarischen Erbes bilden.

Beim Lesen dieser Briefe muß man sich aber daran erinnern, daß sie zu Beginn der zwanziger Jahre, in der „Morgenröte der Emigration“ geschrieben wurden. Viel Wasser verfloß in diesen vierzig Jahren, vieles veränderte sich nicht nur auf den Landkarten, sondern auch im Bereich der menschlichen Beziehungen, in der Wahrnehmung der uns umgebenden Realität, in der Einschätzung vieler literarischer Erscheinungen. Es veränderte sich auch der Sinn vieler, sogar der scheinbar alltäglichsten, gewöhnlichsten Worte.

Darum muß man, wenn man sich mit dem brieflichen Vermächtnis der Zwetajewa bekannt macht, immer auch korrigierend auf das Datum schauen. Im Munde der Zwetajewa, unter ihrer Feder hatten viele Worte nicht den oder nicht ganz den Sinn, den wir ihnen jetzt verleihen.

In der Epoche, in der diese Briefe geschrieben wurden, trennte nur ein kurzer Zeitraum die Zwetajewa von Rußland. In Europa war sie noch gleichsam ein „Neuling" und barg noch eine Ladung von Moskauer Luft in sich. Sie hatte sich damals noch nicht von der besonderen Atmosphäre der Moskauer literarischen Zirkel der vorrevolutionären „Vorabend"-Epoche freigemacht, und die freudlosen Eindrücke der ersten Jahre der russischen Revolution hatten sich noch nicht in ihr verwischt. Die Zwetajewa hatte ihrem Alter, aber auch ihrem literarischen Geschmack nach keinen Anteil am russischen Symbolismus, aber sie – diese verspätete und nicht zur rechten Zeit geborene Romantikerin – wuchs in einer Luft auf, die noch durch und durch von symbolistischen Strömungen durchdrungen war, und wurde literarisch von ihr geformt. Von der jüngeren Generation der Symbolisten wurde sie – sogar ohne ihre Bestrebungen zu teilen – von ihrem Verhältnis zum Wort angesteckt, richtiger, zu der Tatsache, daß jedes Wort einige verschiedene Bedeutungen haben kann, von denen viele schon verloren und kaum wiederherstellbar sind. Auf jeden Fall sind diese zweiten oder dritten Bedeutungen in keinem Wörterbuch zu finden.
Das zweite, was man beim Lesen der Briefe der Zwetajewa im Auge haben muß, ist der historisch-geographische Hintergrund, vor dem sie geschrieben wurden. Die hier abgedruckten Briefe schrieb die Zwetajewa vorwiegend aus Prag oder aus irgendwelchen mährischen Krähwinkeln und adressierte sie nach Berlin, das sie zuvor einige Male besucht hatte. Das Berlin dieser zwanziger Jahre war eine paradoxe und unwiederholbare Erscheinung. In gewisser Weise war das eine noch fantastischere Stadt als die, die E.T.A. Hoffmann ein Jahrhundert zuvor beschrieben hatte.
Es war die sogenannte „Epoche der Inflation". Der beispiellose Sturz der deutschen Mark berührte, als er zu Millionen und Milliarden führen mußte, jeden Bewohner, den alteingesessenen und den zufälligen, und in jedem erweckte diese erzwungene Äquilibristik durch

ihre ungewohnten Ziffern die Notwendigkeit, nicht nur den heutigen Tag, sondern auch die gerade laufende Stunde zu leben. Die allgemeine Unbeständigkeit der wirtschaftlichen, teilweise auch politischen Situation der deutschen Hauptstadt spiegelte sich in der ganzen Lebensform wider – sowohl in der Lebensweise wie in der Existenz. Alle und jeder und insbesondere die russische literarische Emigration (die, nebenbei gesagt, in diesen Tagen sehr zahlreich und reich an bedeutenden Namen war) waren gleichzeitig und unter verschiedenen Gesichtspunkten sowohl Millionäre wie Bettler. Das gefundene Freiheitsgefühl berauschte noch viele, und noch wenige gaben sich Rechenschaft davon, daß sie ihre Seßhaftigkeit verloren hatten, die Möglichkeit, in ihrem gewohnten Beruf zu arbeiten.

Emigration . . . Eben dieser Begriff hatte, besonders in bezug auf literarische Kreise, damals einen etwas anderen Inhalt als heute. Gemäß der in jenen Tagen üblichen vulgären Formel wurde Berlin als „die Hauptstadt der russischen Zerstreuung“ angesehen. In dieser Hauptstadt – oder, richtiger, auf dieser russischen Insel, entstanden und zerplatzten eins nach dem anderen irgendwelche von der Realität losgerissene, im scharfen Gegensatz zum gesunden Menschenverstand befindliche, mit irgendwelcher „Buchhalterei“ behaftete russische Unternehmen – kommerzielle, kulturelle, kurz, von jeder Art. Wenn irgendein Statistiker, der viel Zeit hat, einverstanden wäre, die Zahl der ephemeren russischen Verlage, die in diesen Tagen in Berlin entstanden, die Zahl der russischen Bücher, die damals von diesen Verlagen herausgegeben wurden, zusammenzuzählen, dann würden diese Berechnungen so unwahrscheinlich erscheinen, daß niemand ihnen glauben würde. Mit Berechnung auf was wurde diese ungeheure Arbeit durchgeführt? Auf die Masse der emigrierten Leser? Auf einen Absatz in Rußland? Um sich mit irgendwas zu beschäftigen? Oder überhaupt ohne jede Berechnung und einfach zu dem Zweck, die Kontinuität der russischen Kultur zu bewahren? Auf diese Fragen eine Antwort zu geben, ist schwer. Aber im Rückblick stellt sich all das als nichts anderes dar als ein kommerzieller (vielleicht aber auch nicht nur kommerzieller) Don-Quichotismus.

Gleichzeitig entstanden damals in Berlin verschiedene, aber ebenso kurzlebige literarische Einrichtungen und Organisationen, in der Art des „Hauses der Künste", des „Klubs der Schriftsteller", um sich nur an einige zu erinnern. In ihnen, in separaten Sälen der Berliner Cafes versammelten sie sich an bestimmten Tagen, diskutierten, hörten zu, hielten Vorträge und lasen neue Gedichte. Sie lasen mit Begeisterung und hörten mit Aufmerksamkeit zu. Waren doch die Leser und die Zuhörer („die anderen gab es schon nicht mehr, diese aber waren ferner"[2]) damals vierzig Jahre jünger!

Zwischen den aus Rußland zugereisten Literaten und denen, die sich entschlossen hatten, es für immer zu verlassen, existierten noch keine Grenzen – keine „eisernen" oder anderen Vorhänge. Auf diesen literarischen Versammlungen konnte man neben den „ehrwürdigsten" der emigrierten Schriftsteller, freiwilliger wie gezwungener (gerade damals war eine zahlreiche Gruppe von Schriftstellern, Philosophen und Gelehrten aus Rußland ausgewiesen worden), Andrej Belyj, Majakowskij, Jessenin, Pilnjak und Pasternak treffen; man konnte das hitzige Wortgefecht von Viktor Schklowskij, die giftigen Anmerkungen von Chodasjewitsch, das „appetitliche" Vorlesen Alexej Tolstojs – mit outriert moskauischem Akzent – hören; man konnte das ironische Lächeln von Ehrenburg einfangen, das wollüstige Schmatzen des alten Minskij beobachten, der irgend jemand von seinen Begegnungen mit Dostojewskij erzählte. Man kann nicht alle aufzählen, aber anscheinend „hielten sich alle dort auf".

Aber an den Abenden versammelten sich im Cafe und Restaurant „Prager Diele"[3], das dank Andrej Belyj in die russische Literaturgeschichte einging – er hatte in einem seiner spitzen und polemischen Artikel den Neologismus „Prager-Dielieren" geschaffen –, unter dem ständigen Vorsitz von Ehrenburg von neuem die Schriftsteller und ihre Verleger. Sie saßen dort bis spät in die Nacht, diskutierten noch und noch, besprachen neue Bücher, neue literarische und editorische Pläne, machten sich mit den Neuankömmlingen aus Rußland – Flüchtlingen und „Touristen" – bekannt. Hier entstanden denn auch stürmische oder flüchtige Liebesbeziehungen, und hier auch lösten sie sich oft, nicht weniger stürmisch.

Es kann seltsam und fast unverständlich erscheinen, daß die Politik, die jetzt auf uns lastet, Freunde entzweit und Menschen einander näher bringt, die scheinbar gar keine Berührungspunkte haben, bei all diesen Menschenaufläufen fehlte. Nicht, daß sie absichtlich aus den Gesprächen vertrieben wurde – nein, sie wurde einfach aus dem Kreise der nächsten Interessen ausgeschlossen. Das Erscheinen eines neuen Gedichtbandes der Achmatowa oder Mandelstams schien zweifellos ein wichtigeres Ereignis zu sein als jede beliebige politische Erschütterung.

Es ist natürlich, daß das Leben in dieser kleinen illusorischen Berliner Welt, die „nicht von dieser Welt" war, die Zwetajewa sowohl anzog wie abstieß, sie, die in dem soliden, wie es damals schien, gesetzten, etwas langweiligen und hinlänglich provinziellen Prag seßhaft geworden war, das in jenen Tagen der andere Pol der russischen Emigration war. Auch in Prag fanden russische Literaten und Gelehrte eine Zufluchtsstätte, und in noch größerer Anzahl russische Studenten, die die Universität – nicht von der Schulbank her, sondern nach langen Jahren Militärdienstes – bezogen. Man lebte in diesem „Goldenen Prag" ruhiger und sorgloser dank der Großzügigkeit der Regierung von Masaryk, der bestrebt war, auf solche Weise die russische Kultur im Ausland zu bewahren. Aber was sollte in diesem „Zentrum von Mäßigkeit und Akuratesse" die Zwetajewa tun – mit ihren ständigen Aufschwüngen und Abstürzen, mit ihrem ständigen Suchen und Sich-in-Sackgassen-Verirren? Dadurch erklärt sich auch ihr ständi-

ges, erregtes Interesse an dem russisch-berlinischen literarischen Ameisenhaufen, seine unaufhörlichen Erwähnungen in ihren Briefen, ihr Hang dorthin, der nicht immer gerechtfertigt erscheinen kann.
Aber außerdem schimmert in diesem Briefwechsel noch ein anderer Wesenszug von Marina Zwetajewa durch. Die beigefügten Briefe oder, genauer gesagt, die Auszüge aus ihnen können als ganz besonders persönlich, übermäßig intim erscheinen, als etwas in der Art eines Briefwechsels von Verliebten, der eigentlich nicht einer Veröffentlichung unterliegt. Aber das ist nur der erste und kaum richtige Eindruck.
In seinem Vorwort zu einem Prosabuch der Zwetajewa hat F.A. Stepun, als er von Liebesgedichten der Zwetajewa sprach, bemerkt, daß „sie niemals Liebesgedichte so schreibe, als ob ein Mann sie anschaue". Aber andrerseits – so fügt Stepun hinzu – entsprach sie auch nicht der Forderung von Blok – „und schrieb ihre Verse auch nicht so, als ob Gott sie ansehe. Die Zwetajewa schrieb ihre Verse unter den Augen von Puschkin und Goethe, Hölderlin und Rimbaud". Es ist keine Übertreibung zu sagen, daß sie so wie ihre Verse, genauso, unter demselben „Druck", mit ebensolcher Anspannung und vielleicht mit demselben Fehlen allen Maßes auch ihre Briefe schrieb, die immer ein Akt literarischen Schöpfertums waren. Und die einzige Korrektur, die ich der Bemerkung Stepuns hinzufügen möchte, ist, daß ich dem von ihm angebrachten Verzeichnis noch zwei Namen hinzufügen möchte: einerseits Rilke, andrerseits Rostand – o weh, Rostand. Diese ihre jugendliche Begeisterung für diesen schon halb vergessenen Dichter, die Leidenschaft für das Klingende seiner Verse, für seine theatralische Pathetik – für eine gewisse innere Theatralik überhaupt – hat sich die Zwetajewa fast unbewußt bewahrt; sie hat das selbst nicht bemerkt oder sich bemüht, es nicht zu bemerken.
Was auch immer die Zwetajewa von sich selbst gesagt und geschrieben hat, sie blieb immer eine Dichterin, eine große und originelle Dichterin, aber zugleich hörte

sie niemals auf, eine „Literatin“ zu sein. Die Literatur erfüllte sie über und über, war das hauptsächliche, wichtigste Interesse in ihrem Leben, ihre „raison d'etre“ [4] und gleichzeitig der Ursprung all ihrer persönlichen Tragödien. Ob sie in der Dauer ihres Lebens viel, ob sie wenig geliebt hat, das ist letztenendes nicht so wesentlich. Wichtiger ist, daß sie ihre Liebe liebte. „Amavi amare“[5] – könnte sie die Worte des Seligen Augustinus wiederholen. Der Mensch, dem im einen oder anderen Moment ihre Gefühle zustrebten, war ihr weniger wichtig als das Verströmen dieser Gefühle aufs Papier – in Worten, in Zeilen. Hier schematisiere ich natürlich ein wenig. Die Menschen, zu denen sie tiefere Beziehungen unterhielt, „erfand“ die Zwetajewa, sie erschuf sie in ihrer Phantasie, schuf sie in ihrer Laune, wobei sie kaum mit ihrer wahren Natur rechnete. Sie erdachte sie für sich – und nur für sich allein, wobei sie sie nach ihrem Ermessen mit übermenschlichen Tugenden oder dämonischen Lastern ausstattete. Die wiederholte Tragödie (oder Tragikomödie) ihres Lebens bestand darin, daß in irgendeinem Augenblick das Schicksal oder, richtiger, die Umstände diesen vorgestellten Menschen mit der Realität zusammenstoßen ließen, und daß auf dieser Prüfung sowohl der Schöpfer als auch sein Geschöpf „einbrachen“. Dieser Widerspruch war umso tiefer, als die Zwetajewa genau genommen niemals weder sich selbst noch andere belog. „Die einzige Verpflichtung des Menschen auf der Erde ist die Wahrhaftigkeit des ganzen Wesens“, behauptete sie, und dieser Verpflichtung wurde sie niemals untreu. Eben darum kamen all ihre „Erfindungen“, alle ihre anscheinend ketzerischen Aussagen *ad hoc* über Menschen und Dinge (Urteile, die sie am nächsten Tag vergessen konnte) in jedem gegebenen Augenblick aus dem Herzen. Sie waren höchst aufrichtig, blieben aber immer ein Teil ihrer – gemäß der ungeschickten modernen Terminologie – „literarischen Produktion“.

Diese erhalten gebliebenen Blätter Papier, voll geschrieben mit ihrer winzigen, perlenhaften, eigenwilligen Handschrift, muß man darum hauptsächlich oder eigentlich ganz als einen nach klassischen Vorbildern (wenn auch in der besonderen Brechung der Zwetajewa) geschaffenen „Roman in Briefen" oder, richtiger, als eine „Novelle in Briefen" betrachten. Wahrscheinlich liegt darin auch ihr hauptsächliches historisch-literarisches Interesse beschlossen, das es von vornherein nicht erlaubt, irgendwelche anstößigen, für niemanden notwendigen und nichts erklärenden Schlüsse zu ziehen. Diese Briefe, meine ich, ergänzen durch einen neuen und vielleicht charakteristischen Zug das Bild der Zwetajewa als Mensch. Darin liegt die Rechtfertigung für ihre Veröffentlichung.

Und zum Schluß noch eins. Wir kennen sehr wenige Einzelheiten über ihre letzten Tage. Wir wissen nur, daß sie ihrem Leben bald nach ihrer Rückkehr in die Sowjetunion ein Ende setzte. Wir kennen annähernd das Datum ihres Selbstmords. Darauf beschränken sich eigentlich unsere Kenntnisse. Wir wissen nicht und werden niemals erfahren, *was* der letzte Anstoß zu diesem schicksalhaften Schritt war. Familiäre Unstimmigkeiten? Die drückende Luftleere des sie umgebenden Milieus? Ein gewisses Scherbengericht, dem sie so oder anders nach ihrer Rückkehr in die Heimat unterworfen werden konnte? Das Bewußtsein ihrer sozialen Isolierung? Mit größter Wahrscheinlichkeit kann man annehmen, daß es viele Ursachen für diesen letzten, nicht mehr zu korrigierenden Schritt gab.

Aber außer den aufgezählten gab es, glaube ich, noch eine, die für sie sehr schwerwiegend war. In ihrem Kasansker halben Verbannungsort begriff die Zwetajewa ohne jeden Fehler, daß sie aufgehört hatte, das zu sein, was sie ihr Leben lang gewesen war, eine Literatin. Sie begriff, daß sie im Schema des sowjetischen Lebens – um nicht zugrunde zu gehen – blind diesem Leben folgen, mit ihm im Gleichschritt gehen mußte. In ihrer bettelarmen und auf andere Weise vereinsamten Pariser Zeit konnte sie gleichzeitig in ihrem Meudon wohnen

und zwischen Himmelsbewohnern leben, umgeben von einer von ihr selbst geschaffenen Mythologie. Ungeachtet aller materiellen Entbehrungen, aller persönlichen Erschütterungen konnte sie in vorgestellte Welten, in Welten ihrer Phantasie entschweben. Dort, in Kasan, stellte sich heraus, daß ihr die Flügel gestutzt waren. Die Welt war auch für sie eindimensional geworden. Vielleicht führte gerade diese Notwendigkeit, der Norm zu folgen, sich nicht aus der Masse hervortun zu können, zu sein wie alle, zu dem tragischen Ausgang einer nicht nur bedeutenden Dichterin, sondern auch eines bedeutenden Menschen, der sich niemals mit fertigen Schablonen abfinden, nicht in einer Welt der Routine leben und abgedroschene Wahrheiten predigen konnte. Einzelne Sätze in ihren Briefen klingen jetzt wie schicksalhafte Vorahnungen.
Und dachte sie nicht letztenendes an sich selbst, als sie schrieb:

„Mit allen Foltern hat man es nicht herausgerissen!
Und daß es bekannt werde – *dort*:
Die Ärzte werden uns im Leichenschauhaus
an unseren maßlos großen Herzen erkennen."

Alexander Bachrach

Alexander Bachrach war ein junger russischer, in Berlin lebender Literaturkritiker, der eine Rezension über Marina Zwetajewas Märchen „Die Zarenjungfrau" geschrieben hatte.

Mokropsy, 9. Juni neuen Stils 1923.

. . . Ich weiß nicht, ob es üblich ist, auf eine Kritik anders zu antworten als mit beißenden Bemerkungen – und im Druck.
Aber Dichter ordnen sich nicht nur keinen Riten unter – sie schaffen sie! Erlauben Sie mir jetzt, in diesem Brief den Ritus der Dankbarkeit zu bekräftigen: dem Kritiker – des Dichters. (Ein ziemlich seltener Fall, um nicht zu sehr die Anhänger zu berücksichtigen!)
Ich liebe keine Kritik, ich liebe keine Kritiker. Sie machen auf mich im besten Fall den Eindruck von Dichtern, die keinen Erfolg hatten und darum erbost sind. (Und wie oft schreiben sie abscheuliche Verse!) Aber ihr Lob ist für mich noch weniger annehmbar als ihr Tadel: fast immer *daran vorbei, nicht für das*. So ist es z.B. gerade jetzt in den Zeitungen: Indem man mich lobt, lobt man nicht mich, sondern Ljubow Stolica[6]. Wenn ich ihre Adresse wüßte, würde ich ihr alle diese Ausschnitte schicken. *Das bin nicht ich.*
. . . Sie wählen die seltenste Annäherung zwischen Photographie (die immer lügt!) und Abstraktheit. Sie nehmen jenes Mittlere, was denn auch das Wesen des Dichters ausmacht: eine gewisse umgestaltete Wahrheit der Tage. Sie sind höflich, außerhalb von Familiarität: beständig auf „Sie". Sie haben einen guten Geschmack: nicht „Dichterin" (ein Wort, das für mich halb ehrwürdig ist), sondern Dichter.
. . . Ich, die ich mit Versen lebe seit – – ja, seitdem ich geboren bin! – erfuhr erst in diesem Sommer von meinem Verleger Helikon[7], was ein Trochäus und was ein Daktylus ist. (Den Jambus kannte ich von der Bezeichnung des Buches von Blok, aber den Vers definierte ich als „Puschkinsches Versmaß" und „Brjussowsches Versmaß"). Ich lebe – und schreibe infolgedessen – nach dem Gehör, d.h. auf Treu und Glauben, und das hat mich niemals betrogen. Wenn ich einmal einen Fehler gemacht hätte, wäre ich als *Ganze* nichts wert!

– Was noch? – Ach, vielleicht die Hauptsache! Herzlichen und unendlichen Dank Ihnen dafür, daß Sie aus mir keinen „style russe“ gemacht haben, sich nicht durch den Anschein täuschen ließen, daß Sie als *einziger* von allen, die in letzter Zeit über mich schrieben, endlich dem *WESENTLICHEN* Beachtung schenkten, dem, was außerhalb der Nationen ist, was über der Nation ist, was (denn alles wird vergehen!) bleiben wird.

– Aber was ist das für ein „Handwerk“?[8] Etwas Liedhaftes, natürlich. Sinn, Sorge und Freude meiner Tage. Bei K. Pawlowa[9] gibt es die erstaunliche Formulierung:

„O du, das auch die Gotteslästerung
in der Kirche nicht berühren konnte –
mein Mißgeschick, mein Reichtum,
mein heiliges Handwerk!“

Dieses Epigraph habe ich verschwiegen, da ich, meiner Gewohnheit gemäß, dem Leser nichts *erleichtern* wollte, weil ich den Leser *ehre*.

. . . Und noch eine Bitte: Finden Sie mir einen Verleger für meinen Prosaband „Irdische Kennzeichen“, – Moskauer Aufzeichnungen von 1917 bis Ende 19. Hier ist Moskau, die Revolution, die Lebensweise, meine Tochter Alja, meine Träume, Gedanken, Betrachtungen, Begegnungen – eine Art Tagebuch der Seele und der Augen. Es ist ein großes Buch: etwa 450 Druck*seiten* großen Formats. (Wieviele Bogen?) *Die Riffe dieses Buches* sind: Konterrevolution, Haß auf die Juden, Liebe zu den Juden, Verherrlichung der Reichen, Bloßstellung der Reichen, bei unzweifelhafter Zugehörigkeit zur Weißen Garde – ein voller Tribut des Entzükkens an einige untadlige noch lebende Kommunisten. Ja, und noch: eine *heftige* Liebe zu Deutschland und Verspottung des Bullenpatriotismus' (der Russen!) im ersten Kriegsjahr.

Mit einem Wort: Der Verleger muß, wie mein eigener Käfig in der Brust, alles aufnehmen. Hier sind alle verletzt, alle beschuldigt und alle gerechtfertigt. Das ist

ein Buch der WAHRHEIT. – – – Da. – – –
. . . Dieses Buch werden (mit den Zähnen!) alle zerreißen . . . alle außer den Echten, Unvoreingenommenen, die wissen, daß DIE WAHRHEIT EINE ÜBERLÄUFERIN IST. Aber solche gibt es wenige.
Ich wende mich an Sie, weil Sie meine Verse zu lieben scheinen, und auch deswegen, weil Sie wahrscheinlich abends in der „Prager Diele" sitzen, wo alle Verleger weiden.
Ich schicke Ihnen meinen aufrichtigsten Gruß und Dank.

Marina Zwetajewa

Mokropsy, 30. Juni 1923

. . . Ein unbekannter Mensch – das bedeutet: alle Möglichkeiten, der, von dem man alles erwartet. Es *gibt* ihn noch *nicht*, er wird erst morgen sein (morgen, wenn es mich *nicht* mehr gibt!) Einen existierenden Menschen überlasse ich allem, was ein Sein hat – meins. (NB: Sie existieren natürlich, aber für mich, den Fremden, gibt es Sie natürlich noch nicht. X beginnt für Y in Sekunde der Begegnung – mag er auch 100 Jahre alt sein!)
Sie schreiben an einen Menschen: Teurer. Das bedeutet, daß ein anderer, Fremder Ihnen teuer ist. Was kann der andere daraufhin äußern? Teuer zu sein – das ist doch nicht unsere Wahl und nicht unsere Eigenschaft und nicht unsere Verantwortlichkeit. Das ist einfach nicht unsere Sache. Das ist – zur gegebenen Stunde – unsere Spiegelung im Fluß, ein passiver (d.h. ein dem aktiven entgegengesetzter!) Zustand. Ich kann aber nicht sagen: „Ich bin keine Teure!" Das ist keine Eigenschaft – ein unverändertes und unveränderbares Wort – ich verwende es auch im Komparativ, z.B. oft, wenn ich von einem Menschen sage: „Er ist solch ein

Teurer!“ (Was, wie mir scheint, alles gerade von mir Gesagte von Grund auf zerstört!)
Ihre Stimme ist jung, das habe ich sofort deutlich gehört. Ich, die gegen die Jugend von Gesichtern gleichgültig und oft sogar feindlich eingestellt ist, ich liebe die Jugend von Stimmen. Das ist ein Epigraph zu einem meiner künftigen Bücher. (Worte, die Ovid der Sibylle in den Mund legte; ich zitiere nach dem Gedächtnis): „Meine Adern versiegen, meine Knochen trocknen aus, aber die STIMME, die *STIMME* läßt mir das Schicksal!“ (Nach dem Mythos bat die Sibylle Phöbus um ewiges Leben, *vergaß* aber, sich ewige Jugend zu erbitten! Keine zufällige Vergeßlichkeit!)
So also von der Stimme; Ihre Stimme ist jung, das rührt mich und macht mich mit einem Mal tausend Jahre alt – eine Art steinerne Mutterschaft, die Mutterschaft eines Felsens. Das Wort hat mich für mein ganzes kurzes Leben irgendwie geätzt und durchdrungen – ich weiß nicht, wie ich es sagen soll. Es gibt solche entblößten Worte. In ihnen ist der Sprechende auf einmal schutzlos, aber die Schutzlosigkeit des anderen macht auch uns schutzlos!
. . . Jetzt vom „Handwerk“ (dem Wort). In der bewußten Welt habe ich recht: Handwerk als Gegensatz zur Fabrikproduktion, Genossenschaft zur Fabrik, die handwerkliche Arbeit des Mittelalters – der Vers der K. Pawlowa usw., aber in der unbewußten haben Sie recht. Nur hantieren Sie nicht mit logischen Argumenten! Das wird Ihnen zu gegebener Stunde nicht heraushelfen. Übrigens, nach dem letzten Ihrer Argumente habe ich mich gesehnt: „Sie verlassen nicht nur stündlich die Grenzen des Handwerks, Sie betreten sie auch nicht“ – das ist entzückend und richtig und macht mich froh. Wollen Sie, daß ich Ihnen sage, worin die hauptsächliche Anfechtbarkeit meiner Bezeichnung besteht? Handwerk setzt eine Genossenschaft voraus; das ist das Prinzip des Chores; über dem Chor muß ein Maestro stehen – ein Meister; der Handwerker muß Kollegen haben – das ist irgendein *Kreis.* Das Empfinden

des Mit- (denkens, -schaffens, -liebens usf.) fehlt mir ganz und gar, ich empfinde auch gegenseitige Liebe (dort wo nur zwei sind!) als Mit-Verbrechen. Ich empfinde auch die Ewigkeit (einen Kreis!) als einen geraden Werst[10]. Durch Ihren *Spürsinn* haben Sie recht! . . .

. . . Es gibt in Ihrem Brief eine Stelle, über der ich nachdenklich wurde, ein kleiner Zusatz, eine „Zufälligkeit". Sie fragen, wo ich in der „Psyche" bin: in Mariula oder in Manon[11] – und: „Wachen – oder Schlaflosigkeit?" Zunächst nahm ich Wachen als Gegensatz zur Schlaflosigkeit an, d.h. als *Schlaf*; aber Schlaf ist Gegensatz zum Wachen; wo ist da die Vergleichung? Und plötzlich – eine Erleuchtung, nein, kein Fehler. Sie sagen genau das, was Sie sagen wollen, diese *Teilungen* des Nicht-Schlafens: Wachen als etwas Willenhaftes und Schlaflosigkeit als etwas Passives (Elementares). Kind, Kind, woher?! Die Menschen wissen: Schlafen (dazu ist die Nacht da!), manchmal: Nicht-Schlafen (Kopfschmerzen, Sorgen) – aber *Wachen*, und noch dazu in Gegenüberstellung zur Schlaflosigkeit . . .
Wäre ich Johannes gewesen, dann hätte mir Christus *nicht gegeben* zu schlafen, sogar wenn er mich ins Bett *gejagt* hätte. Wachen ist als Bedürfnis ein Element der Schlaflosigkeit, das das Flußbett des Wachens entlanggeht – ist Ihnen das klar? Hier meine Antwort. Betreffs des Flusses – sehr gut in der „Psyche"[12]. – Tief. – Bei mir steht irgendwo in meinen Notizen: „Der Dichter braucht kein ‚Gesicht' zu haben, er braucht eine *Stimme*; seine Stimme ist sein Gesicht." („Gesicht" ist hier wie das *Was*, die Stimme ist das *Wie*.) Sonst läuft doch alles auf die Frage des „Themas" heraus. X schreibt über Ägypten, Y über den Tod, Z über das 18. Jahrhundert usw. – Welche Armseligkeit! – Wie ein Hund, der sich dreimal um sich selbst dreht, um sich hinzulegen. Und der Schwanz ist derselbe, und die Streu ist dieselbe, und der Knochen ist derselbe . . . (NB! Ich vergöttere Hunde!)
Ich habe noch eine Bitte an Sie (einstweilen noch keine

geschäftliche!). Schreiben Sie nicht ohne harte Zeichen[13]; das ist ohne Schwanz, das verleiht den Worten mangelnde Überzeugungskraft und dem Leser – Unsicherheit! Schreiben Sie entweder ohne etwas (nach neuer Art!) oder geben Sie dem Wort auch graphisch ein *Sein*. Ich versichere Ihnen, daß kein „Weißgardistentum" dabei ist – bin ich doch mit *Rot* (Schön) schreiben[14] einverstanden –, nur nicht auf „semgorsk-isch" (Bergbewohner der Ebene!)[15], nicht auf „liberale Weise" – schreiben Sie entweder wie Dershawin (mitъ) oder wie Majakowskij! In diesem fehlenden ъ bei Vorhandensein des ѣ – ist solch ein offensichtliches Abkommen!

. . . Schreiben Sie weiter an mich und denken Sie an das eine: Ich eigne mir nichts an. Alles in der Welt, „was sich losgerissen hat", ist meins, vom ersten Adam bis hin zum letzten; daher die völlige Unmöglichkeit, zu *bewahren*. In Ihrem Brief sehe ich nicht Sie an mich, sondern Sie an sich. Ich bin ein zufälliger Zuhörer, ein dankbarer – das will ich nicht verbergen. Machen wir es so: Denken Sie weiterhin laut; ich habe gute Ohren; aber lassen Sie sich von diesen Ohren nicht verwirren und rechnen Sie nicht mit ihnen. Möge ich für Sie jener Seufzer sein – (oder jener Anlaß zu einem Seufzer!), der der einzige Ausweg für alle unsere Ausweglosigkeiten ist.

Marina Zwetajewa

Jetzt erinnere ich mich, erinnere mich dunkel – und das bleibt tief unter uns! –: Als ich beschloß, das Buch „Handwerk" zu nennen, hatte ich irgendein unausgesprochenes, sogar nicht zuende empfundenes Gefühl von Ironie, von Herausforderung.

„Nun, sehen wir doch zu, was für ein ‚Handwerk'!" Und zur Antwort alle Furien der Hölle und alle Scharen des Paradieses!

Mein Liebster, Sie haben zutiefst recht, nur haben Sie sich nicht *so* angenähert, haben die Attacke nicht von dorther geführt. Sie haben den Begriff des *Handwerks*

herabgesetzt, aber Sie hätten die fehlende Übereinstimmung zwischen diesem *hohen* Begriff und seiner unwürdigen Trägerin aufdecken müssen.
Mein Liebster, Sie haben die Intonation erraten, sie haben – auf hundert Werst Entfernung – den Beginn meines ungläubigen Lächelns erblickt. – „Was ist das für ein ‚Handwerk'?!" Ich habe es anfangs nicht erraten, dachte, daß Sie einfach nicht das *HANDWERK DES LIEDES* kennen. Ihre Frage war tiefer als meine Antwort. Sie haben zutiefst recht; ich kann das vor Ihnen nicht verbergen; aber das ist zutiefst zwischen uns. Mögen die anderen glauben und gerührt sein! Und mögen sie darauf – ihr eigenes Handwerk aufbauen! . .

Mokropsy – Prag, 14.–15. Juli 1923

Mein Freund,
. . . Von nichts überhaupt brauchte man zu schreiben: die Feder weglegen, in die Leere eindringen und erzählen (viel erzählen!). Und dann – ein leeres Blatt – und eine erfüllte Leere. Ist das nicht besser?
(Übrigens ist die Leere etwas Unersättliches und wird niemals voll. Darin liegt ihr hauptsächlicher Wert und – für mich – ihre unwiderstehliche Verführung!)
Aber eins läßt mich anhalten: eine gewisse Eigenwilligkeit des Beherrschens, Vergewaltigung, Besitzergreifung.
Erinnern Sie sich, bei Gogol, der böse Zauberer, der die Seele Katerinas zu erscheinen auffordert?[17] Ich bin kein böser Zauberer und ich fordere nicht fürs Böse auf, aber ich fordere auf und ich weiß das und ich will es nicht heimlich tun. Nur das (eine gewisse heil gebliebene Klippe männlicher Ethik!) veranlaßt mich denn auch, die Feder zu ergreifen, richtiger: Es hilft mir, dort, von der ersten Zeile an, die Feder nicht wegzuwerfen!
Ich sage die Wahrheit.

Ich setze den Brief aus Prag fort – aus einem anderen Haus und aus einer anderen Seele.
Ich schreibe in der Arbeitervorstadt von Prag, bei armseliger Restaurantmusik, die zusammen mit dem Rauch ins Fenster eindringt. Das ist entblößtes Leben, hier ist auch Fröhlichkeit – nicht zum Leben, sondern zum Tod. (Übrigens, was ist Fröhlichkeit? Mir ist *niemals* fröhlich zumute!)
. . . Ich habe so viele Worte . . . Das ist ein *Zauberspiel*. Das ist ein vollkommenes Va-banque-Spiel – wovon? –, und da begann ich zu überlegen: Nicht des Herzens; es ist zu klein in meinem Leben! – vielleicht habe ich gar keins, aber es gibt etwas anderes, wovon ich viel habe, was ich niemals vergeuden werde – Seele? Ich weiß nicht, wie es heißt, aber außer ihm habe ich nichts. Und mit diesem „Letzten“ . . .
. . . Haben Sie Träume? Straflosigkeit, Verantwortungslosigkeit des Traums. Sie sind ein Fremder, aber ich habe Sie in mein Leben hineingenommen; ich gehe mit Ihnen auf der staubigen Dorfstraße und auf den rauchigen Straßen Prags, ich erzähle Ihnen (erzähle viel!), ich will Ihnen nichts Böses, ich werde Ihnen nichts Böses tun, ich will, daß Sie groß und wunderbar wachsen und sich, wenn Sie *mich* vergessen haben, niemals von dieser – anderen – *meiner* Welt trennen!
Ist Ihnen das klar? Das ist doch aufs Geratewohl, aber manchmal ist aufs Geratewohl – direkt! Wenn Sie mir antworten: Ich bin nicht groß und wunderbar und werde niemals groß und wunderbar sein, dann werde ich Ihnen glauben.
. . . Ich will von Ihnen ein Wunder. Ein Wunder an Vertrauen, ein Wunder an Verständnis, ein Wunder an Verzicht. Ich will, daß Sie mit Ihren zwanzig Jahren ein siebzigjähriger Greis sind – und gleichzeitig ein siebenjähriger Junge; ich will kein Alter, keine Rechnung, keinen Kampf, keine Barrieren.
Ich weiß nicht, wer Sie sind, ich weiß nichts von Ihrem Leben, ich bin mit Ihnen vollkommen frei, ich spreche mit einem Geist.

Freund, das ist die größte Versuchung; kaum jemand hält sie aus. Imstande sein, nicht auf seine *persönliche* Rechnung das zu setzen, was auf Ihre Rechnung gerichtet ist – auf die ewige. Nicht einer Sache verdächtigen. Keine *Lebensweise* hereintragen. Haben Sie die Tapferkeit, das zu nehmen, was so gegeben wird. Hineingehen in diese Welt – blindlings . . .
Ich war mehr als ein Jahr nicht in Berlin; meine letzten Erinnerungen sind voll von Weinen (wenn ich weinen könnte!) – ich bin in unbestimmtem Streit mit Ehrenburg und in bestimmter Freundschaft mit seiner Frau, woneben mich die Frau Helikons nicht erträgt (all das unter uns) – und, was die Hauptsache ist, ich bin unwahrscheinlich hilflos (äußerlich). All das kompliziert die Ankunft. Ich bin der Blinde, den sich alle Hunde *zulegen*.
. . . Was ist das für ein Wort, das das *Gefühl* vernichten könnte? Ich schreibe ihm keine solche Kraft zu. Für mich sind alle Worte klein. Und die Maßlosigkeit meiner Worte ist nur ein schwacher Schatten der Maßlosigkeit meiner Gefühle. Ich kann nicht umhin, Ihnen mit meinem eigenen Vers (vor einem Jahr, im Juli) zu antworten:

> . . . Es gibt eine Stunde – auf diese Worte!
> Aus den Taubheiten des Gehörs
> klopft das Leben
> hohe Rechte . . .
> Alles liegt an der Stunde.

Aber jetzt ist meine Stunde mit Ihnen zuende.

M. Z.

/Auf der Rückseite/[18]

In der tiefen Stunde der Seele und der Nacht,
die nicht auf der Uhr gezählt wird,
blickte ich dem Jüngling in die Augen,
die in den Nächten noch für niemandem gehörig
gegolten hatten . . . Als doppelte Wehr

– ohne Bewußtsein und bis zum Rande –
ruhende.
– Hier
beginnt dein Leben.

Der ergrauenden römischen Wölfin
Blick, der auf den Zögling blickt – auf Rom!
Träumende Mutterschaft
des Felsens . . .
Es gibt keinen Namen für meine

Verlorenheiten. – Nachdem sie alle Decken
abgenommen hatte – herausgewachsen aus den
Verlusten! –
beugte sich so einst über den Korb
aus Schilfrohr die ägyptische

Tochter . . .

M. Z.

14. Juli 1923.

Mokropsy, 20. Juli 1923

Lieber Freund,
seien wir doch ehrlich: Da ist doch jetzt zwischen uns keine einzige Feindschaft, und ich verbürge mich, daß es, solange Briefe da sind, keine einzige Feindschaft geben wird . . . (Den Körper halte ich durchaus nicht für eine vollberechtigte Hälfte des Menschen. Der Körper ist in der Jugend ein Festkleid, im Alter ein Sarg, aus dem man fortstrebt!)
. . . Sind doch die Körper (unsere geschmacklichen Neigungen) unmenschlich. Die Psyche (die unsichtbar ist!) lieben wir ewig, weil das *Abwesende* in uns liebt –

nur die Seele! Psyche lieben wir mit der Psyche, Helena von Sparta lieben wir mit den Augen (verzeihen Sie das „wir", aber ich liebe Helena auch!) – fast mit den Händen – und niemals verzeihen unsere Augen und Hände ihren Augen und Händen die kleinste Abweichung von der idealen Linie der Schönheit.*
Psyche außerhalb des Gerichts – ist das klar? Helena steht *beständig* vor den Richtern.
Es gibt natürlich eine begrenzte (d.h. – unbegrenzte) Liebe: „Ich liebe dich, wie du auch sein magst". Aber wie muß denn dieses *Du* sein! und dieses Ich, das dieses *Du* sagt. Das ist natürlich ein Wunder. Im Element der Liebe ein Wunder, im mütterlichen Element etwas Selbstverständliches. Aber Mutterschaft ist eine Frage ohne Antwort, richtiger eine Antwort ohne Frage, eine *vollkommene* Antwort! In der Mutterschaft gibt es eine Person: die Mutter; eine Beziehung: ihre; sonst geraten wir wieder ins Element des Eros, wenn auch des versteckten.

* Der *Seelenlosigkeit!*

(Ich spreche von der Sohnesliebe. Können Sie noch folgen?)
Also: Wenn wir bei einer Begegnung (einem Einsatz) ebenso voneinander abgestoßen, vielleicht abweichen werden, wie wir jetzt angezogen werden, dann gibt es zwei Schlüsse: Entweder ist die Seele eine Lüge und die „irdischen Merkmale" sind Wahrheit, oder die Seele ist Wahrheit und die „irdischen Merkmale" sind Lüge; aber Lüge ist eine *Stärke*, während die Seele eine Wahrheits-*Schwäche* ist (Bindestrich!).
Von E/hrenbur/g habe ich mich wegen der Maßlosigkeit der Gefühle getrennt: Seiner prinzipiellen, die mit meiner elementaren zusammenstieß. Ich forderte ein ungeheuerliches Vertrauen und Verständnis *zum Trotz* (der Offensichtlichkeit, indem ich ihn in die Abwesenheit fortschickte!)[19]. Er – was forderte er? Er war einfach empört und versteifte sich auf Unverständnis.

Wollen Sie ein Beispiel? Menschen von seiner Natur, mit geschärftem – und teilweise fehlerhaftem – Denken, sind sehr elementar in ihren Gefühlen. Ich habe Denken und Gefühl, Wort und Tat, Ideologie und Natursystem – allesamt verschiedene und allesamt sich bekämpfende Welten. „Mit dem Denken verstehe ich das, mit dem Herzen nicht!“ „Ich liebe eine Sache in der *Idee*, aber ich hasse sie auf dem Tisch.“ – „So hassen Sie sie auch in der Idee!“ – „Nein, denn mein Haß auf sie, auf dem Tisch – ist Schwäche!“ – „Ist es nicht umgekehrt?“ Ein hinterlistiges Lächeln und: – „Ich weiß nicht.“

Ich hatte bei ihm immer das Gefühl, daß er alles Wertvolle in sich für eine Schwäche hielt, die er liebte und sich verzieh. Meine „Tapferkeiten“ spielen bei ihm die Rolle von Schwächen, alle meine Pluszeichen (d.h. alles was ich liebe und verbissen verteidige) waren für ihn nur *verziehene* Minuszeichen. – Ist Ihnen das klar? – Da er sich die lebendige Seele verzieh, verzieh er sie auch mir. Aber ich wollte solch eine Verzeihung nicht. Wie es mit Frauen ist: Sie betrachten ihre Fehler mit Vergnügen und verzeihen ihnen: „Liebe Kinder!“ Ich wollte kein liebes Kind sein, kein romantischer Monarchist, kein monarchistischer Romantiker – ich wollte *sein*. Und er *verzieh* mir mein Sein!

Das ist die Hauptdivergenz. Die des Lebens besteht in etwas anderem. Im Leben verzieh er mir *nichts* – dort, wo es gerade notwendig war zu verzeihen! Er forderte (jetzt fiel es mir ein!) irgendwelche widernatürlichen Komplikationen, in denen ich wie in einem Fluß schwimmen würde: viele Menschen, alles in Schweigen, alles vor den Augen, sich überkreuzende Lieben (keine einzige richtige!) – alles in der „Prager Diele“, alles im Scherz . . . Ich riß mich von Berlin los wie von einem schweren Traum.

All das ist ganz ohne Fleisch; irgendwann im Gespräch werde ich es „zu Fleisch machen“; davon zu schreiben, gehört sich nicht.

An seinem fundamentalen Edelmut, seiner *kranken*

Güte und seinem leidvollen Wesen zweifle ich keine Sekunde.
Aber L. M.[20] ist etwas Entzückendes. Sie ist ein Vogel. Und ein leidender Vogel. Sie hat ein großes menschliches Herz, aber ein unter Verbot genommenes. Man hat sie dazu erzogen, sich mit einem Lachen loszumachen und Lasten zu heben, von denen die Knochen knirschen. Sie ist eine Heldin, aber eine vergebliche Heldin, jenen Schönheiten gleich, die mit 39 Grad Fieber die Nacht durchtanzen. Sie tut mir tief, zärtlich, entzückt – und fruchtlos leid.
B. N.[21] liebe ich zärtlich. Schade, daß er damals umsonst auf Sie gewartet hat. Er ist ein einsames Geschöpf. In seiner Lebensweise ist er noch hilfloser als ich, ganz wahnsinnig. Wenn ich mit ihm zusammen bin, empfinde ich *mich* als Hund und *ihn* als Blinden! Seine fremde (gleichartige) Schwäche heilt unsere. Meine besten Erinnerungen in Berlin habe ich an ihn. Wenn Sie ihn treffen, sagen Sie es ihm.
Sie schreiben, daß man mich in B/erlin/ liebt. Ich weiß es nicht. Daß man mich kennt und nicht liebt, das kommt bei mir nicht vor – daß man mich nicht kennt und mich liebt, das kommt oft vor. Ich nehme solche Liebe nicht auf meine Rechnung. Mir ist es wichtig, daß man nicht mich liebt, sondern mein „Ich"; denn dies ist doch in das Meinige einbezogen. So ist mir hoffnungsvoller, geräumiger, ewiger zumute.
. . . Ja, übrigens: Mögen Sie Säuglinge? Kinder überhaupt? – Interessant. –
Was für ein Kind waren Sie? War Ihr Wachstum eine Katastrophe? Wenn Sie Lust haben und die Stunde gerade paßt, dann antworten Sie. Ich frage nicht aus müßiger Neugier; das ist einfach eine gewisse Erprobung des Bodens.
(Mit dem Unterschied, daß ein schlechter Schwimmer beim Erproben fürchtet, ihn zu verlieren, ein guter Schwimmer – ihn zu *finden*.
NB: Im Fluß bin ich ein schlechter Schwimmer. Über mich lachen alle!)

Ich schreibe Ihnen tief in der Nacht, nachdem ich gerade vom Bahnhof gekommen bin, wohin ich einen Gast zum letzten Zug begleitet habe. Sie kennen dieses Leben ja nicht.

Ein winziges Gebirgsdorf; wir wohnen in seinem letzten Haus, in einer einfachen Hütte. Die handelnden Personen des Lebens: eine Brunnenkapelle, wohin ich meistens nachts oder am frühen Morgen laufe, um Wasser zu holen (unten an einem Hügel) – ein Kettenhund – eine knarrende Pforte. Hinter uns ist gleich Wald. Rechts der hohe Kamm eines Felsens. Das Dorf liegt ganz und gar in Bächen. Zwei Läden, in der Art von unseren in der Provinz. Eine katholische Kirche mit einem Friedhof, der wie ein Blumenbeet ist. Eine Schule. Zwei „Restaurationen" (so sagt man auf tschechisch für Restaurant). An Sonntagen Musik. Das Dorf ist nicht dörflich, sondern kleinbürgerlich: alte Frauen mit Kopftüchern, junge mit Hüten. Mit vierzig Jahren sind sie Hexen.

Und da – in jedem kleinen Haus unbedingt ein in der Nacht leuchtendes Zimmer: Ein russischer Student! Sie leben annähernd ohne Nahrung; hier sind unwahrscheinliche Preise, und den Russen wird nichts jemals beibringen, mit Geld sparsam umzugehen. Am Tag, an dem sie welches bekommen – Picknicks, Gelage, eine Woche später – Nachdenklichkeit. Die Studenten sind meistens ehemalige Offiziere, „junge Veteranen", wie ich sie nenne. Sie studieren wie einstmals – in Rußland; überall sind sie die ersten, sogar im Sport! Mit wenigen Ausnahmen gehen sie ganz in Rußland auf, in dem Traum, ihm zu dienen. Wir haben hier einen wunderbaren Chor; man läßt Archangelskij aus Moskau kommen.

Sie führen kein gemeinsames Leben (alle sind sehr beschäftigt), aber ein freundschaftliches; in der Not helfen sie, es gibt keine Skandale und keinen Klatsch; ein großes Gefühl von Reinheit.

Das ist ähnlich wie bei der Siedlung; so empfinde ich das – einer Siedlung, die das Gewicht jedes einzelnen

Menschen vertausendfacht. Irgendeine Verabredung zu *leben.* (Zuende zu leben!) – Wechselseitige Bürgschaft. –
Ich lebe hier schon seit dem 1. August 1922, bald ist es ein Jahr. In Prag bin ich einmal – selten –, zweimal im Monat. Ich habe eine *Idiotie*, was Orte betrifft; bis jetzt kenne ich keine einzige Straße. In Prag *führt* man mich. Außerdem habe ich eine panische Angst vor Autos. Auf einem Platz bin ich das jämmerlichste Wesen – so als wäre ein Schaf nach New York geraten.

M. Z.

Von wie vielem, vielem muß ich noch erzählen!

Mokropsy, 25. Juli neuen Stils 1923

Lieber Freund,
was hatten Sie, genau genommen, mit den Ehrenburgs?
. . . Ich will Sie untadlig, d.h. stolz und so frei, daß Sie sich unter einen Tadel begeben wie ein Soldat unter Schüsse: Meine Seele wird man nicht töten.
Untadligkeit ist keine Fehlerlosigkeit; es ist die Verantwortlichkeit für die eigenen Fehler, ihre klare Erkenntnis – bis hin zu ihrer Verteidigung. So verhalte ich mich zu meinen, so werden Sie sich zu Ihren verhalten.
Nehmen wir an: Ein Mensch ist ein Feigling. Es gibt zwei Auswege: entweder überwinden oder bekennen, zuerst vor sich selbst, dann vor den anderen. – „Ja, ich bin ein Feigling." Und wenn man diese anderen *ehrt*, dann erklären: „Ein Feigling bin ich aus dem und dem Grund." Und das ist alles. – Ist das einfach? . .
. . . Lieber Freund, Zerstörung der Form ist Maßlosigkeit. Ich tue das unermüdlich in meinen Versen; als ich jünger war, tat ich nur dies auch im Leben! Ich werde alles verstehen. Darum seien Sie wahrhaftig. Beschönigen Sie sich nicht, zäumen Sie sich nicht ab, halten Sie

mich nicht für geringer als ich bin und für oberflächlicher als mein Verhalten.
Und in meiner Frage erinnern Sie sich nur an eins: ihr Ziel . . .
. . . Über Ästhetentum. Ästhetentum ist Seelenlosigkeit. Ersatz des Gehalts durch Merkmale. Die Ästheten gehen am lebendigen *Gestrüpp* vorbei und berauschen sich an ihm auf der Gravüre. Ästhetentum ist die Berechnung: Alles ohne Leiden zu nehmen: Sogar das Leiden in Wonne verwandeln! Alles unter dem Himmel hat seinen Platz: der Verräter, der Vergewaltiger und der Mörder, aber der Ästhet hat keinen! Er wird nicht gezählt. Er ist aus den Elementen ausgeschlossen, er ist eine Null.
. . . Seien Sie kein Ästhet! Lieben Sie nicht die Farben mit den Augen, die Laute mit den Ohren, die Lippen mit den Lippen; *lieben Sie alles mit der Seele*. Der Ästhet ist jemand, der mit dem Gehirn fühlt, ein verachtenswertes Wesen. Seine fünf Sinne sind Leitungen nicht in die Seele, sondern in die Leere. „Beziehung des Geschmacks" – von dort ist es nicht weit zur Gastronomie.
O, wären Sie jetzt hier, würde ich Sie auf meinen Felsen führen, Sie auf den Bergkamm stellen: Herrschen Sie! Ich würde Sie – allem schenken!
. . . Für die Liebe bin ich zu alt; das ist eine Kindersache. Zu alt nicht wegen meiner dreißig Jahre – ich war zwanzig, da sagte ich dasselbe zu Ihrem Lieblingsdichter Mandelstam:
„Was, Marina – wann ist Moskau?! Marina – wann ist Frühling?! O, Sie lieben mich nicht *wirklich*!"
Mich hat das immer erstickt, diese Enge. Lieben Sie die *Welt* – in mir, nicht *mich* in der Welt. Damit „Marina" Welt heißt, und nicht die Welt – „Marina".
Marina, das ist – einstweilen – ein Rettungsring. Irgendwann werde ich ihn fortziehen – schwimmen Sie! Ich, die Lebendige, darf nicht zwischen dem Menschen und dem Element stehen. Marina gibt es nicht – wenn es ein Maß gibt! . .

. . . Bin ich doch für mich – ein Haltepunkt; ich bin selbst ein Laut aus mir!

. . . Das ist alles, weil Sie dort sind und ich hier. Wenn Sie mich sehen werden, die so gleichgültige und so fröhliche, dann wird Ihnen gleich ein Stein vom Herzen fallen. Ich habe noch niemanden im Leben unterdrückt und erstickt; ich bin für die Menschen – nur der Anlaß zu ihnen selbst. Wenn dies „zu ihnen selbst" – ist, d.h. wenn *sie selbst* – sind, – dann IST ALLES.

Über Abwesenheit bin ich machtlos.

. . . Eine Reihe von Fragen: 1. Können Sie mir eine Genehmigung verschaffen, nach Berlin zu fahren und dort zu wohnen, und wieviel wird das kosten? (Ich meine die Genehmigung). 2. Wo werde ich wohnen? (Vielleicht im „Trautenauhaus"[22], aber angesichts der Nichtübereinstimmung mit I.G. E.[23] ist das nicht wahrscheinlich.)

3. Wird Mitte September B. N.[24] in Berlin sein?

4. Haben Sie für mich in Berlin ein liebes, fröhliches Mädchen, das meine Verse liebt und bereit ist, mit mir in die Läden zu gehen? (Hier, in Prag, habe ich drei!)

5. Sind Sie bereit, mich von Zeit zu Zeit zu Verlegern und Behörden zu begleiten? (Eine fröhliche Perspektive?!)

6. Haben Sie eine eifersüchtige Familie, die Ihnen auf den Fersen folgt und in jeder Frau (sogar einer geschorenen!) – die Schicksalhafte sieht?!

7. Versprechen Sie mir, mit mir zusammen eine Uhr ausfindig zu machen, eine Herrenuhr, zuverlässig und nicht zu teuer – ich will unbedingt Serjosha[25] eine mitbringen; ohne das fahre ich nicht zurück.

Behalten Sie im Auge, daß ich blind, dumm und hilflos bin, daß ich Autos fürchte, Ästheten fürchte, die Häuser von Literaten fürchte, die deutschen Wohnungsämter[26] fürchte, die Untergrundbahnen[26] fürchte, Sozialrevolutionäre fürchte, *alles fürchte, was am Tage ist – und nichts, was nachts ist.*

(Nachts gibt es nur Seelen! Und Geister! Alles andere schläft.)

Behalten Sie im Auge, daß man mich verhätscheln muß – ohne besondere Zärtlichkeit und genauso viel, wie ich will – aber unvergänglich; denn ich wachse niemals heraus.
Mit einem Wort, wollen Sie – ein Blindenhund sein?!
. . . Ich bringe neue Verse mit, viele. Und ich werde Sie im „russischen Flußbett" schleppen. (Eine schöne Perspektive?!)
. . . Vergessen Sie nicht die Antwort auf alle meine Fragen über Berlin. Ich drücke Ihre Hand.

M. Z.

Mokropsy, 25. Juli 1923

Lieber Freund,
ich schreibe Ihnen im Moos (ich hatte ins Heft geschrieben, jetzt schreibe ich ab); jetzt kommt eine riesige Gewitterwolke – eine leuchtende. Ich las Ihren Brief und plötzlich fühlte ich die Anwesenheit von etwas, von jemand anderem neben mir. Es riß sich los – die Wolke! Ich lächelte ihr genauso zu, wie ich in dieser Minute Ihnen zulächeln würde.
(NB! Minute: das, was vergeht!)[27]
Das kurze Moos sticht mir in die Hände, ich schreibe im Liegen, ich hebe den Kopf – sie, die leuchtende. Und nebenan wie winzige Tänzerinnen die Lärchen. (Die Sonne spritzt durch die Wolke auf das Blatt; der Schatten des Bleistifts ist wie ein Degen!)
Es lärmt der Zug, und es rauschen die Stromschnellen (auf dem Fluß), und dann zirpen noch die Grillen, und auch noch die Bienen summen, und dann krähen noch im Dorf die Hähne – und trotzdem ist es still. (*Nicht* still ist es offensichtlich nur durch die Menschen!)
. . . Gehen Sie mit meinem Brief ins Freie, damit der Wind ebenso – meine Blätter aus den Händen reißt, wie gerade eben – Ihre aus meinen. (O, der Wind ist eifersüchtig! Da haben Sie zum Teil den Schlüssel zu

der „Zarenjungfrau“[28]. Allmählich dechiffrieren wir alles!)

. . . Lieber Freund, das letzte Jahrzehnt meines Lebens ist, mit drei, vier Ausnahmen – ganz und gar die Prager Diele. Ich bin durch eine harte Schule gegangen und bin durch sie gegangen auf meinem eigenen Balg (vielleicht hat man an mir gelernt, ich weiß es nicht!). Zwanzig Jahre lang habe ich, großartig und siegreich, so daß alle es hören konnten, erklärt: „Wenn ich einmal die Seele eines Menschen liebe, dann liebe ich auch seinen Körper. Wenn ich einmal das Wort eines Menschen liebe, dann liebe ich auch seine Lippen. Aber wenn man ihm diese Lippen abschnitte, würde ich ihn trotzdem lieben.“ Für die Ungläubigen Thomas' fügte ich hinzu: „Ich würde ihn noch mehr lieben.“

Und zehn Jahre nacheinander – unwiderlegbar zur Antwort:

„Das ist Romantik. Das hat nichts mit Liebe zu tun. Man kann das Denken eines Menschen lieben – und die Form seiner Fingernägel nicht ertragen, man kann auf seine Berührung reagieren und nicht auf seine verborgensten Gefühle. Das sind verschiedene Bereiche. Seele liebt Seele, Lippen lieben Lippen; wenn Sie das vermischen und, was Gott verhüte, sich bemühen, es zu vereinen, dann werden Sie unglücklich sein“.

Lieber Freund, es ist ein Teil Wahrheit darin, aber nur insofern, als Sie – etwas Ganzes sind, und der andere – etwas Zersplittertes. Bei den meisten Menschen wird nichts eingesungen, da ist eine vollkommene Disharmonie von Gefühlen, Taten, Gedanken; ihre Hände ähneln ihren Taten und ihre Worte ihren Lippen. Mit solchen, d.h. fast mit allen sind diese Erfahrungen hart und vergeblich. Außerdem – auf Ehrenwort – verlieren die Besten, Feinsten, Zärtlichsten bei einer nahen Liebe so sehr, werden so einfach, so grob, der eine dem anderen, und der andere dem dritten so ähnlich, daß – die Hände herabsinken und man nicht erkennt: Sind Sie es? Ganz dicht an der Liebe erkennt man einen Menschen in fünf Sekunden; er ist offen und – allzu offen! *Hier* ziehe ich die Lüge vor. Ich will nicht, daß eine Seele, an der ich mich erfreute, die ich ehrte, plötzlich im Vogelzwitschern eines kleinen Jungen, im katzenartigen Gähnen eines Tigers verschwinde; ich will nicht eine Selbstvergessenheit, die zusammen mit *sich* auch mich vergißt. Als ich jünger war – verletzte es mich, als ich älter wurde – beschränkte ich mich auf eine hochmütige, herablassende (immer leidenschaftliche) Neugier. Ich wurde *gut*, aber für solches Gutsein, lieber Freund, kommt man in die Hölle. Ich wurde Beobachter. Die Seele versteckte sich in ihrer letzten Festung und beobachtete wie ein wildes Tier die andere Seele – oder ihre Abwesenheit. Ich begann zu notieren: Angewohnheiten, Gesten, kleine Worte – manchmal ins Heft, manchmal tiefer. Ich kam zu der Überzeugung, daß gerade in der Liebe dem anderen niemals nach mir zumute ist, ihm ist nach sich zumute, er vergißt mich in so berauschender Weise, daß er mich, wenn er zur Besinnung gekommen ist, fast nicht erkennt. Und meine Rolle? Die Rolle einer Abwesenden in der Anwesenheit? O, meinerseits reichte das letzten Endes aus; ich zog es vor, in der Abwesenheit die Anwesende zu sein (das erinnert mich an das Gebet um die, die „in der Zerstreuung sind") – ich habe diese Wand – den Körper ganz abgeworfen, habe ihn anderen, allen überlassen.

Aber in den tiefen Stunden der Seele . . . fallen alle meine Erfahrungen, alle meine alten Schlangenhäute von mir ab. Indem ich das Rauschen eines Baumes liebe, seine hilflosen oder freien Winke, kann ich nicht umhin, seinen Stamm und sein Laub zu lieben; denn – mit dem Laub rauscht er, mit dem Stamm – wächst er! Alle diese Teilungen in Körper und Geist – sind eine grausame Anatomie am lebenden Objekt, willkürliches Auswählen, Ästhetentum, Seelenlosigkeit. O, die erwähnten „Prager Dielen" blühten davon – wie auch die Ihnen bekannte „Prager Diele". Hier ist vollkommene Berechnung. Gleichzeitiges Bekleiden von Ämtern als Gesetz, Tragödie, die mit Scherz zugedeckt ist, Beleidigungen unter dem Anschein von „Offenbarungen“. – Ich zog mich einfach zurück, wie ich mich immer zurückziehe bei der Erklärung: „Das und das nehme ich in Ihren Versen an; das und das – nicht.“ Das ist – Zerteilung von Lebendigem, Vergewaltigung, Beleidigung; ich kann es nicht haben, daß man in mir auswählt; darum nehme ich mich ganz aus dem Gebrauch heraus, gehe in meine Welten, richtiger: Ich vollende *meine* Welt, die abwesende, wo ich Herr bin!

Ist das klar? – O, mein Freund, wie stark muß Gott im Menschen sein, um unter den Menschen nicht zum Vieh oder zum Dämon zu werden!

. . . Gestern schrieb ich Ihnen (noch nach Berlin) vom Ästhetentum „des Giftes um des Giftes willen“, und heute kommt Ihr Zusatz: „Etwas in diesem Brief war nicht so.“ Sie antworten, *bevor* ich frage; ich möchte Sie mit dem Kammerton vergleichen; Sie bringt man nicht aus der Fassung.

Aber um zum „Schmerz um des Schmerzes willen“ zurückzukehren, bekenne ich Ihnen eins. Jetzt gerade, als ich durch den Wald ging, dachte ich: Aber woher kommt denn dies ewige Wehklagen in der Liebe: „Tu mir weh!“ Das Dürsten nach Schmerz – da ist es gegenwärtig! Was wollen wir dann? Und haben Sie nicht davon, reflektierend, geschrieben?

Die Seele – ist doch eine gewisse Gleichgültigkeit; in ihr ist alles – auf einmal, sie ist alles – auf einmal. Ein Beispiel aus der Musik: Ist doch die ganze Tonleiter in der Kehle schon *vorhanden*, aber man kann sie nicht *auf einmal* singen, darum: Wenn man eine Tonleiter singen will, dann begnügt man sich nicht damit, sie in sich zu haben. Finde dich ab und anerkenne das Allmähliche.

. . . Die letzten Verse von Chodassjewitsch[29] über schwer verständliche Dichtung („Sovremennye Zapiski“)[30] sind eine direkte Aufforderung an Pasternak und mich. (Mein einziger *Bruder* in der Dichtung!) „Den Engel, der vor Gott steht“, ziehe ich immer dem Menschen vor . . .

Sie als Literaturkritiker, d.h. als prädestinierter Lügner auf 99 von hundert Seiten, müssen sowohl toleranter wie auch leidenschaftsloser und gerechter sein.

. . . Von (wachsenden) Dichtern liebe ich Pasternak, Mandelstam und Majakowskij (den früheren – aber vielleicht wird er wieder größer werden!). Und schon auf ganz andere Weise die Achmatowa und Blok (Fetzen des Herzens). . .

. . . Haben Sie Mandelstams „Tristia"? Vielleicht wird es Sie interessieren zu erfahren (als eins meiner Spiegelbilder), daß die Gedichte „In der Disharmonie des Mädchenchores", „Auf Ruinen, die mit Stroh belegt sind", „Aber in dieser seltsamen, hölzernen – und verrückten Vorstadt"[31] – und noch einige – für mich geschrieben sind. Das war in Moskau im Frühjahr 1916, und ich schenkte ihm statt meiner Moskau. Er entschloß sich, die Gedichte wegen seiner Frau (die er noch nicht lange hatte und die eifersüchtig war) nicht offen zu widmen.

Ich habe viele Gedichte an ihn; wenn Sie in Berlin sind, schauen Sie die (ich glaube, vorletzte Nummer) von „Russkaja Mysl'"[32] an. Ich glaube, sie sind alle an ihn. Sie ihm offen zu widmen, konnte ich mich wegen seiner Frau (die er noch nicht lange hatte und die eifersüchtig war) nicht entschließen.

Lieber Freund, ich will Ihnen alle meine verendeten Häute schenken, eine ganze Schatzkammer verendeter Häute – aber ich selbst bin eine junge und grüne Schlange in einer neuen Haut, als wenn nichts gewesen wäre.

Aber Sie – haben Sie in Berlin eine Revolution – oder etwas Ähnliches? Schießen aus Maschinengewehren in den Nächten? Mord hinter der Ecke hervor? Leere Läden? Aufrufe? Kartensystem?

So wird vielleicht aus meiner ganzen Reise nichts werden. (NB! Thema für einen Artikel: „Frau und Politik".) Schreiben Sie, was Sie meinen – wann es anfangen und wann es aufhören wird. Und was wird mit den

lieben Verlegern werden? Mit ihren Büchern wird die unglücklich gemachte Intelligenz heizen.
Lohnt es sich für mich, die Manuskripte abzuschließen? Wenn das sinnlos ist, werde ich es lieber lassen und Verse schreiben. Antworten Sie auf alles, soweit Sie können. Ich bin aufrichtig betrübt. Ich freute mich so auf den Berliner Asphalt, die Berliner Laternen, meine liebe deutsche Redeweise; ich freute mich – die Revolution ähnelt der Wahrheit.
. . . Sehen möchte ich in Berlin L. M.[33], Belyj und eine liebe Deutsche, die offenbar verloren gegangen ist. Und noch Ssinesubow[34] (kennen Sie ihn?). Und – ich fürchte zu kränken – aber ich glaube, niemand sonst. Sehen wird man müssen, aber den Familiennamen schreibt man besser nicht! Ich möchte dort leben, wo mich keiner findet. Ich will leidenschaftlich keinen Streit. Aber ich entbrenne augenblicklich.
. . . Zu Ssinesubow werden wir zusammen gehen . . . Auch zu Remisow[35] zusammen (ach, einen habe ich doch vergessen!) – allein kann ich nicht zu Remisow: Mich bedrücken und betäuben die Spielsachen, die ich von Kindheit an *hasse*. Es bedrückt das Leben im Zimmer, vom Menschen abgesehen, es bedrückt das Zimmer. Wir werden mit einem Geschenk hingehen: Ich werde hier irgendwelche tschechischen Mißgeburten kaufen und ich habe für ihn irgendwelche Muster altslawischer Schrift.
Haben Sie „Nikolaj Kurbow“[36] gelesen? Er wurde begonnen während meiner leidenschaftlichen Freundschaft mit E/hrenbur/g, und er beabsichtigte damals, der Heldin meine Züge zu geben. (Der Held ist ein Sohn der Straße, die Heldin die Tochter aus einem Einfamilienhaus; ist es so? Oder hat er es sich anders überlegt?) Empfangen in Liebe, ausgetragen und geboren in Haß, mußte die Heldin ein Scheusal werden. – Ist es so? – Schreiben Sie.
Mich rührt Ihre Verhätschelung von B. N.[37]; ich erkenne mich. Ich glaube, daß dieses Kind zutiefst undankbar ist (wie alle Kinder!), aber von einer irgendwie rüh-

renderen Undankbarkeit. Ich erinnere mich an seinen erzürnten Blick – schräg, wie einer Lanze nach – auf einen Drachen (Steiner oder sonst wer). Von meiner Begegnung mit B. N. ebenso wie von meiner kürzlichen Begegnung mit Steiner werde ich erzählen. „Buch der Trennungen und Begegnungen" – das ist mein Leben. Das ist jedes Leben. Ich bin glücklich über Trennungen!

Über B. N. . . . Er hat niemanden; alle diese Verehrerinnen sind Unsinn. Ich war niemals eine Verehrerin von Balmont[38], aber ich half ihm, sein Teil zu schleppen. Ich verachte die Literatur. Alle diese Blumen und Briefe und lyrischen Intermedien sind nicht ein rechtzeitig ausgebessertes Hemd wert. „Lebensweise"? Ja, das ist solch eine Abscheulichkeit, daß es eine Sünde ist, sie auf den Schultern zu lassen, die schon ohnedies von Flügeln *beschwert* sind!

Wo ist Asja?[39] Was ist mit den Kussikows?[40] Meine Begegnung – vor zwölf Jahren! – mit Belyjs Asja werde ich auch erzählen. Aber ich höre nicht auf das Wort: Herz! – wie ein Arzt. Und da schon der Gedanke: Dem Herzen kann man zuhören wie ein Arzt und wie ein Feind:[41] ein Feind, der sich über einen Schlafenden beugte!

Ich werde viel zuhören: mit den Augen, den Ohren, der Seele. Wir werden an den Abenden in den ärmlichsten Cafes sitzen, wo niemand und nichts ist, werden rauchen (Rauchen Sie?) und uns ununterbrochen trennen.

. . . Ich schreibe spät am Abend, nach einem stürmischen, klaren, windigen Tag. Ich saß – hoch oben – auf einer Birke; der Wind schaukelte die Birke und mich, ich umfing den weißen, ebenmäßigen Stamm, *mich* gab es nicht mehr.

Und plötzlich – Gerüchte über Berlin, hartnäckige, von allen Seiten, mit Details, die man auch in Berlin nicht kennt. Die Welt der Zeitungen ist mir schrecklich; abgesehen von *allem*, das einen die Zeitung hassen läßt, dieses Element menschlicher Gemeinheit! – hasse ich

sie für ihr *„Insgeheim"*, für die Hinterlist ihrer glatten Zeilen.
Ich mache mir Sorgen um Sie. Schreiben Sie.

M. Z.

17. August 1923

Ich habe Ihnen zweimal geschrieben und keine Antwort bekommen. Das Letzte, was ich von Ihnen hatte, ist Ihre Karte vom 25. Juli (vor drei Wochen).
Wenn meine Briefe angekommen sind, dann sind alle Erklärungen Ihres Schweigens überflüssig, ebenso wie alle Ihre weiteren Sorgen um meine irdischen Angelegenheiten abgelehnt wurden.
Ein Brief, der ohne Antwort blieb, ist eine Hand, die keine Hand gefunden hat. Sie haben mir einfach nicht die Hand gereicht. Es ist nicht meine Sache, mich nach den Ursachen, und nicht Ihre, sich nach meinen Gefühlen zu erkundigen.
Also nur: Sind sie *angekommen* oder *nicht*?

M. Z.

(Abschluß)[42]

27. August 1923, Montag.

Ich habe mich für diesen Monat abgehärmt . . . Die Glaubwürdigkeiten sind folgende: Nicht auf einen meiner letzten Briefe habe ich eine Antwort erhalten; mein letzter Brief (von mir persönlich in Prag am 28. Juli aufgegeben) ist verloren gegangen, ebenso wie Ihr letzter. Werden Sie für einen Augenblick ich und begreifen Sie: Keine Zeile, kein Wort, einen ganzen Monat, Tag um Tag, Stunde um Stunde. Verdächtigen Sie mich nicht der Armut: Ich bin *reich* an Freunden, ich habe schöne Verbindungen mit Seelen, aber was sollte ich tun, wenn ich von allen auf der Welt in der gegebenen Stunde der Seelen – nur Sie brauche?! O, das kommt vor: Der Gesprächspartner verstummte (wurde nachdenklich). Ich bin kein Buch für Einkünfte und Ausgaben, und wenn ich von einem Menschen überzeugt bin, erlaube ich ihm *alles*. Meine Hauptsorge ist immer: Ist er am Leben? Am Leben – das heißt: Mein!

. . . Anfangs war das ein vollkommener Akt der Rechtfertigung: Er ist unschuldig, unschuldig, unschuldig; das ist ein böses Wunder; ich weiß es, verbürge mich, glaube. Es ist das Leben, das in Versuchung führt. – Ich werde abwarten, abwarten. Morgen! – Aber das „Morgen" kam, es gab keinen Brief, und noch einmal morgen und noch einmal und noch einmal. Ich bekam wunderbare Briefe – von Freunden, die lange geschwiegen hatten, und von ganz (fast) Fremden, als hätten sich alle verabredet, mich zu trösten, mir Sie zu vergelten, – ja, ich las die Briefe und freute mich und antwortete; aber etwas im Innneren drückte und schmerzte und heulte und geriet in Wut und wuchs, ein richtiges Messer im Herzen, das nicht einmal im Schlaf Ruhe gab. Zwei Wochen vergingen, bei mir erwachte Bitterkeit; ich griff mir mit den Händen an den Kopf und fragte: WOFÜR? Nun, Sie lieben ein Laden (oder Literatur)fräulein – aber was habe ich getan? Nein, das mit dem Fräulein ist Unsinn: Das ist einfach eine Wette. Eine Wette, die er mit X oder Y abschloß: „Ich werde es bringen zum . . ." –

O, es waren viele Gedanken und Ausrufe und Gefühle. Und solch Schmerz des Verlustes, solche Kränkung für meine lebendige Seele, solche Bitterkeit, daß ich mich – wären nicht die Verse! – dem ersten Besten an den Hals geworfen hätte: vergessen, auslöschen, überschwemmen.

. . . Mein Freund, ich bin kein kleines Mädchen (obwohl ich in irgendwas niemals erwachsen werde); ich entzündete, verbrannte mich, brannte, litt – alles gab

es – aber SO zerschellt wie an Ihnen, mit dem ganzen Schwung des Vertrauens – an einer Wand! – bin ich noch niemals. Ich bin von Ihnen abgestürzt wie von einem Berg.
In den letzten Tagen empfand ich für Sie schon eine scherzhafte Verachtung, ich wußte, daß Sie mir auch auf diesen Brief nicht antworten würden.
. . . Wir verraten uns und nicht andere; aber wenn der andere zu dieser Stunde – das ist, dann verraten wir doch den anderen. Wer waren Sie zu dieser Stunde? Mein *SCHMERZ* . . .
Das war gestern, in der zwölften Nachtstunde. Der letzte Zug fuhr ab.
. . . Ich habe Aufzeichnungen für diesen ganzen Monat. „Ein Krankheitsbericht". Ich werde ihn Ihnen nach Ihrem nächsten Brief schicken.
Überzeugen Sie mich davon, daß meine Briefe für Sie notwendig sind – ein Riß im Vertrauen ist da, nichts zu machen.
Am 1. übersiedle ich nach Prag.
. . . Im nächsten Brief schreiben Sie mir, wenn Sie das notwendig finden, was Sie über mein Schweigen dachten, wie Sie es deuteten. Sind Sie wirklich großmütiger als ich?!

M. Z.

28. August 1923, Mittwoch.

Lieber Freund,
hören Sie mich als Verbündeter an und nicht als Feind. Mir stehen schwere Tage bevor. Ich trenne mich von Alja[43] und schicke sie aufs Gymnasium (nach Mähren). S/ergej/ ist schon dort. Bei uns war beschlossen, daß Alja mit den Kindern fährt (gerade sind die Ferien zuende, und die Kinder versammeln sich) und daß ich nach Prag übersiedle, wo wir schon ein Zimmer gemie-

tet haben, und dort wohnen werde. Da sind die zwei bis drei freien Wochen, von denen ich Ihnen schrieb. Heute bekomme ich einen Brief: Meine Anwesenheit ist notwendig, ich muß Alja ins Leben auf dem Gymnasium einführen. Mähren ist ein zweites Deutschland (NB! Meine Leidenschaft!), wunderbare Spaziergänge – mit einem Wort: Keine zwei Wochen.

Diese zwei Wochen brauchte ich für meine Briefe an Sie; ich kann nicht leben und schreiben vor den Augen anderer – und wären es die Liebsten. Ich kann nichts von dem, was die Menschen können: nicht heucheln, nichts verbergen (bewahren kann ich!); meine Heuchelei ist nur eine zweite Wahrheit; wenn das Gesicht gleichgültig ist, nichts verrät – dann verraten es Stimme und Geste; und das geringste Leiden zu verursachen, und sei es bloß, den anderen zu verletzen, ist für mich eine Qual; Ihnen ist alles klar.

. . . Ich bin jetzt gerade der Ungläubige Thomas; dieser letzte Monat hat mir einen Flügel angeschossen; ich fühle, wie er nachschleppt.

Überzeugen Sie mich von meiner Unentbehrlichkeit – ein Luxus zu sein, bin ich müde! Nicht unentbehrlich – nicht notwendig – so ist es bei mir.

. . . Ich bin jetzt an einem inneren (und auch äußeren!) Kreuzweg; ein Jahr meines Lebens – im Wald, mit Versen, mit Bäumen, ohne Menschen – ist zuende. Ich bin am Vorabend einer großen, neuen Stadt (vielleicht – eines großen, neuen Kummers?!) und eines großen, neuen Lebens in ihr, am Vorabend eines neuen Selbst. Mir schwebt etwas Großes vor, ich fühle mich schon lange dazu hingezogen; dafür brauche ich Ruhe, d.h. den *ganzen* Menschen – oder meine gewohnte Leere.

Seien Sie nicht mein Feind, führen Sie mich nicht irre, übertreiben Sie nicht Gefühle und Worte, hören Sie aufmerksam zu.

————————

Ich vergaß zu sagen, daß ich einen ganzen Schwarm an Sie gerichteter Verse habe.

————————

Gestern, bei Mondschein, ging ich mit einem Freund von mir (über ihn finden Sie etwas in dem „Bericht“) hoch und fern in die Berge. Es wehte ein wahnsinniger Wind. Wir wurden *getragen*. Auf der Chaussee keine Menschenseele. Die Bäume wälzten sich hin und her wie Helden von Shakespeare. Der Wind nahm an jemand Rache. Der Staub trieb in die Augen; zeitweise mußte man sich zusammenkrümmen und so dahinjagen – mit der Stirn. Dann setzten wir uns: Wir bekamen Lust zu rauchen. Der Wind schlug aus der Zigarette ganze Scheiterhaufen von Funken: Trockenheit, Fichten; ich sah schon brennende Wälder und die ganze Tschechei in Flammen. Ein Auto raste vorbei. Es sah uns nicht, geblendet vom eigenen Licht. Ich saß neben dem und dachte: „Warum nicht––“

An meinem letzten Tag hier werde ich mit ihm ins Gebirge gehen, um dort die Nacht zu verbringen; wir werden einen Scheiterhaufen anlegen, werden dem Mond das Abschiedsgeleit geben und die Sonne begrüßen. Und noch – Krebse in den Bächen fangen. Und noch – über Gespenster sprechen.

Das ist eine seltsame Freundschaft, gegründet auf tiefste Gleichgültigkeit gegeneinander (er haßt die Frauen wie ich – die Männer); so sind Kinder befreundet, richtiger gesagt – Jungen: wegen gemeinsamer Abenteuer, fast seelenlos. Er nennt mir alle Gräser und alle Stechäpfel und füttert mich mit Kirschharz und Nüssen und einfach mit Seidelbast.

Werden Sie und ich irgendwann – einen solchen Scheiterhaufen haben? (NB! Auch wenn es einen geben wird – dann doch nicht solchen!)

––––––––

Was noch? Ach, das Allerwichtigste; gestern vergaß ich es: Nach Ihrem Brief – ein wahnsinniges Bellen. Ich schaue hin: eine Bettlerin, bucklig, mit einem Sack auf den Schultern: das Schicksal. Ich begriff sofort: um Abkauf. Ich raffte zusammen, was mir in die Hände fiel: Sachen von Alja, von mir, Schuhe, Brot, Lumpen – ich stopfte ihr den Sack voll. – „Wollen Sie das?[44]

Und noch das?“ Der schwächliche Sack blähte sich auf wie eine Boa: ein zweiter Buckel auf dem Buckel! Sie, die nicht wußte, was Schicksal ist, wurde ganz närrisch vor Freude.
Mit einem Wort: Ich kaufte mich los. Sie ging fort, nachdem sie versprochen hatte, *nochmal vorbeizukommen*. Und ich werde mich nochmal loskaufen. Als sie fortging, küßte sie mir wahnsinnig die Hände. (NB! Ein demokratischer Staat). Ich konnte mich kaum retten.
Das Schicksal hat übrigens drei Kinder und einen Mann, der auch bucklig ist. Sie versichert, daß sie alle zusammen kein einziges Hemd haben. Ich werde auch den Sohn des Schicksals und die beiden Töchter des Schicksals und den Mann des Schicksals einkleiden müssen. Wenn ich nicht wegführe, müßte ich ihnen ein Haus und Plätze auf dem Friedhof kaufen.
– Lieber Freund, Sie ruinieren mich!

————————

Spät am Abend.
Gerade kam ich von einem sehr langen Spaziergang (27 km!) zurück. Felsen, Schluchten, Erdrutsche, Felsbrokken – sind es zerstörte Kirchen oder Räuberhöhlen? – all das ist umflochten von Brombeersträuchern und erdrosselt von riesigen Farnkräutern; ich stand auf allen Abhängen, saß auf allen Bäumen, kam zurück abgerissen, hungrig, vom Wind durch und durch erkältet – ich habe meinen Kummer *durch Laufen entkräftet*!
Es gingen: mein stiller Freund, Alja und ich. Wir kamen zurück, ich packte Alja hin und nach ihr zwei riesige Koffer: Manuskripte, Abfall, Stiefel, Töpfe – all den notwendigen Kram der Armut.
Dann ging ich Wasser holen: Der leere Eimer dröhnte, der volle schaukelte den Mond. (Schlafen Sie wirklich in diesem Augenblick?!) Der Mond ist riesengroß.
Gleich werde ich mich hinlegen und den Trojanischen Krieg lesen. Ich kann niemanden lesen außer den Griechen. Ich habe einen riesengroßen deutschen Band: Darin war oft von Helena die Rede; ich wollte endlich erfahren, wer sie ist, und sie ist – niemand. Sie ließ sich

einfach entführen. Paris ist ein bezauberndes Nichts, in der Art meines Lozain.[45] Und wie schön, daß es gerade ihretwegen Kriege gab!
Gute Nacht, lieber Freund. Wenn ich daran denke, von wie vielem ich noch sprechen muß und nach wie vielem ich noch fragen muß, dann habe ich eine genaue Vision der Unendlichkeit.

M. Z.

Morgen, sowie es hell ist, fahre ich nach Prag, um die Sachen hinzubringen. Am Sonntag ziehe ich ganz um. Ich habe ein Haus auf einem Berg – und die ganze Stadt zu Füßen.

KRANKHEITSBERICHT

9. August 1923

(NB! Lesen Sie den Brief *nicht* auf einmal; gelebt und geschrieben wurde er einen Monat lang.)

Ich schreibe diesen Brief ab fast ohne eine Hoffnung, ihn abzuschicken, so – „auf jeden Fall" (auf den Fall eines Wunders!). Das sind Aufzeichnungen vieler Tage, und indem ich sie auf dieses Blatt Papier übertrage, bin ich eher damit beschäftigt, sie in die Klarheit meiner Seele zu bringen, als mit etwas anderem.
Also – auf jeden Fall! – hören Sie zu.
25. Juli.
Ach! Ich habe es begriffen! Das Schmerzhafte in der Liebe ist persönlich, das Genußreiche gehört allen. Der Schmerz heißt *du*, das Genußreiche ist namenlos (Element des Eros). Darum kann es uns „gut" mit jedem gehen; Schmerz wollen wir nur von einem. Der Schmerz ist das *Du* in der Liebe, unser persönliches Merkmal in ihr. (NB! Man kann dieses „gut" nicht von jedem annehmen.) Daher: „Tu weh", d.h. sage, daß du es bist, nenne dich.
Ist das richtig? Ich glaube, ja.

————————

Denken Sie daran, daß Sie mir eine gewisse geistige Stütze sein müssen. „Dort, wo alles Inhalt ist, kann keine Form sein" – das haben Sie über mich gesagt. Und da ist sie, diese Begegnung zwischen einer fremden Abwesenheit (der vollkommenen Form) und meiner Anwesenheit (dem Inhalt) – mit einem Wort, in B/erlin/ habe ich viele nicht abgeschlossene Rechnungen und ich muß in Ihnen einen Bundesgenossen haben, eine gewisse Stütze gegen meine eigene Maßlosigkeit (zum Beispiel das Element der Schlaflosigkeit!). Meine Verse sind keine Stütze gegen die Menschen, es sind offene Tore, in die hineinzugehen jedem frei steht. Ich muß wissen, daß ich *ganz* in Ihnen zu Hause bin, daß ich kein anderes Haus brauche.

(Sie denken wahrscheinlich, daß ich schrecklich feilsche: Sei ein Hund (für den Blinden!) und sei eine Stütze (für den Starken!) . . – Ich scherze. –

Wissen Sie, daß ich Ihnen bei weitem nicht alles schreibe, was ich will, und daß ich bei weitem noch nicht alles will, was ich wollen werde.

Einmal, als ich 17 Jahre alt war, sagte mir ein Mann, daß er mich liebe. – „Finden Sie meinen Lieblingsstein an diesem Ufer", antwortete ich: „Dann werde ich glauben, daß Sie mich lieben." Das war auf der Krim, das Ufer erstreckte sich über einige Werst.[46]
Sie haben, ohne etwas zu sagen und ohne jedes Bitten von mir, diesen Stein genommen und mir gegeben. Dieser Stein ist der „Freiwilligenmarsch" im „Handwerk" und dieser Stein ist noch das (ich weiß nicht was), was Sie von allen Menschen mir in diesem Augenblick in Ihren Briefen geben.

Gerade das ist gut, daß Sie zwanzig Jahre alt sind und ich dreißig. Wenn ich sieben Jahre älter wäre, würde ich nicht von Mutterschaft sprechen.

----

30. Juli.
Mein Freund, mir ist traurig zumute ohne Sie. Traurigkeit ist in mir nicht das Bewußtsein der Abwesenheit, sondern verstärkte Anwesenheit.
Wenden Sie bei mir niemals das an, was offensichtlich nicht brennen kann; brennt doch sogar das Eis! Auch Leidenschaftlichkeit brennt. Aber da ist Wärme – nicht, weil sie dann schon *Hitze* ist, d.h. schon Zärtlichkeit. Und Zärtlichkeit: von der eisigen – bis hin zu der teerigen. Und doch – Zärtlichkeit.
So, das über meine Zärtlichkeit . . .

Ich denke an Sie und fürchte, daß ich Ihnen im Leben schädlich sein werde: Meine Sache ist es, alle Masken herabzureißen, wobei ich manchmal die Haut streife, manchmal auch das Fleisch. Die Menschen zu lieben, werden Sie durch mich nicht lernen; *alles, außer den Menschen* – JA! Aber man lebt „mit den Menschen".
. . .

----

1. August.
Ich habe lange nicht Ihre Stimme gehört, und mir ist schon etwas leer zumute ohne Sie. Schweigen ist mir feindlich; ich schweige nur, wenn das für den anderen notwendig ist. Die Stimme ist – zwischen uns – die einzige Zuverlässigkeit. Wenn ich Sie lange nicht höre, hören Sie auf zu *sein*.

Über das Einander-Verfehlen von Ansichten usw.
Solange ich sagen werde: „Nein, nicht so, so darf es nicht sein, so muß es sein" – ist alles gut; denn hinter all diesen Neins steht ein vollkommenes *JA*. Wenn man aber anfängt: „Ja, ja, richtig, vollkommen klar", dann ist *alles* zu spät: Denn hinter all diesen Jas steht ein vollkommenes *NEIN*.

Im ersten ist konzentrierte Aufmerksamkeit, leidenschaftlicher Durst nach Wahrheit, der eigenen und der

fremden, das erlistetste und angespannteste Eindringen in den anderen: ein *WUNDER* an Vertrauen; alle Barrieren des Haders sind genommen.
Im zweiten ist Herablassung, Hochmut, Müdigkeit, Gleichgültigkeit, Seelenlosigkeit.

————————

Schicken Sie mir die Ausschnitte aller Ihrer Artikel: Ich ekle mich vor Zeitungen, aber Sie (das Wesentliche) ehre ich.
Lügen Sie viel in Zeitungen? (Etwas anderes verdienen sie auch gar nicht). – Sie hindurchfühlen durch die Lüge.

————————

Verse verwirklichen sich. Darum – schreibe ich nicht *alles*.

————————

Lesen Sie noch einmal, wenn Sie Lust haben, im „Handwerk" die „Schneewehen".

„Und nicht umblicken wird sich
das Leben mit den steilen Brauen!
Hier gibt es kein Zusammentreffen,
hier gibt es nur Geleit" . . .

Geschrieben war es auf dem Höhepunkt einer Freundschaft; alles ging zum anderen – aber es *ging* doch *fort*! Es *verwirklichte* sich! In der Stunde des Einander-Verfehlens hätte ich nicht anders geschrieben.
Ich kenne dieses am Willen vorbeigehende Herbeizaubern (fast immer von Nöten! Aber, den Göttern sei Dank, für mich!). Ich fürchte nicht mich, ich fürchte meine Verse.

————————

Wie seltsam, daß der Raum eine Mauer ist, in die man einbricht!

————————

2. August.
Wenn sich die Menschen, indem sie mit mir für eine Stunde zusammenstoßen, über die Ausmaße von Gefühlen entsetzen, die sie in mir erwecken, dann machen sie einen dreifachen Fehler: nicht sie – nicht in mir –

keine Ausmaße. Einfach eine Maßlosigkeit, die sich auf dem Wege erhebt. Und sie haben vielleicht nur in einem recht: im Gefühl des *Entsetzens*.

————————

4. August.
Eine Bitte: Verhalten Sie sich mir gegenüber nicht wie zu einem Menschen. Nun – wie zu einem Baum, der Ihnen entgegenrauscht. Sie werden dem Baum keinen „Überschuß an Gefühlen" vorwerfen; Sie werden nur hören, wie „die Lippen reden". Wenn Sie mich veranlassen, mit Ihnen ein Mensch zu sein, d.h. mich dafür zu *halten*, dann werde ich mich verschließen, weil ich *nicht* rechnen[47] *kann*.

————————

Im Schweigen ist – was? Beschäftigtsein? Nachlässigkeit? Berechnung? „Gewohnheit"? Eine übertrieben erfüllte Bitte? Ich verliere mich. In einigen Tagen (ungefähr zehn), wenn ich mich gewöhnt und verzichtet habe, werde ich mich beruhigen. Aber *einstweilen* sind diese Tage schwer für mich.

————————

5. August.
Ich habe niemanden, dem ich etwas von Ihnen sagen kann. Alja, die vom zweiten bis zum neunten Lebensjahr meine „Antwort in den Bergen" war, spielt jetzt mit Puppen und ist mir gegenüber zutiefst gleichgültig. Sie sind mein Geheimnis, zuerst ein freudiges, dann ein schmerzliches. O, Gott will mich wirklich zu einem großen Dichter machen, sonst würde er mir nicht alles so nehmen!

————————

Ich betrachte den Schmerz (zum wievielten Mal!). Die gleichen physischen Gesetze einer Krankheit, die Tage *davor*, der Ausbruch, das allmähliche Ansteigen, die Krise. Bis zum Tod ist es bei mir niemals gekommen, d.h. daß die *Seele* starb!
Der Schmerz ist für mich jetzt schon ein Gleis; es geht mühsam – aber ich gewöhne mich daran.

————————

6. August.
Krankheit? Liebe? Kränkung? Schuldbewußtsein? Enttäuschung? Furcht? Wenn man die Krankheit beiseite läßt: Liebe – aber wodurch kann ihre Liebe zu irgend jemand Ihre *Freundschaft* zu mir stören?

Mir tut es schon nicht mehr so weh (der 7. /August/, der 10. Tag); noch zehn Tage – und es wird vergehen, wird aufhören zu brennen, aufhören zu schmerzen. Ich empfinde schon Neugier (die eher mir selbst feindlich ist als Ihnen), ich lächle schon spöttisch (wiederum über mich!) Bitterkeit – das ist eher Kälte als Hitze. So etwas wie Verbrennung von *Eis*.

8., auf dem Berge.
Nein, es schmerzt mich noch sehr. Aber ich bin maßlos geduldig. Heute morgen – ein Brief; ich schaue hin – es ist nicht Ihre Handschrift; gleich von wem, wenn es nicht Ihre ist . . .
Sie waren mein Flußbett, meine Form, der Schraubstock, den ich brauchte. Und dann noch – mein lieber Baum!
Seele und Jugend. Eine gewisse Begegnung von zwei Absoluten. (Habe ich Sie für einen Menschen gehalten?!) Ich dachte – Sie seien die Jugend, das Element, das mich – meines fassen lassen kann! Ich bin hundert Werst entfernt.

Wenn Sie der sind, an den ich schreibe, dann quälen Sie sich genauso wie ich.

----

12. August, Montag, zum zweitenmal.
Der Schmerz hat schon aufgehört, ein Ereignis zu sein; er wurde ein Zustand. Daß Sie es *waren*, glaube ich schon nicht mehr; Sie – das ist mein Schmerz . . .

Ach, ja, etwas Seltsames: Ich schickte Ihnen nach Berlin – jetzt will ich nicht sagen, was; es ist unwichtig – etwas per Gelegenheit. Der Mann war ungefähr am 1.

bei Ihnen, er suchte lange (die Adresse war genau angegeben), endlich verlief er sich nach ganz oben ins Haus – und nichts: Reparatur, Maler, Lumpen. So hat er denn nichts erreicht.
Aber er ähnelt doch mir: Genaue Adresse, ich gehe in fester Überzeugung, die Nummern stimmen nicht – also höher; ich steige hinauf; Holz, Kalklauge, Leere: keine Seele, keine Spur. Es war meine Seele, die zu Ihnen ging.

... Mein Freund, mein Freund, Verse zaubern! Ich erinnere mich, wie ich in meinem allerersten Brief (nach „Handwerk", ins Heft geschrieben) absichtlich (abergläubisch) den Satz ausließ:

„Anfangen auf gut Glück vom Ende her
und noch enden – bis zum Anfang hin!"

(Aus den Versen meiner Jugendzeit.) Der erste Vers bin ich, der zweite Sie. Ich ließ es aus, aber es wurde doch Wirklichkeit!

----

19. August, Dienstag.
... Nicht genug damit, daß ich Sie niemals (mit den Augen) gesehen und (mit den Ohren) gehört habe, muß noch das sein, daß ... die *ungehörte* Stimme verstummte!
Und danach sagt man mir, daß ich mir Menschen *ausdenke*.

Gott will mich zum Gott – oder zum Dichter – machen, aber ich will bisweilen ein Mensch sein und wehre mich und will Gott beweisen, daß er Unrecht hat. Und Gott lacht und läßt mich frei: „Geh hin, lebe ..."
So ließ er mich zu Ihnen – für eine kurze Stunde.

Jetzt sehen Sie, wie Verse geschrieben werden.

Ich denke an mein letztes Buch[48]. In dem Maße, wie das voraufgehende („Handwerk") klangvoll ist, ist dieses dumpf . . .

————————

Ich bekomme eine Menge Briefe. Aus Badeorten, Kurorten; aber Ihrer käme aus Seelenort.[49]
Der Raum ist eine Mauer, aber die Zeit ist eine Bresche. Es wird der Tag, das Datum, die Stunde kommen, da werde ich alles erkennen. Das gibt mir Ruhe. Ich mag nicht an meinem Leben teilnehmen: O, das ist keine Trägheit – es ist Ekel: sich den Weg mit Teppichen bedecken. Ich werde keinen Finger rühren, um mir die Last zu erleichtern, mir die Frist abzukürzen.

————————

16. August, Donnerstag.
Aber gestern gab es eine Versuchung. Ich saß neben einem Mann, der Sie offensichtlich kannte. Und, nach langen Kämpfen, kühl: „Übrigens, kennen Sie nicht die Adresse von dem und dem?" – „Ja, d.h. ich kann. Ist es Ihnen dringend?" – „O nein. Ich habe mit ihm zu tun." Ich fragte – und mir wurde leichter. Nicht aus irgendwelchem Nutzen – wären Sie im Zimmer nebenan, würde ich, ohne daß Sie riefen, nicht hineingehen! – nein, nur eine überflüssige Versuchung (die schon überwunden ist!), eine überflüssige Barriere (die schon genommen ist!): Eine überflüssige – allerschwerste Absage an mich. Das ist etwas von den großen Errungenschaften und von den freudigen: eine gewisse Bescheinigung Ihrer Existenz: Gibt es einmal die Adresse, gibt es auch den Menschen.
Übrigens, Ihre Adresse weiß ich auch so nicht; der ganze Nachdruck war in der Frage, die Antwort habe ich irgendwie nicht zuende gehört: Sonst erfährt er es, sonst kann er, sonst könnte er es erfahren.

————————

Gerade eben – fünf Briefe: von Pawlik Antokolskij[50] (fast ein Freund der Kindheit: die ersten Tage der Revolution: vor hundert Jahren!) – von N. D. Ssinesubow[51] (ein Künstler – wissen Sie?) – auch ein alter

Freund: Wir streiften zusammen durch das letzte Moskau – ein Brief aus Mähren – ein Brief aus Serbien – ein Brief aus Paris, von meinem vergötterten, treuesten und schädlichsten Freund Fürst Sergej Mich/ajlowitsch/ Wolkonskij (wahrscheinlich haben Sie ihn gelesen?) – allen muß ich antworten, und ich antworte – Ihnen.
Jede Beziehung von mir ist eine Lawine . . . Ich kenne nicht die Gesetze der Physik, aber ich zweifle nicht daran, daß ich irgendwo, unter irgendeinem Paragraphen zur Gänze Platz finde.

. . . Sie haben mir ganze drei Wochen meines Lebens gestohlen. Sie hätten sie als Geschenk bekommen können. Jetzt aber haben Sie sie gestohlen und fortgeworfen, weder für Sie noch für die Menschen.

Etwas muß ich in dieser Begegnung erreichen. An etwas Hartes schlagen. Sie erwecken in mir schlechte Gefühle: Den Durst nach Schmerz, einem *LOKALEN* Schmerz, der den gemeinsamen überschreien würde.

Mein Begleiter ist ein ganz junger Bursche, einfach, still. Er war Soldat, jetzt studiert er. Er nennt mir alle Bäume im Wald und alle Vögel im Flug. Mit ihm spüre ich die Pfade der wilden Tiere auf. Ich mag die Naturwissenschaften nicht, aber ihm höre ich mit Freude zu. Er ist selbst wie ein wildes kleines Tier; allen geht er aus dem Wege. Aber zu mir hat er Vertrauen. Verse mag er nicht und liest er nicht.
So werde ich auch jetzt gleich, wenn ich diese Zeilen zuende geschrieben habe, zu ihm auf den Berg, unter sein Fenster gehen. Ich werde ihn herausrufen; wir werden umherstreifen. Heute nach Nüssen.

25., Sonnabend.
Ich bin es müde geworden an Sie: in Ihnen: zu Ihnen hin zu denken. Ich bin vor Ihnen in nichts schuldig, ich habe Ihnen nichts Böses getan, weder in der Tat noch in Gedanken. Die gewohnte Geschichte . . .

In den nächsten Tagen fahre ich weg; für Sie ist meine Spur verloren, für mich aber ist Ihre in mir! Ich lasse Sie hier zurück, in den Wäldern, im Regen, im Lehm, auf den Zaunpfählen – allein mit den bei lebendigem Leib gerupften Gänsen von hier.
Nach Prag nehme ich Sie nicht mit, aber in Prag habe ich es schön: ein ganz großes Fenster auf die ganze Stadt und den ganzen Himmel, die Treppenstraßen, Ferne, Züge, Nebel.
In Prag werde ich unbedingt mit Ihrem Brief zu einer Wahrsagerin gehen; was sie erzählen wird, werde ich vergessen. Aber wenn Gott mich beim Jüngsten Gericht fragen wird: „Woher solch ein Haß?“, dann werde ich antworten: „Das muß so sein – ich habe schon zu sehr geliebt.“

Ich brauche keine Liebe, ich brauche *MENSCHLICHKEIT*.

Aber am 27. – ein Brief, und ich bin wahnsinnig glücklich.

P.S.

Prag, 5. September 1923.

Lieber Freund,
fürchten Sie *meine* Briefe, d.h. verbrennen Sie sie oder heben Sie sie auf. In meinen Händen ist das Leben eines anderen Menschen, das Leben ist hart; fürchten Sie Zufälligkeiten, werfen Sie meine Briefe nicht fort. – Ich bin *leidenschaftlicher* als Sie in meinem entfernten Leben: Als Mensch der *Gefühle* verwandle ich mich in der Abwesenheit in einen Menschen der *Leidenschaften*; denn meine *Seele* ist leidenschaftlich, und Abwesenheit ist das Land der Seele. Sie – da überlege ich: Ich fürchte, daß Sie ein Mensch der Flüchtigkeiten, der Empfindungen sind; in den Briefen (an die Abwesenheit) wachsen Sie zu Gefühlen empor. Darum kön-

nen Sie mir *alles* schreiben; ich aber kann zu Ihnen hin nicht einmal alles denken.

. . . Dieser Brief ist aber doch von der Art des Ewigen, aber unsere Adressen sind genauso flüchtig wie wir selbst. Unmittelbar vor der Abreise werde ich Ihnen noch schreiben; ich muß noch vieles fragen, vieles sagen.

Ich sende Ihnen meine Liebe und mein Gedenken.

M. Z.

Prag, 5. und 6. September 1923

. . . Gerade habe ich den „Krankheitsbericht" an Sie abgeschickt – heben Sie diese Blätter auf! Ich brauche sie nicht: Mein Gedächtnis wird sich – an alles erinnern, mein Herz – wenn es vergangen ist! – an *NICHTS*. Dann werden keine Blätter helfen. Ich werde einfach sagen: „Das war eine andere", – und vielleicht: „Ich kenne sie nicht."

. . . Bewahren Sie sie auf bis zu der Stunde, wo Sie plötzlich, wenn Sie sich an allen Wänden zersplittert haben, an der Existenz der Seele (der Liebe) zweifeln werden. Bewahren Sie sie auf, um zu wissen, daß Sie irgendwann irgend jemand – einmal im Leben! – wirklich geliebt hat. Weil die Liebe Trauer ist: aus Haut, aus Sehnen, aus der letzten Stunde – hin zu dem anderen.

. . . Jetzt ist die wahrste Stunde für eine Begegnung. Ich bin ihr (in meinem Wünschen) nicht zuvorgekommen. Aber diese dreizehntägige Qual (für Sie ist es nur eine Unruhe; o, streiten Sie nicht, ich klage ja nicht an!) wird mir von Gott und dem Leben als Jahre angerechnet werden – mein Freund, nicht eine Sekunde lang habe ich geglaubt, daß Sie krank seien, daß Sie nicht schreiben *könnten*; bewerten Sie meinen seelischen Zustand (andere habe ich nicht!) – mit einem

Wort: Ich muß Sie sehen und hören, um zu glauben oder nicht zu glauben, zu verzichten oder zu seufzen. Lieber Freund, meine Gewalttätigkeit besteht nicht aus Worten, aber auch nicht aus Taten: Das sind Leidenschaften der *Seele*, ganz anders als die anderen. Im Leben (im Zimmer) bin ich still, wohlerzogen, berühre kaum mit Blick und Stimme – und ergreife niemals als erste die Hand. Beim Menschen bin ich das, als was er mich sieht; um mich als eine Wirkliche zu haben, muß man mich als Wirkliche *sehen*; in mir sind zu viele Seelen – alle! – ich führe niemals unfreiwillig /un?/ hinters Licht.
– Sehen Sie!–

————————

Aber hin zu Scheiterhaufen und Nächten ist es wei-eit! Den Gerüchten nach – fliehen doch alle aus B/erlin/?
. . .
. . . Schreiben Sie mir von Ihrer Familie, von den Tagen (und sei es auch von den „Dni"[52], von Freundschaften – stehen Sie als Lebendiger auf. Ich muß wissen, wen ich liebe.
Seien Sie schlicht, suchen Sie keine Phrasen; das Teuerste ist das, was sich losriß! – reißen Sie sich los, geben, d.h. erlauben Sie das Sich-Losreißen den Worten von den Lippen, den Buchstaben von der Feder; denken Sie *nicht*, rechnen Sie nicht, *seien* Sie.
. . . Machen Sie es niemals zu genau, machen Sie es nicht schwerer, geben Sie mir die richtigen Meilensteine; den Weg werde ich finden. Das ist meine einzige Meisterschaft. Geben Sie mir Ruhe und Freude, geben Sie mir das Glücklich-Sein; Sie werden sehen, wie ich das verstehe!

————————

. . . Ich schicke Ihnen Verse. – Nicht alle – sehen Sie, wie viele; sie ließen sich nicht unterbringen. Aber ich nahm besonders *Ihre* (an Sie gerichtete). Nennen Sie mein Lieblingsgedicht! Und Ihrs. Vergessen Sie es nicht.

Schreiben Sie überhaupt über die Verse: Ob sie angekommen sind und als was sie angekommen sind und welches Ihre Lieblingszeilen sind; ich will alles wissen. (O, wie gut kenne ich *mein* liebstes!) Besteht Ihrer Meinung nach ein Unterschied zum „Handwerk"?

M. Z.

Seien Sie nicht böse; Sie sind jung. (Übrigens habe ich einen ganzen Roman im Hotel: Niemand will glauben, daß Alja meine Tochter ist und daß mein Paß *mein* Paß ist; man glaubt, daß ich all das erdichtet habe für irgendwelche Bequemlichkeiten im Leben: – hier in der Tschechei lies: In der Liebe! – die ich noch nicht erfassen kann) . . .

Die Wahl der Worte – das ist vor allem Wahl und Reinigung der Gefühle; nicht alle Gefühle sind tauglich; o, glauben Sie, auch hier muß Arbeit sein! Arbeit am Wort – Arbeit an sich selbst. *Das* ist es, was ich von Ihnen will: Gleichklang in den Vorlieben und Abneigungen: damit Sie begreifen, warum ich Ch/odasjewi/tsch nicht mag („ein Korken auf dem Jod", „ich küsse mir selbst die Hände", und besonders – bis zum Schaudern! – der Vers in den „Sovremennye Zapiski"[53]: „Kein reiner Geist, kein dummes Vieh" – oder etwas Derartiges!) – und warum ich Mandelstam liebe mit seinem verworrenen, schwachen, chaotischen Denken, das manchmal Unsinn ist (verfolgen Sie einmal logisch jeden beliebigen Vers von ihm!), und der unwandelbaren MAGIE jeder Zeile. Es geht nicht um „Klassizismus" – vielleicht sind beide Klassiker! – sondern um den *ZAUBER*. Und, um auf Sie und auf mich zurückzukommen: Finden Sie Worte, die mich bezaubern; ich glaube *nur* dem Zauber, gegen alles Übrige habe ich eine Lanzette: Das Denken.

Aber von Worten sind das wahrscheinlich die allereinfachsten.

Werden Sie niemals nach Prag kommen? Haben Sie hier nichts zu tun? Sie sind doch wahrscheinlich Sozialrevolutionär, und Sozialrevolutionäre haben wir vie-iele, ein

„Russisches Haus“ voll. Mit irgendeinem Auftrag, ja? Denken Sie ernsthaft darüber nach; die Leute fahren doch die ganze Zeit hin und her, alle haben irgendwelche Geschäfte; ich habe mich schon daran gewöhnt, obwohl ich bei solch einem Leben sterben würde.
Es wäre wunderbar! Ich würde Ihnen meinen Berg zeigen und mich auf ihm und die Stadt vom Berg aus. Übrigens. – Übrigens ist es dasselbe wie mein Berlin: Reinster Mythos. Für alles braucht man Geld, aber „noblesse oblige“[54], gerade jetzt keines zu haben.
Ja, schreiben Sie mir die Wahrheit über Berlin. Was geht bei Ihnen vor? Welchem Jahr in Rußland ist es ähnlich? Ist es denkbar, dort zu leben? Wie gern möchte ich kommen – und sei es nur für eine Woche! Wer weiß, vielleicht – mitten im Winter.
Über Zossen.[55] Nein, lieber Freund, wann und wo auch immer – es würde immer dasselbe dabei herauskommen! Das „Haus der Künste“ und die „Prager Diele“ würden sofort zerstreut werden: in Rauch und Dampf und Nebel. Und bleiben würden die Seelen . . .
Wo ist Belyj? Sagen Sie ihm, daß ich ihn liebe.
Schreiben Sie unbedingt über die Verse – und – unbedingt – welches das Lieblingsgedicht ist.

M. Z.

Moravska Tschbova, 9. September 1923

Ich schreibe Ihnen aus einem kleinen Städtchen in Mähren[56] (von dem altmodischen deutschen „Mähre“[56]: Märchen) unter dem Ticken von acht Uhren – alle in meinem Zimmer; ich wohne bei der Witwe eines Uhrmachers. Ich bin für einige Tage hier, bis zum 16., und habe beschlossen, diese Tage nichts zu tun; das ist das Allerschwierigste. Ich sehne mich nach Versen und meiner eigenen Seele. Ich verbringe die Zeit in der Kirche und im Lager. Morgens ist eine katholische Messe

in einer riesigen, alten, wenn nicht uralten Kirche; den Tag über bin ich im Lager (wie man hier sagt: Tabor), d.h. in einer kleinen russischen Stadt, die von unseren Gefangenen gebaut wurde und jetzt in ein russisches Gymnasium verwandelt wurde. Alja ist schon aufgenommen, hat sich gleich eingelebt, ist glücklich; ihre Augen wurden einmütig zu Sternen erklärt, und sie antwortete auf die Frage der Kinder (500!), wer sie sei und woher, sofort: „Ein Stern – und vom Himmel!" Sie ist sehr schön und sehr frei, kein Augenblick einer Verwirrung, sie ist die Unbefangenheit selbst; man wird sie lieben, weil sie niemanden braucht. Ich habe mein ganzes Leben hindurch *selbst* geliebt und noch mehr gehaßt und wollte von Geburt an sterben; das war eine schwere Kindheit und eine düstere Jugendzeit. Ich erkenne in Alja nichts, aber ich weiß eins: Sie wird glücklich sein. – Ich wollte das niemals (für mich).
Und da – zehn Lebensjahre wie mit der Hand weggenommen. Das ist fast eine Katastrophe. Mich macht diese Einbuße jünger; eine Erfahrung von zehn Jahren ist fortgenommen; ich beginne wieder *mein* Leben, ohne Verantwortung für einen anderen; das Gefühl, nicht gebraucht zu werden, macht mich leer und leicht; ich wiege noch weniger, ich bin noch weniger. (Gerade sagt hinter der Wand, in der Küche eine der Wirtinnen zu den Gästen: „Die junge Frau ist Dichterin – und schreiben tut sie, wie Perlen aufreihen!")[57]
Ja, von meinem Tag, der in der katholischen Kirche anfängt: Er endet mit einer Nachtmesse in einer russischen selbstgefertigten Kirche, wo man wunderbar singt und Gottesdienste hält. Ich bin in allen Kirchen zu Hause; eine Kirche – das ist doch ein besiegtes Haus, Lebensweise, Sackgasse. In einer Kirche ist keine Wirtschaft; die Kirche ist das Haus der Seele. Aber am meisten liebe ich leere Kirchen, am Tag, mit einer schrägen Sonnensäule, stimmlose Kirchen, wo allein die Seele jubiliert. Oder eine Kirche im Gewitter. Dann fühle ich mich wie eine Schwalbe.

———————

Eine altertümliche Stadt und höfliche Einwohner, ununterbrochene Verbeugungen und Knickse; mir gefällt das; ich leide wahnsinnig unter der *Offenheit* der Menschen. Hier gefällt sogar meine Frisur (d.h. ihr Fehlen!); das nennt man hier Haartracht[57] und es zeigt sich: „Kleidet Sie so schön."[57] Mir muß man schmeicheln; ich glaube doch nur an ein Hundertstel, und es ergibt sich das natürliche Wohlbefinden eines Menschen, den man *nicht* haßt.

Gleich gehe ich zur russischen Morgenmesse; die ersten halben Stunden werde ich hingerissen und hinaufgerissen sein, in den zweiten werde ich an meine Angelegenheiten denken, in den dritten – einfach an die frische Luft streben; ich kann nicht lange beten, ich bete überhaupt nicht, aber ich bin überzeugt davon, daß Gott mich hört und . . . den Kopf schüttelt.

----

10. September 1923

Der Brief kam gestern nicht fort – es war Sonntag, und es war keine Marke da.
. . . Die Luft, die ich atme, ist die Luft der Tragödie; in meinem Leben gibt es keine Überraschungen, weil ich sie alle vorher bezaubert habe; aber . . . außer den inneren Strömungen unter Wasser gibt es noch Zusammenströmen . . . z.B. der Umstände, einfach Ereignisse im Leben, die man nicht vorausahnt. Ich habe gerade das bestimmte Gefühl eines Vorabends – oder eines Endes. (Was vielleicht dasselbe ist!)
Warten Sie mit der Antwort; hier braucht man keine Antworten; eine Antwort wird dann sein, wenn ich, nachdem ich alle Brücken gesprengt habe, Sie um die Kraft bitten werde, die letzte zu sprengen . . .
Nach Bloks Tod traf ich ihn immer bei Nacht auf allen Moskauer Brücken; ich *wußte*, daß er hier umherstreift und – vielleicht – wartet; ich war seine größte Liebe,

obwohl er mich gar nicht kannte, die große Liebe, die ihm bestimmt war – und die sich nicht erfüllte. Und jetzt zaubert diese Brücke wieder, ohne Blok unter der Laterne, ohne jemand, *von* allen!

. . . Sie waren der erste – für Jahre; *anscheinend* der – der mich zur Stütze (in den Raum!) aufrief. O, ich vernahm sofort; das war ein Ruf in jenes Leben . . . Und ich antwortete, begab mich zu der Stimme, die ich wie eine Hand empfand . . .

. . . Haben Sie genug Kraft, mich bis zum Ende zu lieben; d.h. in der Stunde, in der ich sagen werde: „Ich muß sterben" – aus der ganzen Reinheit Ihres *Jahrzehnts* zu sagen: „Ja"?

Ich bin ja nicht fürs Leben da. Bei mir ist alles Brand! Ich kann zehn Beziehungen haben („Beziehungen" sind schön!) und jedem sofort, aus der tiefsten Tiefe, versichern, daß er der einzige ist. Aber die geringste Abwendung des Kopfes von mir – ertrage ich nicht. Ich empfinde SCHMERZ; verstehen Sie? Ich bin ein abgerissener Mensch; Sie sind ganz im Panzerhemd. Sie haben alles: Kunst, Gesellschaft, Freundschaften, Zerstreuungen, Familie, Pflicht; ich habe, in der Tiefe, NICHTS. Alles fällt ab wie eine Haut, und unter der Haut ist lebendiges Fleisch oder Feuer: Ich – Psyche. Ich finde in keiner Form Platz, nicht einmal in der geräumigsten meiner Verse! Ich kann nicht leben. Alles ist nicht so wie bei den Menschen. Ich kann nur im Traum leben, im einfachen Traum, der geträumt wird: Da falle ich von einer 40. Etage in San Francisco, dort ist Dämmerung, und man verfolgt mich; da ist ein Fremder – und – ich küsse ihn – sofort; dort tötet man mich gleich – und ich fliege. Ich erzähle keine Märchen; ich habe wunderbare und schreckliche Träume, mit Liebe, mit Tod; das ist mein wirkliches Leben, ohne Zufälligkeiten, ganz schicksalhaft, wo alles wirklich wird.

. . . Ich lebe mich in das Leben der Stadt ein. Hier sind altmodische Menschen. Man schenkte mir ein Kleid: blau mit Blümchen, ein Dirndlkleid[57]. Ich vergöttere

neue Kleider, besonders traurige – o, ich bin keine Frau! – ich trage alles, was anderen *nicht* steht!
Und dann werde ich noch eine neue Tasche haben, in der Art eines mittelalterlichen kleinen Sacks, wie ihn – wissen Sie? – auf alten Bildern junge Frauen am Gürtel tragen? Die alte (braune, wildlederne) schenkte mir Ljubow Michajlowna[58], und sie diente mir ergeben ein Jahr lang, aber jetzt wurde sie einem zottigen Hund ähnlich – oder einem Handschuh zum Schuheputzen – ich kann mich nicht von ihr trennen, und alle tadeln mich.
(Verzeihen Sie die Dummheiten.)

————————

Neulich kochte ich im Kaffeekessel den Boden des Spirituskochers, den ich verloren hatte; der Spiritus brannte im Deckel einer Schuhcremedose. Als ich den Kaffeekessel ausgetrunken hatte, entdeckte ich den Verlust: den schrecklichen schwarzen Boden des Spiritusbrenners (eben die Tasse). – Eine schöne Fettschicht?! – Und ich bin *nicht* gestorben.
(Werden Sie danach bei mir als mein Gast Kaffee trinken?)

————————

Ich drücke zärtlich Ihre Hand und erwarte von Ihnen Wunder.

M. Z.

Prag, 20. September 1923

Mein lieber Freund,
nehmen Sie all Ihre Tapferkeit in beide Hände und hören Sie mich an: *Etwas* ist zuende.
Jetzt ist das Schwerste getan; hören Sie weiter.
Ich liebe einen anderen – einfacher, grober und wahrhaftiger kann man es nicht sagen.
Habe ich aufgehört, Sie zu lieben? Nein. *Sie* haben sich nicht geändert, und ich habe mich nicht geändert. Ge-

ändert hat sich eins: meine schmerzhafte Konzentriertheit auf Sie. Sie haben nicht aufgehört, für mich zu existieren; ich habe aufgehört, in Ihnen zu existieren. Meine *Stunde* mit Ihnen ist beendet; es bleibt meine Ewigkeit mit Ihnen. O, hierbei zögern Sie! Es gibt außer Leidenschaften auch noch Freiräume. In Freiräumen ist jetzt meine Begegnung mit Ihnen.
O, das Warme ist nicht vergangen. Sie haben aufgehört, mein *Unglück* zu sein, aber Sie haben nicht aufgehört, meine *Sorge* zu sein . . .

————————

Wie ist das geschehen? O, mein Freund, *wie* geschieht das?! Ich stürmte los; der andere antwortete, ich vernahm große Worte, wie es einfachere nicht gibt und wie ich sie vielleicht zum ersten Mal im Leben höre. „Eine Verbindung?" Ich weiß es nicht. Ich bin auch durch den Wind in den Zweigen gebunden. Von der Hand – zu den Lippen – und wo ist die Grenze? Und gibt es eine Grenze?! Die irdischen Wege sind kurz. Was daraus wird – weiß ich nicht. Ich weiß: ein großer Schmerz. Ich gehe zum Leiden.
Dieser Brief ist ein Akt meines *Willens*. Ich hätte ihn nicht schreiben können, und Sie hätten niemals etwas erfahren . . .

————————

Jetzt die Hauptsache. Wenn Sie ohne mich *nicht können* – nehmen Sie meine Freundschaft, meine behutsamen und aufmerksamen Hände. Sie nehme ich nicht fort, obwohl sie sich nicht zu Ihnen hinstrecken . . . „Neigung ist eine Art von Leiden." Das *Leiden* ist vergangen, die *Krankheit* ist vergangen – nun, seien wir wahrhaftig: Die weibliche Unruhe ist vergangen, aber:

> Jener Goldschmuck und das Luftgewürze,
> Das sich täubend in die Sinne streut, –
> Alles dieses ist von rascher Kürze, –
> Und am Ende hat man es bereut![59]

Mein Freund, ich tröste Sie nicht; ich versetze *mich* in Schrecken, ich verstehe nicht, hier zu leben und zu lieben.

————————

Ich weiß überhaupt nicht, wie Ihnen besser, leichter sein wird – ganz ohne mich oder mit mir, die nicht ganz ist; wägen Sie ab, hören Sie sich hinein. Ich verlasse Sie nicht; ich kann nichts Lebendiges verlassen . . .

————————

. . . Wir haben uns nicht getrennt; wir haben uns hier getrennt, wo Sie und ich, Gott sei Dank, nicht waren, aber wohin wir gingen . . .

————————

. . . Lieben Sie oder vergessen Sie, schreiben Sie – oder verbrennen Sie alles mit diesem Brief; ich gebe Ihnen alle Auswege.
Jetzt habe ich nicht das Recht, an mich zu denken.

————————

Fahren Sie nicht nach Rußland.

————————

Und daß ich immer wissen möge, wo Sie sind.

————————

Noch eins: Wenn all dies kein Zufall ist – das Schicksal wird noch anklopfen. Mehr wage ich Ihnen nicht zu sagen.

M. Z.

(Auf der Rückseite:)

Und wenn *alles* zuende ist – danke für *alles*!

Prag, 25. September 1923

Lieber Freund,
Sie haben meinen Brief nicht verstanden; Sie haben ihn unaufmerksam gelesen. Sie haben weder meine Zärtlichkeit noch meine Sorge noch meinen menschlichen Schmerz um Sie gelesen; Sie haben mich nicht einmal verstanden in meinem: „Ja, ist es denn so wichtig – *wen* es schmerzt?!" – das Empfinden fremden Schmerzes als des eigenen – all das hat Sie nicht erreicht. Sie haben mich für einfacher gehalten als ich bin.

Aber *hin* zu der Begegnung mit Ihnen (nehmen Sie „Psyche“[60]) bin ich *nicht* gestrebt? Ja, was habe ich denn anderes in meinem ganzen Leben getan?!
– Ja, ich habe noch Verse geschrieben. –

Es ist ein Glück für Sie, daß Sie mich nicht getroffen haben. Sie hätten mit mir Qualen gelitten und hätten doch nicht aufgehört zu lieben, weil man mich ja gerade darum liebt! Ewige Treue wollen wir nicht von Penelope, sondern von Carmen – nur ein treuer *Don Juan* steht hoch im Preis! Ich kenne auch diese Versuchung. Das ist etwas Grausames: Lieben um der Flucht willen – und (von der Flucht!) Ruhe fordern. Aber Sie haben etwas, was auch ich habe: den Blick nach oben: in die Sterne: dort, wo auch die verlassene Ariadne ist und die du verlassen hast – wer von den Heroinen hat verlassen? Oder kommen nur die Verlassenen an den Himmel?
Der Blick nach oben ist ein Blick von oben. Schauen Sie auf mein Leben von oben: gut, nicht verurteilend, vorausschauend, nicht durchgehend. Erinnern Sie sich daran, daß ich es bin, die Sie lieben; dann werden Sie alles anders verstehen. „Lernen, der liebenden Gegenwart des Menschen zu leben wie seiner liebenden Vergangenheit“ – das ist es, was ich mir schon mit zwanzig Jahren von der Liebe wünschte. Sie nehmen das als Verlust; nehmen Sie es als überflüssige Besitzergreifung.

Ich wachse. Für den Wuchs sind alle Wege gut. Die einfachsten sind die besten. Es ist nicht Grausamkeit, die in mir spricht; das ist der Glaube an Ihre frühe Weisheit und große Güte. *So* verlieren Sie mich niemals . . .

Es gibt eine Welt, wo Sie und ich uns treffen werden: Das Lied!

> . . . Das Wort ist reine Heiterkeit,
> Heilung von Kummer . . .

Ich werde Ihnen meine Verse schicken: umgestaltetes

– wirkliches! – Leben; ich werde Ihnen schreiben. Es gibt eine Welt der Freiräume.
Über mich werde ich nicht schreiben, über das Meine – ja, mit Freude und mit Zärtlichkeit. Seien Sie mein Bundesgenosse; ich habe *wenig* Freunde: Fürs ganze Leben – vielleicht drei, von denen der eine 65 Jahre alt ist – der andere ist verschollen, von dem dritten weiß ich seit mehr als einem Jahr nichts. – Sehen Sie! – Die irdischen Wege sind nicht so reich.

M. Z.

Prag, 27. September 1923

Lieber Freund,
ich möchte Ihnen vor Ihrer Abreise noch einige Worte sagen. Keine Auslandsreisen; für mich ist auch eine Straßenbahnfahrt um Unterstützung ins „Russische Haus" ein Ereignis (fast immer von schmerzlicher Art; für Freude bin ich wenig empfänglich, irgendwie stumpf). Und da wir beide uns ähnlich sind, sage ich Ihnen: Paris wird Ihnen nichts geben außer eben Sie, Sie als einen Neuen. (Auf wessen Rechnung?! Ich bin es, die sich an Ihre Worte über die Augen erinnert.)
Ich war in Paris zum erstenmal mit 16 Jahren, allein: erwachsen, unabhängig, streng. Ich bezog eine Wohnung in der Rue Bonaparte, aus Liebe zu dem Kaiser, und außer dem N (dem triumphierenden „Non"[61] gegen alles, was nicht er war) habe ich in Paris nichts gesehen. Das war genug.
Das zweite Mal war ich dort mit Seresha, schon verheiratet, sehr jung (18 Jahre wahrscheinlich!) – und bedauerte dieses mein Paris.
Gehen Sie in meinem Namen in die Rue Bonaparte und erinnern Sie sich an mich, die Sechzehnjährige. Nur werden Sie nicht gerührt; ich war ganz und gar nicht rührend, ich war heroisch: d.h. unmenschlich.

———————

Ich bin jetzt am Vorabend von etwas Großem; das erfreut und erschreckt mich. Ich erinnere mich an ein Wort (von Balzac, glaube ich) anläßlich einer neuen Arbeit: „On la commence avec desespoir, on la quitte avec regret.“[62]
(Nur nicht „la“, sondern „le“, weil „travail“[63] – „le“ ist. Wenn aber „oeuvre“[64], dann doch „la“).

Ich bin ganz bezaubert von Ihren Zeilen über Mariula[65]. Woher? Aus den „Zigeunern“?[66]
Nur ein seltsamer Fehler:

„Und eure nomadisierenden Flure
wurden in den Wüsten nicht von Unglücksfällen errettet.
Und überall sind schicksalhafte Leidenschaften,
und vor Schicksalen gibt es keine Rettung.“

Natürlich – *Rettung* und nicht Schutz, wie bei Ihnen (bei Puschkin?). Wenn doch bei Puschkin, dann wird doch jeder beim Sprechen unbewußt „Rettung“ einsetzen, und er wird recht haben, weil das die Wahrheit des *Verses* ist. Einverstanden? Wenn Sie Lust haben, überprüfen Sie es und schreiben Sie.

Ich habe einen Freund in Paris, einen steinernen Ritter, der mir sehr ähnlich sieht. Er steht auf einer Brücke und bewacht den Fluß: Schwüre, Ringe, Wellen, Körper. Er ist ungefähr fünfhundert Jahre alt und er ist sehr jung: ein steinerner Knabe. Wenn Sie an mich denken werden, dann sehen Sie mich mit ihm.

Mein Berg bekommt einen rötlichen Schimmer. Von ihm aus ist die Stadt wie ein Meer. Ich bin selten in der Stadt, nur in der Bibliothek, wo ich die alten Dichter lese. O, wäre es doch eine Klosterbibliothek! Mit zwei alten Mönchen, die ebenso trocken sind wie die Pergamentbände, über die sie sich beugen. Und ein gepflastertes Gärtchen im Fenster! Ich kann nicht unter Menschen lesen, ist doch schon lächeln unmöglich.

Alja ist in Mähren; sie schreibt mir Briefe. Gestern schickte ich ihr ihre Lieblingspuppe: eine Mulattin mit Namen „Elena die Weise“ in einem blauen Eskimokleid und mit echtem Kummer in ihren herrlichen braunen Augen.
Alja schreibt: „Hier fragt man nach jeder neuen: ‚Ist sie hübsch? Kokett? Kann sie tanzen?‘ – Langweilig. –“
Mich rührten diese beiden Gedankenstriche; in ihnen ist die ganze Grenzenlosigkeit der Langeweile des Lebens . . .

M. Z.

Prag, 29. September 1923

Ich schreibe spät in der Nacht, beim Klang der Restaurantmusik, die aus dem Fenster herüberweht. (Wir haben heute einen nationalen Feiertag.) Ich schreibe im Bett. Ich wollte Griechenland lesen, nahm Ihren Brief – und konnte es nicht. Ich begann, an die Antwort zu denken. Vieles ist *wahrhaftig* aufgestanden.

————————

. . . Sie sagen: eine Frau. Ja, auch das ist in mir. Wenig – schwach – als Flüge – als Abspiegelung – als Abbild. Eher die Sehnsucht *nach* – als *etwas*! Für den, der *mich* liebt, ist die Frau in mir ein Geschenk. Für den, der *sie* in mir liebt – für mich – ist sie eine nicht bezahlbare Schuld. Die einzige Anspannung, von der ich müde werde, und das einzige Versprechen, das ich nicht halte. Haus meiner Armut. O, ich spreche von etwas ganz Bestimmtem – von der Liebes-Liebe, in der jede Beliebige stärker, in sich geschlossener und leidenschaftlicher ist als ich.
Vielleicht – wird diese dahinfließende Stunde auch ein Wunder an mir tun – gebe es Gott! – vielleicht werde ich wirklich ein Mensch werden, werde körperhaft werden.

————————

Haben Sie gewahrsagt? Sie schreiben genauso wie eine Wahrsagerin, wörtlich, wenn Sie sich erinnern. Und Sie lachen niemals, wenn Sie wahrsagen. Das kommt doch von der Hekate, der Göttin der Dunkelheit . . .

Heute hörte ich die Orgel in der Kirche, dann Militärmusik auf dem Palastplatz und – gerade jetzt – die letzte Fröhlichkeit der Vorstadt. Solche jämmerlichen Klänge. Hier versteht man zu lieben.

29. September, morgens.

Keine Leidenschaft wird in mir die Gerechtigkeit überschreien. Plus fort que moi.[67] Von hierher kommen alle meine Verluste. Männer und Frauen sind schonungslos, schonend sind nur die Seelen. Einem anderen Schmerz zufügen – nein, tausendmal besser ihn selbst aushalten, obwohl ich – zur Freude geboren bin. Glück auf fremden Knochen – das kann ich nicht. Ich bin kein Sieger.
(Ich sage das Tiefste über mich, was ich weiß.)

Und noch von etwas anderem: Schöpfertum und verliebter Zustand sind unvereinbar. Man lebt entweder dort oder hier. Ich lasse mich zu sehr hinreißen . . .
In dem anderen leben, bedeutet vernichtet werden. Es tut mir nicht leid, ich dürste nur danach, aber–––

Verstehen Sie: Ein anderer strebt nach meinem Reichtum, und ich strebe – durch ihn – danach, arm zu werden. Er will in mir sein; ich will in ihm verlorengehen. Überhaupt, ich leide zu sehr . . .

Ihren Brief, den mir meine Freundin brachte, las ich auf dem Kirchhof. (Ich lebe in der Vorstadt.) – Eine andere Stelle gab es nicht; überall sind Menschen, dort ist niemand. Es war keine Bank da; ich setzte mich auf den Weg, bei irgendeinem Stein. Ich las; der Wind zauste die Briefbogen, die Blätter fielen.

————————

Mein Freund, eine Bitte: Schicken Sie mir (auf deutsch) Nietzsches Buch „Die Geburt der Tragödie" (über Apollon und Dionysos). Ich habe niemanden in Berlin. Ich brauche es jetzt sehr.
Auf Wiedersehen. Ich drücke Ihre Hand. Hegen Sie keinen Haß gegen mich in Ihrem Herzen.

M. Z.

Prag, 4. Oktober 1923

Lieber Freund,
ich habe eine große Bitte an Sie – wenn Sie noch in Berlin sind –; denn wenn Sie nicht mehr in Berlin sind, können Sie nichts mehr machen.
Es handelt sich darum, daß man unbedingt Belyj nach Prag hinüberbringen (hinüberfahren!) muß; er darf nicht nach Rußland fahren; Gott sei Dank, daß man ihn nicht gelassen hat; er muß in Prag sein; hier wird man ihm geldliche Unterstützung (stricte necessaire)[68] geben, und hier bin zu guter Letzt ich, die ihn zärtlich liebt und – was besser ist – ihm ergeben ist.
Ich sprach mit Sslonim[69] (kennen Sie so jemand?). Er versprach, heute an Belyj zu schreiben; ohne seine Zustimmung darf man mit keinen Bemühungen beginnen; aber er ist wortbrüchig. Man muß ihn in den Händen halten, ihm in die Ohren summen – damit er sich nicht drückt, nichts verdreht. Ich weiß, daß Prag für ihn die Rettung ist. Erstens ist er versorgt, zweitens ist es eine *wunderbare* Stadt, drittens hat er Menschen oder Alleinsein zur Wahl – wie er will, viertens bin ich da, d.h. meine Bereitschaft, ihm zu helfen und mich um ihn zu sorgen: LIEBEND, MIT FREUDE und *UNERMÜDLICH.*

All das richten Sie ihm aus. Er wird etwa 800 Kronen im Monat bekommen, nicht weniger; davon kann er leben (er wird etwas dazuverdienen). Und *verbieten* Sie ihm mit meiner ganzen Willenskraft, auf die Unterstützung zu verzichten. Er soll sie unbedingt annehmen. Ohne das zu fahren, hat keinen Sinn.

Mein Freund, tun Sie das für mich. Bestehen Sie darauf! Seien Sie Schicksal! Stehen Sie unermüdlich über ihm. Und, was die Hauptsache ist, setzen Sie ihn – zur notwendigen Stunde – in den Zug! Ich werde ihn abholen. Ich beschwöre Sie bei Jesus Christus, tun Sie das! Hier wird er schreiben und atmen. In Rußland kann er nichts machen; ich weiß, wie man dort liebt!

Von Ihnen lange kein Wort; aber das ist nicht Ihre Schuld; wahrscheinlich werde ich bald etwas bekommen.

Aus meinen Bitten ersehen Sie, welch ein Freund Sie mir sind. Sie und ich sind in einem weiten Raum. Ich glaube Ihnen. Das ist eine Beziehung für immer. Ich kann das kühn behaupten. Ich weiß, daß Sie mich zu jeder beliebigen Stunde annehmen werden (ich habe *immer*: Stunde der Seele!). Darin ist unsere Begegnung, ihr ganzer Sinn. (Ich lenke Ihre Aufmerksamkeit nicht ab, damit Sie Belyj besser hinüberschaffen – Ehrenwort! Es bricht einfach aus der Feder und aus der Seele hervor!)
Und noch eine Bitte: Finden Sie für mich eine zuverlässige Gelegenheit, Boris Pasternak etwas zu schicken: aus Händen in die Hände. Ich muß ihm unbedingt Verse und einen Brief schicken. Zur Post habe ich kein Vertrauen, und ich habe seine Adresse nicht. Jetzt fahren viele nach Moskau; finden Sie für mich so jemanden Zuverlässigen, der meine Verse ein wenig gern hat und darum meinen Brief nicht wegwerfen wird. Oder einfach einen anständigen Menschen. Den Brief und die Verse schicke ich unmittelbar danach fort. Geben Sie

sie nicht ohne Not weg. Ich habe ihm ein halbes Jahr nicht geschrieben; nach so langer Zeit schreiben bedeutet einen Berg heben; ein zweites Mal werde ich es nicht schaffen. O, wieviel Tapferkeit brauchen wir, um zu leben! Wieviel – Lüge! Und noch mehr – Wahrheit!
Boris Pasternak ist für mich ein Heiligtum; das ist meine ganze Hoffnung, das ist der Himmel *hinter* dem Rande der Erde, das, was noch nicht war, das, was *sein wird*; ich vertraue Ihnen meine Liebe (den Brief) zu Boris Pasternak an wie meine Seele; geben Sie ihn nicht ohne Not weg.
Besser wäre es, in Berlin die Adresse zu finden; Ehrenburg kennt sie; irgendwie wäre es möglich durch eine dritte Person (sind Sie verfeindet?) – und wahrscheinlich wissen Sie noch andere, Helikon (Wischnjak) zum Beispiel oder Grshebin – wenn sie nicht weggefahren sind. Ich werde Ihnen den Brief im Umschlag schicken; schreiben Sie die Adresse darauf. Seine frühere Adresse ist: Wolchonka, 14. Im Notfall – mag ein Wegreisender den Brief so mitnehmen, und in Moskau (im Schriftsteller- oder Dichterverband oder in einem der Buchläden) wird man ihn ausfindig machen.
Tun Sie das für mich!

Also will ich noch einmal an Belyj erinnern. Wenn er noch nicht weggefahren ist – soll er nach Prag fahren. Aber davor geben Sie besser Nachricht: *Ja*, und danach – soll er sich nicht weigern. Wir werden die Sache schnell machen, das Visum und die geldliche Unterstützung – alles. Mir wird Sslonim helfen. So sagen Sie es ihm auch. Und übermitteln Sie ihm von mir meine ganze Zärtlichkeit und mein Gedenken. *BESPRECHEN, BEZAUBERN* Sie ihn – anders kann man ihn nicht fassen! Seien Sie sein WILLE und nehmen Sie zur Unterstützung – meinen dazu.
Auf all das antworten Sie unverzüglich.
Schön wäre es mit einem Eilbrief, aber ich fürchte, daß ich Sie ruiniere.
Ich drücke Ihre Hand. M. Z.

Prag, 10. Januar neuen Stils 1924

Lieber Freund,
als ich sechzehn war und Sie sechs oder so, lebte auf der Welt eine Frau, die in allem anders war als ich: die Tarnowskaja. Und es lebte auf der Welt ein Mann, Prilukow – ihr Freund, einer ihrer ungezählten Liebhaber.
Wenn sich über der Tarnowskaja – in Nizza, in Paris oder sonstwo – Gewitterwolken sammelten – und keine scherzhaften Gewitterwolken; denn sie scherzte nicht – gab sie unverändert ein Telegramm an Prilukow auf und erhielt unverändert immer ein und dieselbe Antwort: J'y pense.[70] (Mit Prilukow ist sie längst auseinander. Er lebte in Moskau, sie – überall.)
Prilukow ist für mich die allervollkommenste Verkörperung der männlichen Liebe, der Liebe – überhaupt. Wäre ich ein Mann, dann wäre ich Prilukow. Prilukow versöhnt mich mit der *Erde*; das ist schon der Himmel.

. . . Ich wende mich an Ihre zwanzig Jahre; wären Sie älter –, würde ich das von Ihnen nicht erwarten (ich erwarte es) . . .
Sie schreiben von Freundschaft. Das ist Selbstbetrug. Was für ein Freund bin ich? Ich bin eine Freundin, aber kein Freund. Als *Freundin* bin ich erdacht. Sie schreiben noch von der Liebe zu einer anderen. Ich – einen anderen, Sie – eine andere. Wozu dann?! Heiraten Sie eine andere, „leben" Sie mit anderen, *leben* Sie durch andere, aber lieben Sie – mich. Anders ist es doch sinnlos.
Hören Sie: Ich will natürlich ein Wunder von Ihnen, aber Sie sind 21 Jahre, und ich bin ein Dichter . . .

Ich selbst liebte so den sechzigjährigen Fürsten Wolkonskij, der Frauen nicht ertragen konnte. Mit aller Unerwidertheit, mit aller Selbstlosigkeit liebte ich ihn und erlangte ihn schließlich – zur ewigen Herrschaft! Ich bedeckte ihn mit der Hartnäckigkeit meiner Liebe.

(Frauen zu lieben, hatte er nicht gelernt; er hatte gelernt, die *Liebe* zu lieben.) Ich selbst liebte so (mit sechzehn Jahren) den Herzog von Reichstadt[71], der 1832 starb, mit vier Jahren eine Schauspielerin im irdischen Kleid aus den „Lustigen Weibern von Windsor", des ersten Theaterstücks in meinem Leben. Und noch früher – mit zwei Jahren muß es gewesen sein – eine Puppe, in einem grünen Kleid, im Schaufenster einer Glaspassage, eine Puppe, von der ich alle Nächte träumte, die ich mir *nicht* einmal – mit zwei Jahren! – laut gewünscht hatte, eine Puppe, an die ich mich vielleicht in der Todesstunde erinnern werde!

Nicht jeder kann es. Es können: Kinder, Greise, Dichter. Und ich als Dichter, d.h. *natürlich* als Kind und Greis! – erwählte mir, als ich auf die Welt kam, sogleich, den *anderen zu lieben*. Geliebte zu *sein* – das habe ich bis zu dieser Stunde nicht verstanden. (Das, was alle so schön und oberflächlich verstehen!)

Lieber Freund, ich bin sehr unglücklich. Ich habe mich von *diesem* getrennt, liebend und geliebt, auf dem vollen Höhepunkt der Liebe; ich habe mich nicht getrennt – ich habe mich losgerissen! Auf dem vollen Höhepunkt der Liebe, *ohne Hoffnung* auf eine Wiederbegegnung. Sein und mein Leben vernichtend. Selbst lieben kann ich nicht; denn ich liebe ihn, und ich will es nicht; denn ich liebe ihn. Ich will nichts als ihn, außer ihm, aber ihn *wird es niemals mehr geben*. Das ist solch eine erste Trennung fürs Leben, weil er, liebend, alles wollte: das *Leben*: das einfache, gemeinsame Leben, das, worauf niemals einer von denen, die mich liebten, „gekommen" ist. – Sei die meine. – Und das Meinige: Wehe!

In der Liebe gibt es, mein Freund, *GELIEBTE* und *LIEBENDE*. Und noch etwas Drittes, das Seltenste: *LIEBHABER*. Er war ein Liebhaber der Liebe. Da ich zu lieben begann, seit ich die Augen öffnete, sage ich:

Solch einem bin ich nicht begegnet. Mit ihm wäre ich *glücklich* gewesen. (Niemals habe ich daran gedacht!) Von ihm hätte ich einen Sohn gewollt . . .
Diesen Sohn habe ich (mich fürchtend!) leidenschaftlich gewünscht, und wenn Gott ihn mir nicht geschickt hat, dann offensichtlich darum, weil er es besser weiß. Ich wünschte dies bis zur letzten Stunde. Und kein einziges Kind sehe ich von dieser Stunde an ohne das wild schmerzende Aufreißen einer Wunde. Jede Fabrikarbeiterin aus der Vorstadt beneide ich . . .
Meine Zukunft ist *gestern*; ist das klar? Ich bin ohne *„morgen"*.
Es bleibt nur eins: Verse. Aber: Außerhalb von *mir* (der Lebendigen!) braucht er sie nicht. (Er liebt Gumiljow; ich bin nicht *sein* Dichter!) Folglich fällt auch dieser Weg ab. Es bleibt nur eins: die Elemente: des Meeres, des Schnees, des Windes . . .

————————

Mein Freund, jetzt verstehen Sie, warum es für mich notwendig ist, daß Sie mich lieben. (Nennen Sie es Freundschaft; das ist alles gleich.) Denn *mich gibt es nicht*; nur durch die Liebe zu mir werde ich begreifen, daß ich existiere. Wenn Sie die ganze Zeit über sagen werden: „Du . . . Deins . . . Dich", dann werde ich endlich begreifen, daß dieses „Du" existiert. Früher: – „Ich liebe, folglich existiere ich"; jetzt: „Ich bin geliebt, folglich" . . .
Ihre Liebe zu mir wird ein *gutes Werk* sein; fast so etwas wie die Auferstehung von den Toten . . .
Rue Bonaparte, 52a. Zwischen den Plätzen St. Sulpice und St. Germain des Pres. Oft, in Gedanken versunken, ging ich in die Tür gegenüber hinein, und die Schließerin sagte mit einem Lächeln: „M-lle se trompe souvent de porte".[72] (So werde ich vielleicht zufällig anstatt in die Hölle ins Paradies gelangen!) Meine Liebe zu Napoleon II. und gleichzeitig – zu einem gewissen Monsieur Maurice, achtzehn Jahre alt, der gerade das Gymnasium abschloß. Und noch zu M-lle James, professeur de

langue francaise,[73] einer dreißigjährigen Frau mit tollwütigen Augen.
– Aimez-vous Edmond Rostand, Madame?[74]
(Ich, aus Entzücken . . . und M-lle konnte ihr keinen vernünftigen Sinn sagen.)
Und sie, beunruhigt:
– Est-ce que j'ai une tete a aimer Rostand?[75]
Nein, ihre „tete" war nicht Rostand-haft, eher bestialisch: Der kleine Kopf einer Schlange mit einer niedrigen Stirn: Carmen!
Als ich – sechzehn Jahre alt, aus gutem Hause und in völliger Unschuld – mich nicht zurückhielt und ihr die Hände küßte:
– Quelle drole de chose que ces jeunes filles russes! Etes-vous peut-etre poete en votre langue?[76]

M. Z.

Meudon (S. et O.)
2, Avenue Jeanne d'Arc

. . . Wenn Sie morgen, Sonnabend, am Abend frei sind, würde ich mich sehr freuen, Sie zu treffen.
Sie werden meine Tochter Alja kennenlernen und vielleicht meinen Sohn Georgij sehen, während er schläft.

Marina Zwetajewa

Paris, 6. November 1925, Freitag.

Meudon (S. et O.)
2, Avenue Jeanne d'Arc
6. Mai 1928

Ich wende mich mit einer großen Bitte an Sie: Helfen Sie mir, Eintrittskarten für meine Soiree zu verbreiten . . . (NB!) Ich glaube, daß ich einen vollen Saal und eine leere Kasse haben werde!
Ich schicke mein Buch.
Alles Gute; verzeihen Sie die Bitte. M. Zwetajewa

Meudon (S. et O.)
2, Avenue Jeanne d'Arc
29. Juni 1928

Lieber Freund,
zweierlei Freuden; beginnen wir mit der geringeren: Geld für die Eintrittskarten, das ich gar nicht erwartet hatte (ich glaubte, ich hätte Ihnen nur fünf gegeben, die Sie mir dann auch zurückgaben); die zweite – das Vorhandensein harter Zeichen[77] in Ihrer Nachschrift, Zeichen, die *offen* gesetzt sind, d.h. die vom Adressaten kommen. Danke für das lange Gedenken, für *solches* lange Gedenken; ein hartes Zeichen am Ende eines Wortes, das *an mich* gerichtet ist, ist für mich mehr als das Wort, welcher Art es auch sein mag. So gebe ich ein „Ich habe immer an Sie gedacht" mit Freude für ein „Ich habe Sie ganz vergessen"[78] (Ъ– bedeutet: Gedenken Sie; d.h. die Hand gedenkt, das Wesentliche gedenkt!)
Ich bin schuldig vor Ihnen, ich weiß es – wissen Sie worin? In der unangebrachten Fröhlichkeit unserer Begegnung. Wollen Sie im Ernst eine andere – eine *ERSTE*?
Ich erscheine bei Ihnen jetzt *doppelt* in den Augen: Ich – der Briefwechsel und ich – die Begegnung; ich will die Einheit wiederherstellen.
Wenn Sie wollen, kommen Sie zu mir; wenn Sie wollen, treffen wir uns irgendwo in der Stadt, z.B. *Haltestelle der Elektrischen* Champ de Mars, Ausgang Eins. Schön wäre es um 6h; wir würden zusammen essen, dann spazierengehen; ich vergöttere Paris im Sommer. Also bestimmen Sie den Tag (es geht auch gegen 7h). Nur erkennen *Sie* mich; ich bin sehr schüchtern und fürchte mich, zu schauen . . .

M. Z.

2

ЧАС ДУШИ

(Первое послано)

Божественно и детски-гол
Лоб — сквозь тропическую темень.
В глазах, упорствующих в пол —
Застенчивость хороших семей.

Сквозь девственные письмена
Мне чудишься побегом рдяным,
Чья девственность оплетена
Воспитанностью, как лианой.

Дли свою святость! Уст и глаз
Блюди священные сосуды.
. . Под тропиками родилась
Любовь — и я к тебе оттуда:

Из папоротников, хвощей,
Рощ тростниковых, троп бесследных,
Где все забвение вещей
В ладони лотосова стебля

Покоится. . . Наводит сон
Сок лотоса. . . Вино без пены —
Сок лотоса. . . Детей и жен
Как обмороком сводит члены

Сок лотоса. . . Гляди, пуста
Ладонь. Но в час луны с Востока
(Сок лотоса. . .) — из уст в уста
Вкуси — сон лотосова сока!

23-го июля 1923 г.

2.[79]

Stunde der Seele
(Als erstes geschickt.)

Auf göttliche und kindliche Weise kahl
ist die Stirn – durch tropische Finsternis hindurch.
In den Augen, die fest auf den Boden gerichtet sind,
ist die Schüchternheit guter Familien.

Durch die jungfräulichen Briefe hindurch
erscheinst du mir wie ein purpurroter Trieb,
dessen Jungfräulichkeit umwunden ist
von Wohlerzogenheit wie von einer Liane.

Setze deine Heiligkeit fort! Der Lippen und Augen
geheiligte Gefäße bewahre.
. . . In den Tropen wurde die Liebe
geboren – und ich komme zu dir von dort:

Aus Farnkräutern, Schachtelhalmen,
Schilfhainen, spurenlosen Pfaden,
wo alles Vergessen der Dinge
in der Handfläche des Lotosstengels

ruht . . . Schlaf bringt
der Saft des Lotos . . . Wein ohne Schaum –
Saft des Lotos . . . Von Kindern und Ehefrauen
zieht wie durch eine Ohnmacht die Glieder zusammen

der Saft des Lotos . . . Schau, leer
ist die Handfläche. Aber in der Stunde des Mondes
von Osten her
(Saft des Lotos . . .) – empfinde von den Lippen
in die Lippen hinein – den Schlaf des Lotossaftes!

3

— НАКЛОН —

Материнское — сквозь сон — ухо.
У меня к тебе наклон слуха,
Духа — к страждущему: жив? да?
У меня к тебе наклон лба,

Дозирающего вер - ховья,
У меня к тебе наклон крови
К сердцу, неба — к островам нег,
У меня к тебе — наклон рек,

Век... Беспамятства наклон светлый
К лютне, лестницы — к садам, ветви
Ивовой — к убеганью вех...
У меня к тебе наклон в с е х

Звезд к земле! (Родовая тяга
Звезд к звезде!) Тяготенье стяга
К лаврам выстраданных мо - гил...
У меня к тебе наклон крыл,

Жил... К дуплу тяготенье совье...
Тяга темени к изголовью
Гроба. — Годы ведь уснуть тщусь! —
У меня к тебе наклон уст

К роднику...

28-го июля 1923 г.

3.
Neigung

Mütterliches Ohr – durch den Schlaf.
Ich habe zu dir die Neigung des Gehörs,
des Geistes – hin zu dem Leidenden: Ist er am Leben?
Ja?
Ich habe zu dir die Neigung der Stirn,

die die Gipfel beaufsichtigt.
Ich habe zu dir die Neigung des Blutes
zum Herzen, des Himmels – zu den Inseln der
Seligkeiten,
ich habe zu dir – die Neigung der Flüsse,

der Augenlider ... Der Bewußtlosigkeit helle Neigung
zur Laute, der Treppe – zu den Gärten, des
Weidenzweigs –
zum Fortlaufen der Meilensteine ...
Ich habe zu dir die Neigung aller

Sterne zur Erde! (Sippenzug
der Sterne zu dem Stern!) Schwerkraft des Banners
hin zu den Lorbeeren der ausgelittenen Gräber ...
Ich habe zu dir die Neigung der Flügel,

der Adern ... Zur Baumhöhlung hin die Schwerkraft
der Eule ...
Zug des Scheitels zum Kopfende
des Sarges. – Mühe ich mich doch Jahre hindurch
einzuschlafen! –
Ich habe zu dir die Neigung der Lippen

zur Quelle ...

28. Juli 1923

4

РАКОВИНА

Из лепрозария лжи и зла
Я тебя вызвала и взяла

В зори! Из зоркого сна надгробий —
В руки, вот в эти ладони, в обе,

— Раковинные — расти, будь тих:
Жемчугом станешь в ладонях сих.

О, не оплатят ни шейх, ни шах
Тайную радость и тайный страх

Раковины... Никаких красавиц
Спесь, сокровений твоих касаясь

Так не присвоит тебя как тот
Раковинный, сокровенный свод

Рук неприсваивающих... — Спи!
Тайная радость моей тоски,

Спи! Застилая моря и земли,
Раковиною тебя объемлю

Справа и слева и лбом и дном —
Раковинный колыбельный дом.

Дням не уступит тебя душа!
Каждую муку туша, глуша,

Сглаживая, как ладонью свежей
Нежную тайну студя и нежа,

4.
Die Muschel

Aus dem Leprosorium von Lüge und Bösem
habe ich dich herausgerufen und genommen

in die Morgenröte! Aus dem scharfsichtigen Schlaf der
Grabmäler
wachse in die Hände, hier in diese Handflächen, in
beide –

die muschelförmigen – hinein; sei still:
Du wirst eine Perle werden in diesen Handflächen.

O, es werden nicht bezahlen können weder Scheich
noch Schah
die geheime Freude und die geheime Furcht

der Muschel . . . Keiner schönen Mädchen
Hochmut wird sich, deine Verborgenheiten berührend,

so dich aneignen wie dieses
verborgene Muschelgewölbe

von Händen, die nicht aneignen . . . – Schlafe!
Geheime Freude meines Kummers,

schlafe! Bedeckend Meere und Länder,
werde ich dich als Muschel umfangen

rechts und links und mit der Stirn und dem Boden –
wiegendes Haus der Muschel.

Den Tagen wird die Seele dich nicht freigeben!
Jede Qual löschend, betäubend,

glättend, wie mit der frischen Handfläche
das zärtliche Geheimnis kühlend und umschmeichelnd,

Нежа и теша... О, чай! О, рей!
Жемчугом выйдешь из бездны сей.

— Выйдешь! По первому слову: будь!
Выстрадавшая раздастся грудь

Раковинная — о, настежь створы! —
Матери каждая пытка в пору,

В меру... Лишь ты бы, расторгнув плен,
Целое море хлебнул взамен!

1-го августа 1923 г.

umschmeichelnd und erfreuend . . . O, warte! O,
schwebe!
Als Perle wirst du aus diesem Abgrund hervorgehen.

– Du wirst hervorgehen! Bei dem ersten Worte: Sei!
wird nach dem Zuende-Leiden die Brust der Muschel

ertönen – o, weit offen die Türflügel! –
Der Mutter kommt jede Folter zur rechten Zeit,

zum rechten Maße . . . Wenn nur du, aufhebend die
Gefangenschaft,
als Ersatz dafür das ganze Meer in großen Schlucken
trinkst!

1. August 1923

5

— ЗАОЧНОСТЬ —

Кастальскому току,
Взаимность, заторов не ставь!
Заочность: за оком
Лежащая, вящщая явь.

Заустно, заглазно,
— Как некое долгое la —
Меж ртом и соблазном
Версту расстояния для...

Блаженны длинноты,
Широты забвений и зон!
Пространством как нотой
В тебя удаляясь, как стон

В тебе удлинняясь,
Как эхо в гранитную грудь
В тебя ударяясь:
Не видь, и не слышь, и не будь — — —

Не надо мне белым
По черному — мелом доски!
Почти за пределом
Души, за пределом тоски — — —

...Словесного чванства
Последняя карта сдана.
Пространство, пространство
Ты нынче — глухая стена!

4-го августа 1923 г.

5.
Abwesenheit

Dem kastalischen Strom,
stelle, Wechselseitigkeit, keine Staudämme auf!
Abwesenheit: hinter dem Blick
liegende höhere Wirklichkeit.

Hinter den Lippen, hinter den Augen
– wie irgendein langes A –
zwischen Mund und Verführung
den Werst des Abstands in die Länge ziehend . . .

Selig sind die Längen,
die Breiten von Vergessen und Zonen!
Als Raum wie als Note
in dich hinein sich entfernend, wie ein Stöhnen

in dir sich verlängernd,
wie ein Echo in die granitene Brust
in dich hinein aufprallend:
Sieh nicht, und höre nicht, und sei nicht –––

Ich brauche nicht das Weiße
auf dem Schwarzen – Kreide der Schiefertafel!
Fast hinter der Grenze
der Seele, hinter der Grenze des Schmerzes –––

. . . Der Eitelkeit der Worte
letzte Karte ist ausgegeben.
Raum, Raum,
du bist jetzt eine taube Wand!

4. August 1923

6

В глубокий час души,
В глубокий — ночи...
(Гигантский шаг души,
Души — в ночи́)

В тот час, душа, верши
Миры, где хочешь
Царить — чертог души,
Душа, верши.

Ржавь губы, пороши
Ресницы снегом.
(Атлантский вздох души,
Души в ночи́...)

В тот час, душа, мрачи
Глаза, где Вегой
Взойдешь... Сладчайший плод,
Душа, торчи.

8-го августа 1923 г.

6.

In der tiefen Stunde der Seele,
in der tiefen – der Nacht . . .
(Gigantischer Schritt der Seele,
der Seele – in der Nacht),

in dieser Stunde, Seele, vollende
die Welten da, wo du herrschen
willst – ein Prunkgemach für die Seele
vollende, Seele.

Mache die Lippen rostig, mit Schneeflocken
bedecke die Wimpern.
(Atlantischer Seufzer der Seele,
der Seele in der Nacht . . .)

In dieser Stunde, Seele, verdüstere
die Augen, wo du als Wega
aufsteigen wirst . . . Du süßeste Frucht,
Seele, schmecke bitter.

8. August 1923

7

Так писем не ждут,
Так ждут — письма.
Тряпичный лоскут,
Вокруг тесьма
Из клея. Внутри — словцо.
— И счастье. — И это все.

Так счастья не ждут,
Так ждут конца.
Повязки — вот тут —
И в грудь — свинца

Три дольки... В глазах — красно.
— И только. — И это все.

Не счастья: стара!
Цвет — ветер сдул!
Квадрата двора
И черных дум.

(Квадрата письма
Чернил и чар!)
Для смертного сна —
Никто не стар!

Квадрата письма.

11-го августа 1923 г.

7.

Auf Briefe wartet man so nicht,
so wartet man – auf einen Brief.
Ein Stück Papier, aus Lumpen gemacht,
darum herum ein Rand
aus Leim. Innen – ein Wort.
– Und das Glück. – Und das ist alles.

Auf das Glück wartet man so nicht,
so wartet man auf das Ende.
Eine Binde – dort ist sie –
und in die Brust – von Blei
drei kleine Teile. In den Augen ist es rot.
– Und nur. – Und das ist alles.

Nicht auf das Glück: Ich bin zu alt!
Die Farbe – der Wind hat sie weggeblasen!
Auf das Quadrat des Hofes
und die schwarzen Gewehrmündungen.

(Auf das Quadrat des Briefes
aus Tinte und Bezauberung!)
Für den Todesschlaf –
ist niemand zu alt!

Auf das Quadrat des Briefes.

11. August 1923

8

— ЧАС ДУШИ —

Есть час Души, как час Луны,
Совы — час, мглы — час, тьмы —
час... Час Души — как час струны
Давидовой сквозь сны

Сауловы... В тот час дрожи,
Тщета, румяна смой!
Да, час Души — как час грозы,
Дитя, и час сей — мой.

Час сокровеннейших низов
Грудных. — Плотины спуск!
Все вещи сорвались с пазов,
Все сокровенья — с уст!

С глаз — все завесы! Все следы —
Вспять! Час Души как час Беды,
Дитя, и час сей — бьет.

— Беда моя! Так будешь звать.
Так лекарским ножом
Истерзанные дети — мать
Корят: «Зачем живем?!»

А та, ладонями свежа
Горячку: «Надо. — Ляг!»
Да, час Души — как час ножа,
Дитя, и нож сей — благ.

14-го августа 1923 г.

8.
Stunde der Seele

Es gibt die Stunde der Seele, wie die Stunde des
Mondes,
der Eule – Stunde, des Nebels – Stunde, des Dunkels –
Stunde . . . Stunde der Seele – wie die Stunde der
Saite
Davids durch die Träume

Sauls . . . In dieser Stunde zittere,
Eitelkeit, wasche die Schminke ab!
Ja, Stunde der Seele – wie die Stunde des Gewitters,
ein Kind, und diese Stunde ist – mein.

Stunde der verborgensten Tiefen
in der Brust. – Steilabhang des Wehrs!
Alle Dinge rissen sich los aus den Fugen,
alle Verborgenheiten – von den Lippen!

Von den Augen – alle Vorhänge! Alle Spuren –
zurück! Auf den Linien – keine –
Noten! Stunde der Seele wie Stunde des Unglücks,
ein Kind, und diese Stunde – schlägt.

– Mein Unglück! So wirst du rufen.
So schreien die Kinder, vom Messer des Arztes
herausgeschnitten – der Mutter
entgegen: „Wozu leben wir?!"

Und sie, mit den Handflächen frisch
auf das Fieber: „Es muß sein. – Leg' dich hin!"
Ja, Stunde der Seele – wie die Stunde des Messers,
ein Kind, und dieses Messer ist – voll Segen.

14. August 1923

Alle Gedichte sind in Prosa wiedergegeben.

Anmerkungen

1 Seele, für die der Tod eine Heilung war. – franz.
2 Puschkinzitat
3 Im Original deutsch.
4 Daseinsberechtigung – franz.
5 Ich liebte es zu lieben. – lat.
6 Ljubow = Liebe, Stolica = Hauptstadt; offenbar kein Name (obwohl „ljubow" im Russischen ein Vorname sein kann), sondern eine scherzhafte Allegorie, die sich auf Marina Zwetajewas leidenschaftliche Liebe zu Moskau beziehen könnte.
7 A. G. Wischnjak, Inhaber des Berliner Verlags „Helikon", der während der Deportation durch die Nazis ums Leben kam. – A. B. (So werden alle von Bachrach stammenden Anmerkungen bezeichnet; die anderen Anmerkungen stammen von der Übersetzerin.)
8 Gedichtsammlung der Zwetajewa. – A. B.
9 Karolina Pawlowa (1807–1893), russische Schriftstellerin.
10 Russisches Längenmaß = 1,066 km.
11 „Mariula" und „Manon" – Gedichte der Zwetajewa aus dem Band „Psyche". – A. B.
12 Bezieht sich auf die Rezension des Sammelbandes „Psyche". – A. B.
13 Russisches Schriftzeichen (ъ), das in der Rechtschreibreform von 1917 fast ganz abgeschafft wurde.
14 Die Worte „rot" und „schön" (krasnyj) sind im Russischen synonym.
15 „Semgor" ist eine Abkürzung aus „semstwo" (Landstände) und „gorod" (Stadt) und bezeichnet eine 1915 gegründete bürgerliche Gegenbewegung gegen die Revolution. – Das russische Wort für „Bergbewohner" ist „gorcy"; Marina Zwetajewa macht damit ein Wortspiel mit dem von „semgor" gebildeten Adverb „po semgorski" (als wäre Semgorskisch eine Sprache).
16 Schriftzeichen für „e" im alten russischen Alphabet, ebenfalls 1917 abgeschafft.
17 In der Erzählung „Schreckliche Rache".
18 Diese Verse wurden gedruckt in dem Sammelband „Später als Rußland", Paris 1928. – A. B.
19 Im Russischen ein Wortspiel: o tsch evidnost' – z a otschnost'.
20 L. M. – I. Ehrenburgs Frau. – A. B.
21 B. N. – Andrej Belyj (Boris Nikolajewitsch Bugajew). – A. B.
22 Im Original deutsch.
23 I. G. Ehrenburg. – A. B.
24 s. Anm. 21. – A. B.
25 Sergej Jakowlewitsch Efron, Marina Zwetajewas Mann.

26 Im Original deutsch.
27 Im Russischen ein Wortspiel: „minuta“ – minutj (vergehen).
28 Märchen der Zwetajewa, das in Berlin 1923 veröffentlicht wurde, Verlag „Epocha“. – A. B.
Bachrach hatte dieses Märchen rezensiert; dadurch kam der Briefwechsel zustande.
29 Russischer Lyriker (1886–1939)
30 Zeitgenössische Blätter. Name einer Zeitschrift.
31 Drei Gedichte von Ossip Mandelstam, die in den Sammelband „Tristia“ aufgenommen wurden. Das dritte der von der Zwetajewa erwähnten beginnt mit den Worten: „Nicht glaubend an das Wunder der Auferstehung“; die von der Zwetajewa angeführte Zeile lautet in Wirklichkeit: „Aber in dieser dunklen, hölzernen und verrückten Vorstadt . . .“ – A. B.
32 Russisches Denken. – Zeitschrift, die in Sofia unter der Redaktion von P. B. Struve erschien. – A. B.
33 s. Anm. 20. – A. B.
34 N. D. Ssinesubow – Bühnenmaler. – A. B.
35 Alexej Michajlowitsch Remisow (1877–1957), russischer Prosaiker.
36 „Leben und Untergang von Nikolaj Kurbow“ – Roman von I. Ehrenburg. – A. B.
37 s. Anm. 21.
38 Russischer Lyriker (1867–1942)
39 Asja –Frau von Andrej Belyj, geb. Turgenewa. – A. B.
40 Russischer Lyriker (geb. 1896)
41 Beide Worte sind im Russischen nur durch einen Buchstaben unterschieden: vratsch – Arzt, vrag – Feind.
42 S. das voraufgehende Buch. Wie der Autor dieser Veröffentlichung in der Einleitung angegeben hat, werden die Briefe mit Kürzungen abgedruckt. – A. B.
43 Marina Zwetajewas Tochter Ariadna.
44 Im Original tschechisch.
45 Gestalt aus einem Drama von Marina Zwetajewa.
46 Den Vorfall, den die Zwetajewa erwähnt, hat sie in ihrem Aufsatz über Maximilian Woloschin beschrieben, der in ihren Band „Prosa“ aufgenommen wurde. – A. B.
47 Wortspiel: „Stschitatj“ heißt im Russischen sowohl „dafür halten“ wie „rechnen“.
48 Der Gedichtband, der auf „Handwerk“ folgt, heißt „1922“.
49 Im Original deutsch.
50 Russischer Lyriker, Neoklassizist, geb. 1886.
51 s. Anm. 34.
52 Wahrscheinlich Name einer Zeitung („Tage“).
53 s. Anm. 30.
54 Adel verpflichtet. – franz.

55 Vorort von Berlin, wo Andrej Belyj einmal lebte. – A. B.
56 Im Original deutsch.
57 Im Original deutsch.
58 Die Frau Andrej Belyjs.
59 Im Original deutsch. Wohl von Marina Zwetajewa selbst.
60 s. Anm. 11.
61 Nein. – franz.
62 Man beginnt sie mit Verzweiflung, man verläßt sie mit Bedauern. – franz.
63 Arbeit. – franz.
64 Werk. – franz.
65 s. Anm. 11.
66 Poem von Puschkin.
67 Stärker als ich. – franz.
68 Äußerst dringend. – franz.
69 Russischer Journalist.
70 Ich denke daran. – franz.
71 Sohn Napoleons I. (1811–1832)
72 Das Fräulein irrt sich oft in der Tür. – franz.
73 Französischlehrerin. – franz.
74 Lieben Sie Edmond Rostand, Madame? – franz.
75 Habe ich einen Kopf, um Rostand zu lieben? – franz.
76 Wie drollig diese russischen jungen Mädchen! Sind Sie vielleicht Dichter in Ihrer Sprache? – franz.
77 s. Anm. 13.
78 Mit hartem Zeichen geschrieben.
79 Diese Gedichte von M. Zwetajewa, die teilweise früher nirgends abgedruckt, teilweise in ihren letzten zu Lebzeiten erschienenen Sammelband „Später als Rußland“ aufgenommen wurden, wurden zu verschiedener Zeit zusammen mit den veröffentlichten Briefen geschickt. Das erste in der Reihenfolge wurde im 5. Band der „Mosty“ abgedruckt. – A. B. (S. S. 25f.) – „Mosty“ (Brücken) heißt die Zeitschrift, in der die Briefe veröffentlicht sind.

ВСТРЕЧА

Вечерний дым над городом возник,
Куда-то вдаль покорно шли вагоны,
Вдруг промелькнул, прозрачней анемоны,
В одном из окон полудетский лик.

На веках тень. Подобием короны
Лежали кудри... Я сдержала крик:
Мне стало ясно в этот краткий миг,
Что пробуждают мертвых наши стоны.

С той девушкой у темного окна
— Виденьем рая в сутолке вокзальной —
Не раз встречалась я в долинах сна.

Но почему была она печальной?
Чего искал прозрачный силуэт?
Быть может ей — и в небе счастья нет?..

Begegnung

Dunst legt' sich auf die Stadt im Abendlicht;
gehorsam rollten fern des Zuges Wagen.
In einem Fenster ward vorbeigetragen –
durchscheinend bleich – halb kindlich ein Gesicht.

Wie eine Krone ihre Locken lagen.
Nacht auf den Lidern . . . Fast bezwang ich nicht
den Aufschrei. Jäh traf die Erkenntnis mich:
Die Toten wachen auf durch unsre Klagen.

Das Mädchen, hinter dunklem Fenster fahl, –
Vision vom Paradies im Bahnhofstreiben –
sah ich dann oft noch in der Träume Tal.

Doch traurig sah ich ihre Augen bleiben.
Warum? Was suchte sehnsuchtsvoll der Blick?
Vielleicht ward auch im Himmel ihr kein Glück? . . .

1908 ?

В ПАРИЖЕ

Дома до звезд, а небо ниже,
Земля в чаду ему близка.
В большом и радостном Париже
Все та же тайная тоска.

Шумны вечерние бульвары,
Последний луч зари угас,
Везде, везде все пары, пары,
Дрожанье губ и дерзость глаз.

Я здесь одна. К стволу каштана
Прильнуть так сладко голове!
И в сердце плачет стих Ростана
Как там, в покинутой Москве.

Париж в ночи мне чужд и жалок,
Дороже сердцу прежний бред!
Иду домой, там грусть фиалок
И чей-то ласковый портрет.

Там чей-то взор печально-братский,
Там нежный профиль на стене.
Rostand и мученик-Рейхштадтский
И Сара — все придут во сне!

В большом и радостном Париже
Мне снятся травы, облака,
И дальше смех, и тени ближе,
И боль как прежде глубока.

Париж, июнь 1909 г.

In Paris

Die Häuser an die Sterne stoßen –
der Himmel tief und nebelnah.
Und in Paris, dem frohen, großen,
ist stets geheimer Kummer da.

Und die Boulevards am Abend lärmen,
der Dämmrung letzte Strahlen glühn,
und überall die Paare schwärmen –
die Lippe bebt, der Blick ist kühn.

Ich bin allein. Den Kopf zu lehnen
an die Kastanie, ist so süß!
Der Vers Rostands[1] weint in mir Tränen –
wie dort in Moskau, das ich ließ.

Paris, des Nachts, ist fremd dem Herzen;
ihm teurer ist ein frührer Wahn!
Nach Haus! Dort sind der Veilchen Schmerzen,
sieht ein Porträt mich zärtlich an.

Ein Blick ist dort – des Bruders Kummer –
und ein Profil, zart, an der Wand.
Und Sarah[2] kommt zu mir im Schlummer
und Reichstadts Herzog[3] und Rostand!

Und in Paris, dem großen, frohen,
seh Gräser, Wolken ich im Traum.
Fern ist Gelächter, Schatten drohen –
tief ist – wie einst – des Kummers Raum.

Paris, Juni 1909

1 Edmond Rostand (1868–1918), frz. Dramatiker
2 Sarah Bernhardt (1844–1923), frz. Schauspielerin, trug viel zu dem großen Erfolg der Stücke von E. Rostand bei.
3 Sohn Napoleons

ВСТРЕЧА

...«есть встречи случайные»...

Из дорогого письма.

Гаснул вечер, как мы умиленный
Этим первым весенним теплом.
Был тревожен Арбат оживленный;
Добрый ветер с участливой лаской
Нас касался усталым крылом.
В наших душах, воспитанных сказкой,
Тихо плакала грусть о былом.

Он прошел — так нежданно! так спешно! —
Тот, кто прежде помог бы всему.
А вдали чередой безутешно
Фонарей лучезарные точки
Загорались сквозь легкую тьму...
Все кругом покупали цветочки;
Мы купили букетик... К чему?

В небесах фиолетово-алых
Тихо вянул неведомый сад.
Как спастись от тревог запоздалых?
Все вернулось. На миг ли? На много ль?
Мы глядели без слов на закат,
И кивал нам задумчивый Гоголь
С пьедестала, как горестный брат.

Март 1910 г.

Begegnung

„. . . es gibt zufällige Begegnungen . . .“
Aus einem lieben Brief.

Der Abend schwand; er war voll Erregung
und wie wir vom Frühling gerührt.
Im belebten Arbat[1] war Bewegung.
Guter Windhauch, von Mitleid getragen,
hat mit Flügeln uns müde berührt,
in der Brust, die genährt war von Sagen,
um Vergangnes den Schmerz uns geschürt.

Und vorbei ging – so plötzlich! so eilend! –
er, der Hilfe sonst jedem gebracht.
Ohne Trost, in gepunkteten Zeilen,
die Laternen hellstrahlend erglühten
hin durch leicht sich verdunkelnde Nacht . . .
Alle rings um uns her kauften Blüten,
ein Bukett wir . . . Für wen war's gedacht?

Und am purpurrot-lilanen Himmel
still ein Garten, ein fremder, entschwand.
Wie entfliehn später Sorgen Getümmel?
Alles kehrte zurück. Kurz? Für länger?
Wortlos sahn wir des Abendrots Brand.
Vom Podest herab reichte der Sänger[2]
uns, ein trauriger Bruder, die Hand.

März 1910

1 Alter Teil Moskaus, westlich vom Kreml
2 Im Original ist vom „nachdenklichen Gogol“ die Rede.

В РАЮ

Воспоминанье слишком давит плечи,
Я о земном заплачу и в раю,
Я старых слов при нашей новой встрече
Не утаю.

Где сонмы ангелов летают стройно,
Где арфы, лилии и детский хор,
Где всё покой, я буду беспокойно
Ловить твой взор.

Виденья райские с усмешкой провожая,
Одна в кругу невинно-строгих дев,
Я буду петь, земная и чужая,
Земной напев!

Воспоминанье слишком давит плечи,
Настанет миг, — я слез не утаю...
Ни здесь, ни там, — нигде не надо встречи,
И не для встреч проснемся мы в раю!

Im Himmelslicht

Erinnrung drückt zu schwer die Schultern nieder;
ich zahl' fürs Irdische im Himmelslicht.
Die alten Worte – seh ich dort dich wieder –
verberg ich nicht.

Und dort, wo schöner Engel Scharen schweifen,
bei Harfenklang und Lilien, dort, wo Glück
und Ruhe ist, such ruhelos zu greifen
ich deinen Blick.

Wie ich zu Himmelsbildern spöttisch lächeln werde!
Allein, in schuldlos-strenger Mädchen Kreis,
sing ich, die Fremde von der fernen Erde,
der Erde Preis!

Erinnrung drückt zu schwer die Schultern nieder;
die Stunde naht – und Tränen berg ich nicht . . .
Nicht hier, nicht dort – wir sehn uns nirgends wieder;
nicht dafür stehn wir auf im Himmelslicht.

um 1912

6

Осыпались листья над Вашей могилой,
И пахнет зимой.
Послушайте, мертвый, послушайте, милый:
Вы всё-таки мой.

Смеетесь! — В блаженной крылатке дорожной!
Луна высока.
Мой — так несомненно и так непреложно,
Как эта рука.

Опять с узелком подойду утром рано
К больничным дверям.
Вы просто уехали в жаркие страны,
К великим морям.

Я Вас целовала! Я Вам колдовала!
Смеюсь над загробною тьмой!
Я смерти не верю! Я жду Вас с вокзала —
Домой.

Пусть листья осыпались, смыты и стерты
На траурных лентах слова.
И, если для целого мира Вы мертвый,
Я тоже мертва.

P. E.*

6.

Die Blätter sind abgefallen über Ihrem Grab,
und es duftet nach Winter.
Hören Sie, Toter, hören Sie, Lieber:
Sie sind dennoch mein.

Sie lachen! – Im armseligen Reisemantel!
Der Mond ist hoch.
Mein so unzweifelhaft und so unabänderlich
wie diese Hand.

Wieder werde ich mit dem Bündel morgens früh
an die Türen des Krankenhauses gehen. –
Sie sind einfach weggefahren in heiße Länder,
an große Meere.

Ich habe Sie geküßt! Ich habe für Sie gezaubert!
Ich lache über das Dunkel, das jenseits des Grabes ist.
Ich glaube dem Tode nicht. Ich erwarte Sie vom
Bahnhof –
nach Hause!

Mögen die Blätter abgefallen sein, – fortgewaschen
und zerrieben
auf den Trauerbändern die Worte.
Und wenn Sie für die ganze Welt tot sind,
bin auch ich tot.

* Pjotr Jakowlewitsch Efron

Gewidmet dem Andenken an Petr Jakowlewitsch Efron, Bruder von Marina Zwetajewas Mann Sergej, Schauspieler (1881–1914).

Я вижу, я чувствую, — чую Вас всюду!
— Что̀ ленты от Ваших венков! —
Я Вас не забыла и Вас не забуду
Во веки веков!

Таких обещаний я знаю бесцельность,
Я знаю тщету.
— Письмо в бесконечность. — Письмо в
беспредельность —
Письмо в пустоту.

4 октября 1914 г.

Ich sehe, ich fühle, ich empfinde Sie überall . . .
Was sind die Bänder, die von Ihren Kränzen hängen?
Ich habe Sie nicht vergessen und werde Sie nicht
vergessen
in alle Ewigkeit.

Ich kenne die Sinnlosigkeit solcher Versprechungen,
ich kenne ihre Vergeblichkeit.
Ein Brief in die Unendlichkeit. Ein Brief in die
Grenzenlosigkeit.
Ein Brief in die Leere.

4. Oktober 1914

Dieses Gedicht ist in Prosa wiedergegeben.

ЕВРЕЯМ

Кто не топтал тебя — и кто не плавил,
О купина неопалимых роз!
Единое, что на земле оставил
Незыблемого по себе Христос:

Израиль! Приближается второе
Владычество твое. За все гроши
Вы кровью заплатили нам: Герои!
Предатели! — Пророки! — Торгаши!

В любом из вас, — хоть в том, что при огарке
Считает золотые в узелке —
Христос слышнее говорит, чем в Марке,
Матфее, Иоанне и Луке.

По всей земле — от края и до края —
Распятие и снятие с креста.
С последним из сынов твоих, Израиль,
Воистину мы погребем Христа!

Москва, 1916 г.

An die Juden

Wer trat dich nicht, ließ nicht zuschanden werden
dich, Rosenstrauch, der unverbrennbar ist!
Du einziges, das hinterließ auf Erden
als Unerschütterliches Jesus Christ:

Du, Israel! Ja, näher kommt und näher
schon deine zweite Herrschaft. Mit dem Blut
bezahltet ihr für Groschen. Krämer! – Seher!
Verräter auch und doch voll Heldenmut!

In jedem Juden, sei es auch in jenem,
der Gold zählt, da die Kerze niederbrennt,
ist Christi Stimme lauter zu vernehmen
als in dem heil'gen Neuen Testament.

In jedem Lande wird ans Kreuz geschlagen,
in jedem Lande nimmt vom Kreuz man ab.
Mit deinem letzten Sohn, o Juda, tragen
wir Jesus Christus wahrhaft in das Grab!

Moskau 1916

Еще и еще песни
Слагайте о моем кресте.
Еще и еще перстни
Целуйте на моей руке.

Такое со мной сталось,
Что гром прогромыхал зимой,
Что зверь ощутил жалость
И что заговорил немой.

Мне солнце горит — в полночь!
Мне в полдень занялась звезда!
Смыкает надо мной волны
Прекрасная моя беда.

Мне мертвый восстал из праха!
Мне страшный совершился суд!
Под рев колоколов на плаху
Архангелы меня ведут.

16 марта 1916 г.

Noch und noch singet Lieder,
daß unterm Kreuz ich ging.
Küßt und küßt immer wieder
an meiner Hand den Ring.

Etwas geschah mir Armen,
daß Donner im Winter gedröhnt,
das Tier selbst gefühlt Erbarmen
und des Stummen Stimme getönt.

Am Mittag die Sterne mir flammen;
des Nachts heiße Sonne mir loht.
Es schlägt über mir zusammen
als Welle die strahlende Not.

Der Gestorbene ist mir erstanden!
Das Jüngste Gericht ward mir schon!
Zum Richtplatz führen in Banden
mich Engel beim Glockenton.

16. März 1916

Бог согнулся от заботы
И затих.
Вот и улыбнулся, вот и
Много ангелов святых
С лучезарными телами
Сотворил.
Есть с огромными крылами,
А бывают и без крыл.

Оттого и плачу много,
Оттого —
Что взлюбила больше Бога
Милых ангелов его.

15 августа 1916 г.

Gott, in Sorgen tief noch eben,
stumm, geneigt,
schuf dann lächelnd, rief ins Leben
vieler Engel Heiligkeit
mit der Körper Strahlenlichte.
Mächtig groß
schuf er ihrer Flügel Dichte,
doch auch manche flügellos.

Darum Tränen, der betrübte
Klageruf,
weil noch mehr als Gott ich liebte
teure Engel, die er schuf.

15. August 1916

Чтоб дойти до уст и ложа —
Мимо страшной церкви Божьей
Мне идти.

Мимо свадебных карет,
Похоронных дрог.
Ангельский запрет положен
На его порог.

Та̀к, в ночѝ ночей безлунных,
Мимо сторожей чугунных:
Зорких врат —

К двери светлой и певучей
Через ладанную тучу
Тороплюсь,

Как торопится от века
Мимо Бога — к человеку
Человек.

15 августа 1916 г.

Zu Mund und Lager zu gelangen,
muß an Gottes Dom mit Bangen
ich vorbei,

an dem Wagen, der zum Grab,
der zur Hochzeit führt.
Seine Schwelle hat von Engeln
ein Verbot berührt.

Dort vorbei, wo Nächte dunkeln,
wo mich wachend, eisern funkeln
Tore sehn,

zu der Tür, die hell und singend,
durch des Weihrauchs Wolken dringend
eile ich,

wie seit je die Menschen leben,
wie an Gott vorbei sie streben
Menschen zu.

15. August 1916

Август — астры,
Август — звезды,
Август — грозди
Винограда и рябины
Ржавой — август!

Полновесным, благосклонным
Яблоком своим имперским,
Как дитя, играешь, август.
Как ладонью, гладишь сердце
Именем своим имперским:
Август! — Сердце!

Месяц поздних поцелуев,
Поздних роз и молний поздних!
Ливней звездных —
Август! — Месяц
Ливней звездных!

7 февраля 1917 г.

August – Astern,
August – Sterne,
August – Trauben
am Weinstock und an der Eberesche,
der rostroten – August!

Mit dem schweren, wohlgeneigten –
deinem kaiserlichen Apfel
spielst, August, du wie ein Kind.
Übers Herz streichst wie mit der Handfläche
du mit deinem kaiserlichen Namen:
August! – Das Herz!

Monat später Küsse,
später Rosen und später Blitze.
Von Sternenregen –
du August! – Monat
der Sternenregen!

7. Februar 1917

Трудно и чудно — верность до гроба!
Царская роскошь — в век площадей!
Стойкие души, стойкие ребра, —
Где вы, о люди минувших дней?!

Рыжим татарином рыщет вольность,
С прахом равняя алтарь и трон.
Над пепелищами — рев застольный
Беглых солдат и неверных жен.

29 марта 1918 г.

Schwer, voller Wunder: Treu bis zum Grabe!
Luxus der Zaren wird Marktplatz-Zeit!
Standhafte Seelen und Rippen habend, –
wo seid ihr, Menschen vergangner Zeit?!

Dreistigkeit schweift – ein Tatar, rot von Haaren;
Thron und Altar macht er gleich dem Staub.
Über den Brandstätten – Brüllen, Gelage
von Deserteuren, treulosen Fraun.

29. März 1918

Я — страница твоему перу.
Всё приму. Я белая страница.
Я — хранитель твоему добру:
Возращу и возвращу сторицей.

Я — деревня, черная земля.
Ты мне — луч и дождевая влага.
Ты — Господь и Господин, а я —
Чернозем — и белая бумага!

* 10 июля 1918 г.

Deiner Feder bin ich weißes Blatt,
nehme alles auf – das Blatt, das leere.
Deinem Gute bin ich Ruhestatt,
das ich dir ums Hundertfache mehre.

Ich bin Dorf – und schwarzes Land bin ich,
Licht und Regen du, der drüber gleitet.
Du bist Herr und Herrscher, aber ich
bin das schwarze Land, die weiße Seite.

10. Juli 1918

Рыцарь ангелоподобный —
Долг! — Небесный часовой!
Белый памятник надгробный
На моей груди живой.

За моей спиной крылатой
Вырастающий ключарь,
Еженощный соглядатай,
Ежеутренний звонарь.

Страсть, и юность, и гордыня —
Всё сдалось без мятежа,
Оттого что ты рабыне
Первый молвил: — Госпожа!

* 14 июля 1918 г.

Ritter, du, der engelreine!
Der als Pflicht du wachen mußt.
Grabmal du aus Marmorsteine
auf dem Leben meiner Brust.

Wahrer heiliger Geräte
hinter meinem Flügelschlag,
Späher in des Abends Späte,
Glöckner du am frühen Tag.

Stolz und Jugend ungebrochen,
Leidenschaft gab sich dir hin,
weil als erster du gesprochen
zu der Sklavin: „Königin!"

14. Juli 1918

Я берег покидал туманный Альбиона...
Батюшков.

«Я берег покидал туманный Альбиона»...
Божественная высь! — Божественная грусть!
Я вижу тусклых вод взволнованное лоно
И тусклый небосвод, знакомый наизусть.

И, прислоненного к вольнолюбивой мачте,
Укутанного в плащ — прекрасного, как сон —
Я вижу юношу. — О плачьте, девы, плачьте!
Плачь, мужественность! — Плачь, туманный
Альбион!

Свершилось! — Он один меж небом и водою!
Вот школа для тебя, о ненавистник школ!
И в роковую грудь, пронзенную звездою,
Царь роковых ветров врывается — Эол.

А рокот тусклых вод слагается в балладу
О том, как он погиб, звездою заклеймен...
Плачь, Юность! — Плачь, Любовь! —
Плачь, Мир! — Рыдай, Эллада!

Плачь, крошка Ада! — Плачь, туманный
Альбион!

30 октября 1918 г.

Von Albions Nebelufern bin ich fortgezogen . . .
Batjuschkow

„Von Albions Nebelufern bin ich fortgezogen . . .“
O göttlich hohe Höhe! Göttlich hoher Schmerz!
Ich sah den wild bewegten Schoß der trüben Wogen,
das trübe Firmament. Wie gut kennt es mein Herz.

Und an dem Mast der Freiheitsliebe seh ich lehnen
den schönen Jüngling – und ihn hüllt ein Mantel ein.
Schön ist er wie ein Traum. Vergießt, ihr Mädchen, Tränen!
O weine, Tapferkeit! O Nebel-Albion, wein'!

Vorbei! Er ist alleine zwischen Himmelsferne
und Meer! Die Schule dir, du aller Schulen Feind!
Und in die Schicksals-Brust, durchbohrt von einem Sterne,
bricht Äolus, der Herr der Schicksals-Winde, ein.

Und zur Ballade wird der Ruf der trüben Wellen –
davon, wie er verging, von einem Stern geprägt . . .
O weine, Jugend, Liebe, Welt! O schluchze, Hellas!
Du, Ada! Albion, du, auf das sich Nebel legt!

30. Oktober 1918

Albion: älterer Name für Britannien. – Batjuschkow: Lyriker und Übersetzer der Puschkin-Zeit (1787–1855). – „O schluchze, Hellas“: Byron traf 1824 in Mesolongion ein, um am griechischen Freiheitskampf teilzunehmen, starb aber bald danach an Malaria. – Ada: Byrons Tochter.

3

В мое окошко дождь стучится.
Скрипит рабочий над станком.
Была я уличной певицей,
А ты был княжеским сынком.

Я пела про судьбу-злодейку,
И с раззолоченных перил
Ты мне не рупь и не копейку, —
Ты мне улыбку подарил.

Но старый князь узнал затею:
Сорвал он с сына ордена
И повелел слуге-лакею
Прогнать девчонку со двора.

И напилась же я в ту ночку!
Зато в блаженном мире — *том* —
Была *я* — княжескою дочкой,
А *ты* был уличным певцом!

* 24 апреля 1919 г.

Verse an Sonjetschka

3.

An meine Fenster klopft der Regen,
die Werkbank knirscht mit lautem Ton.
Ich sang auf Straßen und auf Wegen,
du aber warst ein Fürstensohn.

Ich sang des Schicksals bösen Trubel,
und über goldne Treppen hin
gabst du Kopeke nicht, nicht Rubel,
gabst du ein Lächeln mir dahin.

Doch hat's der alte Fürst erfahren:
Die Orden riß er fort dem Sohn
und hieß mit herrischem Gebaren
den Diener: Jag' das Weib davon!

Wie stillt' ich jene Nacht mein Dürsten!
Doch dort, im Jenseits, fern von Angst –
war i c h die Tochter eines Fürsten,
indessen d u auf Straßen sangst!

24. April 1919

Другие — с очами и с личиком светлым,
А я-то ночами беседую с ветром.
Не с тем — италийским
Зефиром младым, —
С хорошим, с широким,
Российским, сквозным!

Другие всей плотью по плоти плутают,
Из уст пересохших — дыханье глотают...
А я — руки настежь! — застыла — столбняк!
Чтоб выдул мне душу — российский сквозняк!

Другие — о, нежные, цепкие путы!
Нет, с нами Эол обращается круто.
— Небось, не растаешь! Одна — мол — семья! —
Как будто и вправду — не женщина я!

* 2 августа 1920 г.

Mit Augen und hellem Gesicht sprechen andre;
ich aber des Nachts mit dem Winde verhandle.
Es ist nicht der Zephir,
der Wärme uns bringt –
nein, gut ist und russisch,
der kalt mich durchdringt.

Mit Fleisch auf dem Fleische zu nächtlicher Stunde,
so trinken die andren von trockenem Munde.
Doch ich – kalt und starr – breit' die Hände weit aus.
Blas', russischer Wind, mir die Seele heraus!

Ihr andren in zärtlichem, wirrem Gedränge!
Mit uns handelt Äolus hart und voll Strenge.
„Du wirst nicht zerschmelzen. Du gleichst mir genau!"
So spricht er, als sei ich – wie er – keine Frau!

2. August 1920

Есть в стане моем — офицерская прямость,
Есть в ребрах моих — офицерская честь.
На всякую му̀ку иду не упрямясь:
Терпенье солдатское есть!

Как будто когда-то прикладом и сталью
Мне выправили этот шаг.
Недаром, недаром черкесская талья
И тесный ремѐнный кушак.

А зо̀рю заслышу — Отец ты мой ро̀дный! —
Хоть райские — штурмом — врата!
Как будто нарочно для сумки походной —
Раскинутых плеч широта.

Всё может — какой инвалид ошалелый
Над люлькой мне песенку спел...
И что-то от этого дня — уцелело:
Я слово беру — на прицел!

И так мое сердце над Рэ-сэ-фэ-сэ̀ром
Скрежещет — корми-не корми! —
Как будто сама я была офицером
В Октябрьские смертные дни.

Сентябрь 1920 г.

In meiner Gestalt – Offizieres-Geradheit,
Offizieres-Ehre – in meiner Brust,
so gehe ich widerstandslos in die Qualen,
der Geduld des Soldaten bewußt!

Als hätte man einstmals mit Kolben und Stahle
mir gradaus die Schritte gelenkt.
Nicht umsonst, nicht umsonst die tscherkessische Taille
und der Gürtel aus Riemen so eng.

Es weckt mich die Trommel: Zum Sturm auf die Tore –
der himmlischen auch – sieh mich, Vater, bereit!
Mir wuchsen vom Tag an, an dem ich geboren,
die Schultern für Feldtaschen – breit.

Sie kann alles – verwirrt sang's ein Invalide
einst über der Wiege mir . . .
Und etwas blieb heil von dem Tag, von dem Liede:
Ich nehme das Wort – aufs Visier!

Und über der Sowjetunion knirscht's im Herzen –
kaum bietet sie Nahrung doch mir! –
als wär' im Oktober der tödlichen Schmerzen
ich selber ein Offizier.

September 1920

Твои знамена — не мои!
Врозь наши головы.
Не изменить в тисках змеи
Мне духу-голубю.

Не ринусь в красный хоровод
Вкруг древа майского.
Превыше всех земных ворот
Врата мне — райские.

Твои победы — не мои!
Иные грезились.
Мы не на двух концах земли —
На двух созвездиях!

Ревнители двух разных звезд —
Так что же делаю —
Я, перекидывая мост
Рукою смелою?!

Есть у меня моих икон
Ценней — сокровище.
Послушай: есть другой закон,
Законы — кроющий.

Пред ним — всѐ клонятся клинки,
Всѐ меркнут — яхонты.
Закон протянутой руки,
Души распахнутой.

И будем мы судимы — знай —
Одною мѐрою.
И будет нам обоим — Рай,
В который — верую.

Москва, 26 ноября 1920 г.

Deine Fahnen sind nicht die meinen.
Getrennt sind unsere Häupter.
Ich kann nicht in der Umschlingung der Schlange
den Geist – die Taube – verraten.

Ich stürze mich nicht in den roten Reigen
um den Maibaum.
Höher als alle irdischen Tore
sind für mich – die Pforten des Paradieses.

Deine Siege sind nicht die meinen.
Andere träumten mir.
Wir sind nicht an zwei Enden der Erde –
sondern auf zwei Sternbildern.

Wir sind Eiferer zweier verschiedener Sterne –
was soll ich also tun,
ich, die ich die Brücke schlage
mit kühner Hand?!

Bei mir gibt es einen Schatz,
der wertvoller ist – als meine Ikonen.
Vernimm: Es gibt ein anderes Gesetz,
das die Gesetze – zudeckt.

Vor ihm – neigen sich alle Klingen,
verblassen – alle Rubine.
Das Gesetz der ausgestreckten Hand,
der weit geöffneten Seele.

Und wir werden verurteilt werden – wisse es –
mit e i n e m Maß.
Und uns beiden wird – das Paradies zuteil werden,
an das ich – glaube.

Moskau, 26. November 1920

Dieses Gedicht wird in Prosa wiedergegeben.

Любовь! Любовь! И в судорогах, и в гробе
Насторожусь — прельщусь — смущусь — рванусь.
О милая! — Ни в гробовом сугробе,
Ни в облачном с тобою не прощусь.

И не на то мне пара крыл прекрасных
Дана, чтоб нȧ сердце держать пуды.
Спеленутых, безглазых и безгласных
Я не умножу жалкой слободы.

Нет, выпростаю руки! — Стан упругий
Единым взмахом из твоих пелен
— Смерть — выбью! Верст на тысячу в округе
Растоплены снега и лес спален.

И если всё ж — плеча, крыла, колена
Сжав — на погост дала себя увесть, —
То лишь затем, чтобы смеясь над тленом,
Стихом восстать — иль розаном расцвесть!

* Около 28 ноября 1920 г.

O Liebe, Liebe, zuckend und im Grabe,
verlockt, verwirrt, stets wachend stürz' ich mich.
O Teure, die im Schnee des Grabs ich habe,
auch nicht im Schnee der Wolken laß ich dich.

Das schöne Flügelpaar, es ward mir nimmer,
um auf der Brust zu halten das Gewicht,
und um Verpuppte ohne Blick und Stimme
vermehre ich die arme Vorstadt nicht.

Nein: leer die Hände! Und aus deinem Linnen
mit einem Schlag die schnellende Gestalt,
o Tod! Es wird der Schnee im Wald zerrinnen,
und meilenweit entflammt wird stehn der Wald.

Und wenn ich alles, Schultern, Kniee, Flügel,
gepreßt, dem Kirchhof preisgegeben hab',
dann nur, um, lachend auf Verwesungshügeln,
als Vers emporzublühen aus dem Grab!

um den 28. November 1920

МАЯКОВСКОМУ

Превыше крестов и труб,
Крещенный в огне и дыме,
Архангел-тяжелоступ —
Здорово, в веках Владимир!

Он возчик и он же конь,
Он прихоть и он же право.
Вздохнул, поплевал в ладонь:
— Держись, ломовая слава!

Певец площадных чудес —
Здорово, гордец чумазый,
Что камнем — тяжеловес
Избрал, не прельстясь алмазом.

Здорово, булыжный гром!
Зевнул, козырнул — и снова
Оглоблей гребет — крылом
Архангела ломового.

5 сентября.

An Majakowskij

Du – höher als Schornstein und Kreuz,
getauft im Feuer, im Rauche,
du Erzengel lastenden Schritts –
ein Gruß dir auf ewig, Wladimir!

Er – Fuhrmann und gleichzeitig Pferd,
er – Recht und gleichzeitig Laune,
er seufzte, er spie in die Hände:
„Du Lastwagen-Ruhm, halt dich fester!“

Du Sänger zotiger Wunder –
ein Gruß dir, dem Schmutzig-Stolzen,
dafür, daß als Stein du Topas
gewählt hast und nicht Diamanten.

Ein Gruß dir, du Pflastergetös'!
Er gähnte und grüßte – und rudert
aufs neu mit dem Arme der Deichsel,
dem Flügel des Lastwagen-Engels.

15. September 1921

Die Übersetzung bewahrt das Metrum, verzichtet jedoch auf den Reim.

ХВАЛА АФРОДИТЕ

1

Уже богов — не те уже щедроты
На берегах — не той уже реки.
В широкие закатные ворота
Венерины, летите, голубки!

Я ж на песках похолодевших лежа,
В день отойду, в котором нет числа...
Как змей на старую взирает кожу —
Я молодость свою переросла.

4 октября.

2

Тщетно, в ветвях заповедных кроясь,
Нежная стая твоя гремит.
Сластолюбивый роняю пояс,
Многолюбивый роняю мирт.

Тяжкоразящей стрелой тупою
Освободил меня твой же сын.
— Так о престол моего покоя,
Пеннорожденная, пеной сгинь!

5 октября.

Preis Aphrodites

1.
Schon sind der Götter Gaben nicht die gleichen
an Stromes Ufer, der sich nicht mehr gleich.
Mögt, Venus' Tauben, ihr im Flug erreichen
die weiten Tore in des Westens Reich!

Ich liege auf dem kalt gewordnen Sande,
tret' in den Tag, da nichts mehr zählt, hinaus . . .
Wie auf die Haut hernieder blickt die Schlange,
wuchs über meine Jugend ich hinaus.

4. Oktober 1921

2.
Deiner Vögel Lieder zärtlich schallen
im Gezweig vergebens auf und ab,
und ich laß der Wollust Gürtel fallen,
senk' der Liebe Myrthen tief hinab.

Und dein Sohn, mit Pfeilen, die verwunden,
löste mich aus meines Körpers Raum.
Du mein Thron, wo Ruhe ich gefunden,
Schaumgeborne, schwinde hin in Schaum!

5. Oktober 1921

3

Сколько их, сколько их ест из рук,
Белых и сизых!
Целые царства воркуют вкруг
Уст твоих, Низость!

Не переводится смертный пот
В золоте кубка.
И полководец гривастый льнет
Белой голубкой.

Каждое облако в час дурной —
Грудью круглится.
В каждом цветке неповинном — твой
Лик, Дьяволица!

Бренная пена, морская соль...
В пене и в муке —
Повиноваться тебе доколь,
Камень безрукий?

10 октября.

3.

Wieviel, die weiß sind und grau, aus der Hand
Tränke sich nippen.
Niedertracht, wieviel an Reichen entstand
um deine Lippen!

Todesschweiß niemals im Safte verfliegt
goldener Traube,
und selbst der mähnige Feldherr sich schmiegt,
weiß, eine Taube.

Jede der Wolken, sie ballt sich zur Brust.
Schwer ist die Stunde.
Jede der Blüten, verzaubernde Lust,
trägt deine Wunde!

Schaum, du vergänglicher, Salz du vom Meer . . .
Qual ohne Ende . . .
Sage, wie lang muß ich dienen dir schwer,
Stein ohne Hände.

10. Oktober 1921

Молодость моя! Моя чужая
Молодость! Мой сапожок непарный!
Воспаленные глаза сужая,
Так листок срывают календарный.

Ничего из всей твоей добычи
Не взяла задумчивая Муза.
Молодость моя! — Назад не кличу.
Ты была мне ношей и обузой.

Ты в ночи нашептывала гребнем,
Ты в ночи оттачивала стрелы.
Щедростью твоей давясь, как щебнем,
За чужие я грехи терпела.

Скипетр тебе вернув до сроку —
Что уже душе до яств и брашна!
Молодость моя! Моя морока-
Молодость! Мой лоскуток кумашный!

5 ноября.

Meine Jugend, du! Du meine fremde
Jugend! Du! Nicht passende Gewänder!
Augen, die entzündet sind, verengend,
reißt man so die Blätter vom Kalender.

Nichts von aller deiner reichen Beute
hat die ernste Muse aufgelesen.
Jugend! Nicht zurück ruf' ich dich heute.
Last und Bürde bist du mir gewesen.

Nachts ist mir d e i n Kamm durchs Haar gestrichen.
Nachts hast d u die Pfeile scharf geschnitten.
Und an deiner Großmut Schutt erstickend,
hab' für fremde Sünden ich gelitten.

Zeitig habe ich zurückgegeben
dir dein Szepter. – Muß das Herz sich letzen?
Meine Jugend! Wirrnis meines Lebens –
meine Jugend! Roter Fahnenfetzen!

5. November 1921

Так плыли: голова и лира,
Вниз, в отступающую даль.
И лира уверяла: мира!
А губы повторяли: жаль!

Крово-серебряный, серебро-
Кровавый след двойной лия,
Вдоль обмирающего Гебра —
Брат нежный мой, сестра моя!

Порой, в тоске неутолимой,
Ход замедлялся головы.
Но лира уверяла: мимо!
А губы ей вослед: увы!

Вдаль-зыблящимся изголовьем
Сдвигаемые как венцом —
Не лира ль истекает кровью?
Не волосы ли — серебром?

Так, лестницею нисходящей
Речною — в колыбель зыбей.
Так, к острову тому, где слаще
Чем где-либо — лжет соловей...

Где осиянные останки?
Волна соленая — ответь!
Простоволосой лесбиянки
Быть может вытянула сеть? —

18 ноября.

So schwamm das Haupt, so schwamm die Leier
der Ferne, die zurückwich, nach.
Die Leier tönte Friedensfeier,
die Lippen wiederholten: Ach!

Der blutig-silbern strömt die Spuren
und silbern-blutig immerzu
entlang des toten Hebros* Fluren –
mein teurer Bruder, Schwester du!

Gemach, in Gram, der nicht zu heilen,
verzögert sich des Hauptes Gang.
Doch rief die Leier: Kein Verweilen!
Ein „Wehe" von den Lippen klang.

Im Ruhekissen ferner Wogen,
wie eine Krone, fortgeraubt,
hat blut'ge Spuren nicht gezogen
die Leier, silberne das Haupt?

So weiter auf des Stromes Stufen
hinab, wo euch die Woge wiegt,
zur Insel, wo in süßem Rufen
die Nachtigall wie nirgends lügt . . .

Die Überreste, hell umleuchtet,
o Wogensalz, wo sind sie hin?
Zog sie ans Land im Netz, durchfeuchtet,
vielleicht die schlichte Lesbierin?

18. November 1921

* Hebros: heute Maritza, Fluß in Südbulgarien

Это пеплы сокровищ:
Утрат, обид.
Это пеплы, пред коими
В прах — гранит.

Голубь голый и светлый,
Не живущий четой.
Соломоновы пеплы
Над великой тщетой.

Беззакатного времени
Грозный мел.
Значит Бог в мои двери —
Раз дом сгорел!

Не удушенный в хламе,
Снам и дням господин,
Как отвесное пламя
Дух — из ранних седин!

И не вы меня предали,
Годы, в тыл!
Эта седость — победа
Бессмертных сил.

27 сентября.

Dies ist Asche von Schätzen:
von Kränkung, Verlust,
vor der Granit sich zersetzen
und Staub werden muß.

Nackt und hell eine Taube,
der sich keine gesellt.
Asche auf Salomons Haupte
über der eitlen Welt.

Drohende Kreide von Jahren,
die kein Ende gekannt.
Gott ist niedergefahren –
drauf ist mein Haus verbrannt.

Nicht vom Trödel erdrückter
Herr über Tag und Traum,
senkrechte Flamme – entrückter
Hauch aus dem frühen Grau.

Und im Rücken, ihr Jahre,
habt ihr Verrat nicht gebracht.
Hier im Grau meiner Haare
siegt die unsterbliche Macht.

27. September 1922

ПОПЫТКА РЕВНОСТИ

Как живется вам с другою, —
Проще ведь? — Удар весла! —
Линией береговою
Скоро ль память отошла

Обо мне, плавучем острове
(Пò небу — не по водам!)
Души, души! быть вам сестрами,
Не любовницами — вам!

Как живется вам с *простою*
Женщиною? *Без* божеств?
Государыню с престола
Свергши (с оного сошед),

Как живется вам — хлопочется —
Ежится? Встается — как?
С пошлиной бессмертной пошлости
Как справляетесь, бедняк?

«Судорог да перебоев —
Хватит! Дом себе найму».
Как живется вам с любою —
Избранному моему!

Свойственнее и съедобнее —
Снедь? Приестся — не пеняй...
Как живется вам с подобием —
Вам, поправшему Синай!

Как живется вам с чужою,
Здешнею? Ребром — люба?
Стыд Зевесовой вожжою
Не охлёстывает лба?

Versuch, eifersüchtig zu sein

Sag, wie lebt sich's mit der andern –
leichter doch? – Ein Ruder schlägt! –
Die Erinnerungen wandern
wie ein Uferstrich hinweg

fort von mir, die (hoch im Himmelsraum,
nicht im Meer!) als Insel schwimmt.
Seelen, Seelen! – daß ihr Schwestern seid,
nicht Geliebte – ist euch vorbestimmt!

Sag, wie lebt sich's mit der s c h l i c h t e n
Frau? Wo k e i n e Götter sind?
Da die Herrin du vertrieben
von dem Thron (von dem sie stieg) –

sag, wie lebt sich's – sag, wie müht es sich –
krümmt sich's – steht sich's auf? Sag an!
Mit der Plattheit, die unsterblich ist,
lebt sich's – wie, du armer Mann?

„Krämpfe und im Herzschlag Pausen –
Schluß! Ich miete mir ein Haus."
Sag, wie kannst du mit ihr hausen,
kommst mit ihr, Erwählter, aus?

Ist das Essen besser, passender?
Schilt nicht, wenn es fade wird . . .
Sag, wie lebt sich's mit dem Abziehbild –
du, der Sinai korrigiert!

Sag, wie lebt sich's mit der Fremden,
Hiesigen? Ist sie dir lieb?
Traf nicht Scham aus Jovis Händen
dir die Stirn wie Peitschenhieb?

Как живется вам — здоровится —
Можется? Поется — как?
С язвою бессмертной совести
Как справляетесь, бедняк?

Как живется вам с товаром
Рыночным? Оброк — крутой?
После мраморов Каррары
Как живется вам с трухой

Гипсовой? (Из глыбы высечен
Бог — и на̀чисто разбит!)
Как живется вам с сто-тысячной —
Вам, познавшему Лилит!

Рыночною новизною
Сыты ли? К волшбам остыв,
Как живется вам с земною
Женщиною, бѐз шестых

Чувств?
Ну, за голову: счастливы?
Нет? В провале без глубин —
Как живется, милый? Тяжче ли,
Так же ли как мне с другим?

19 ноября.

Sag, wie lebt sich's – sag, wie fühlt man sich –
kann man – singt man? Wie – sag an!
Mit Gewissensqual, die ewig ist –
sag, wie lebt sich's, armer Mann?

Sag, wie lebt sich's mit der Ware,
die vom Markt kommt? Hoher Zins?
Nach dem Marmor von Carrara –
sag, wie lebt man da mit Gips?

(Aus dem Klotz der Gott herausgehaun
und zerschlagen ganz und gar!)
Sag, wie lebst du mit der Dutzend-Frau –
du, der Liliths* Liebster war!

Bist du satt der Markt-Neuheit,
kälter gegen Zauberei?
Sag, bringt dir das Leben Freude
mit der Irdischen – und f r e i

von den sechsten Sinnen?. . .
Lebst du da noch
glücklich? Nein? Die Fläche bricht.
Lebst du, Lieber, sag mir's dennoch,
so wie mit dem andern ich?

19. November 1924

* Lilith: weiblicher böser Dämon des jüdischen Volksglaubens; nach der talmudischen Überlieferung war Lilith Adams erstes Weib (vgl. Goethes „Faust", Walpurgisnacht).

Рас—стояние: версты, мили...
Нас рас—ставили, рас—садили,
Чтобы тихо себя вели
По двум разным концам земли.

Рас—стояние: версты, дали...
Нас расклеили, распаяли,
В две руки развели, распяв,
И не знали, что это — сплав

Вдохновений и сухожилий...
Не рассо̀рили — рассорѝли,
Расслоили...
                    Стена да ров.
Расселили нас как орлов-

Заговорщиков: версты, дали...
Не расстроили — растеряли.
По трущобам земных широт
Рассовали нас как сирот.

Который уж, ну который — март?!
Разбили нас — как колоду карт!

24 марта.

Für Boris Pasternak

Entfernung: Werste, Meilen . . .
Man hat uns ent-stellt, ent-setzt,
damit wir uns ruhig verhielten
an den beiden verschiedenen Enden der Erde.

Entfernung: Werste, Fernen . . .
Man hat uns entklebt, entlötet,
in zwei Hände entbogen, kreuzigend,
und wußte nicht, daß das die Legierung ist

von Begeisterungen und von Sehnen . . .*
Nicht zerstritten – zerstreut,
zerlegt . . .
                    Wand und Graben.
Getrennt angesiedelt hat man uns wie verschwörerische

Adler: Werste, Fernen . . .
Nicht verstimmt – verloren.
Über die Krähwinkel irdischer Weiten
hat man uns hingestopft wie Waisen.

Welcher schon – nun welcher – März ist?!
Zerschlagen hat man uns wie ein Kartenspiel!!

24. März 1925

* (anatom.)
Die Verbpaare sind im Original lautlich fast gleich oder gleich und nur durch die Betonung verschieden.
Dieses Gedicht wird in Prosa wiedergegeben.

НОВОГОДНЕЕ

С Новым годом — светом — краем — кровом!
Первое письмо тебе на новом
— Недоразумение, что злачном —
(Злачном — жвачном) месте зычном, месте звучном
Как Эолова пустая башня.
Первое письмо тебе с вчерашней,
На которой без тебя изноюсь,
Родины, теперь уже с одной из
Звезд... Закон отхода и отбоя,
По которому любимая любою
И небывшею из небывалой.
Рассказать как про твою узнала?
Не землетрясенье, не лавина.
Человек вошел — любой — (любимый —
Ты). — Прискорбнейшее из событий.
— В Новостях и в Днях. — Статью дадите?
— Где? — В горах. (Окно в еловых ветках.
Простыня.) — Не видите газет ведь?
Так статью? — Нет. — Но... — Прошу избавить.
Вслух: трудна. Внутрь: не христопродавец.
— В санатории. (В раю наемном).
— День? — Вчера, позавчера, не помню.
В Альказаре будете? — Не буду.
Вслух: семья. Внутрь: всё, но не Иуда.

С наступающим! (Рождался завтра!) —
Рассказать, что сделала узнав про...?
Тсс... Оговорилась. По привычке.
Жизнь и смерть давно беру в кавычки,
Как заведомо-пустые сплёты.

Neujahrsgruß

Zum Neuen Jahr – Licht – Land – Dach![1]
Der erste Brief dir an dem neuen Ort –
ein Mißverständnis, daß er reich an Gras ist
(reich an Gras, reich zum Kauen), dem schallenden
Ort, dem tönenden
wie der leere Turm des Äolus.
Der erste Brief dir aus dem, was gestern Heimat war,
auf der ich ohne dich dahinschwinde,
aus der Heimat, jetzt schon von einem
der Sterne . . . Gesetz des Weggangs und des Rückzugs,
nach dem die Geliebte eine beliebige wird
und eine nicht gewesene aus einer nie Dagewesenen.
Soll ich erzählen, wie ich von deinem . . . erfuhr?[2]
Kein Erdbeben, keine Lawine.
Ein Mensch kam herein – ein beliebiger (Geliebter –
du). – Das betrüblichste der Ereignisse. –
– In den „Neuigkeiten" und in den „Tagen". –
Werden Sie einen Artikel schreiben?
– Wo? – In den Bergen. (Ein Fenster in
Tannenzweigen.
Ein Laken). – Sehen Sie denn keine Zeitungen?
Also den Artikel? – Nein. – Aber . . . – Bitte erlösen
Sie mich.
Laut: Er ist schwer. Innen: Kein Christusverkäufer.
– Im Sanatorium. (Im gemieteten Paradies).
– Der Tag? – Gestern, vorgestern, ich weiß es nicht
mehr.
Werden Sie im „Alcazar" sein? – Nein.
Laut: Meine Familie. Innen: Alles, aber kein Judas.

Zum anbrechenden! (Du wurdest morgen geboren!) –
Soll ich erzählen, was ich getan habe, als ich erfuhr
von . . .?
Psst . . . Ich habe mich versprochen. Aus Gewohnheit.
Ich setze Leben und Tod längst in Anführungsstriche
wie im voraus bekanntes leeres Lügengespinst.

Ничего не сделала, но что-то
Сделалось, без тени и без эха
Делающее!
Теперь — как ехал?
Как рвалось и не разорвалось как —
Сердце? Как на рысаках орловских,
От орлов, *сказал,* не отстающих,
Дух захватывало — или пуще?
Слаще? Ни высот тому, ни спусков
На орлах летал заправских русских —
Кто. Связь кровная у нас с тем светом:
На Руси бывал — тот свет на этом
Зрел. Налаженная перебежка!
Жизнь и смерть произношу с усмешкой
Скрытою — своей ея коснешься!
Жизнь и смерть произношу со сноской,
Звездочкою (ночь, которой чаю:
Вместо мозгового полушарья —
Звездное!)
Не позабыть бы, друг мой,
Следующего: что если буквы
Русские пошли взамен немецких —
То не потому, что нынче, дескать,
Всё сойдет, что мертвый (нищий) всё съест —
Не сморгнет! — а потому что *тот* свет,
Наш, — тринадцати, в Новодевичьем
Поняла: не без- а все-язычен.

Вот и спрашиваю не без грусти:
Уж не спрашиваешь, как по-русски
Nest? Единственная, и все гнезда
Покрывающая рифма: звезды.

Отвлекаюсь? Но такой и вещи
Не найдется — от тебя отвлечься.
Каждый помысел, любой, Du Lieber,

Nichts habe ich getan, aber etwas
wurde getan, das ohne Schatten und Echo
etwas tat!
Jetzt – wie bist du gereist?
Wie brach und zerbrach nicht, wie –
das Herz? – Wie – auf adlerschnell trabenden Rossen,
die hinter Adlern, s a g t e s t d u, nicht zurückbleiben,
nahm es dir den Atem – oder war es mehr?
Süßer? Keine Höhen gibt es für den, keine Abhänge –
wenn er auf echten russischen Adlern flog –
er. Eine Verbindung des Blutes haben wir mit jener
Welt.
In Rußland warst du – jene Welt ist auf dieser
gereift. Gestimmter Übergang!
Leben und Tod spreche ich aus mit einem verborgenen
Lächeln – mit deinem wirst du es berühren!
Leben und Tod spreche ich aus mit einer Randglosse,
einem Sternchen (Nacht, derer ich warte:
anstatt der Halbkugel des Gehirns –
die gestirnte!)
Nicht vergessen sollst du, mein Freund,
das Folgende: Daß, wenn russische
Buchstaben an die Stelle der deutschen traten –
dann nicht darum, weil jetzt, wie es heißt,
alles so kommen wird, daß der Tote (Bettler) alles
verschlingen wird –
er wird nicht blinzeln! – sondern nur darum, weil
j e n e Welt
unsere ist, – mit dreizehn, im Neujungfrauenkloster,
begriff ich: nicht ohne – sondern in allen Sprachen.

Und so frage ich jetzt nicht ohne Kummer:
Schon fragst du nicht mehr, wie auf russisch
„Nest“[3] heißt? Der einzige und alle Nester
zudeckende Reim: Sterne.[4]

Ich lasse mich ablenken? Nein, so etwas
wird es nicht geben – sich von dir ablenken lassen.
Jeder Gedanke, jeder beliebige, Du Lieber,[5]

Слог в тебя ведет — о чем бы ни был
Толк (пусть русского родней немецкий
Мне, всех ангельский родней!) — как места
Несть, где нет тебя, нет есть: могила.
Всё как не было и всё как было,
— Неужели обо мне ничуть не? —
Окруженье, Райнер, самочувствье?
Настоятельно, всенепременно —
Первое видение вселенной
(Подразумевается, поэта
В оной) и последнее — планеты,
Раз только тебе и данной — в целом!
Не поэта с прахом, духа с телом,
(Обособить — оскорбить обоих)
А тебя с тобой, тебя с тобою ж,
— Быть Зевесовым не значит лучшим —
Кастора — тебя с тобой — Поллуксом,
Мрамора — тебя с тобою, травкой,
Не разлуку и не встречу — ставку
Очную: и встречу и разлуку
Первую.
                    На собственную руку
Как глядел (на след — на ней — чернильный)
Со своей столько-то (сколько?) мильной
Бесконечной ибо безначальной
Высоты над уровнем хрустальным
Средиземного — и прочих блюдец.
Всё как не было и всё как будет
И со мною за концом предместья.
Всё как не было и всё как есть уж
— Что списавшемуся до недельки
Лишней! — и куда ж *еще* глядеть-то,

wird mit seiner Schreibart in dich hineinmünden,
wovon auch immer
die Rede sein mag (mag mir vertrauter als die russische
die deutsche sein,
vertrauter als alle die der Engel!) – so wie es keinen
Ort
gibt, wo nicht du bist, nicht ist: das Grab.
Alles wie nicht gewesen und alles wie gewesen,
– wirklich über mich gar nichts?
Deine Umgebung, Rainer, dein Ergehen?
Beharrlich, ganz unabänderlich
ist die erste Vision die des Weltalls
(dabei ist zu verstehen, des Dichters
in ihm) und die letzte die des Planeten,
der einmal dir nur gegeben wurde – im Ganzen!
Nicht des Dichters mit dem Staub, des Geistes mit dem
Körper
(absondern heißt – beide kränken),
sondern deiner mit dir, deiner mit eben dir,
– ein Sohn des Zeus zu sein, bedeutet nicht, der
bessere zu sein –
Kastors – deiner mit dir – Pollux,
Marmors – deiner mit dir – Gras;
keine Trennung und keine Begegnung – eine
Gegenüberstellung
Auge in Auge: die erste Begegnung
und Trennung.
Auf die eigene Hand
wie blicktest du (auf die Tintenspur – auf ihr)
von deiner so sehr (wie sehr?) lieben
Höhe ohne Ende oder ohne Anfang
über der kristallenen Fläche
des Mittelmeers – und der übrigen Schalen.
Alles wie nicht gewesen und alles wie es sein wird
auch mit mir hinter dem Ende der Vorstadt.
Alles wie nicht gewesen und alles wie es schon ist –
für dich – was hast du mir noch geschrieben bis zu
einer überflüssigen
Woche! – und wohin soll man n o c h blicken,

Приоблокотясь на обод ложи,
С этого — как не на тот, с того же
Как не на многострадальный этот.
В Беллевю живу. Из гнезд и веток
Городок. Переглянувшись с гидом:
Беллевю. Острог с прекрасным видом
На Париж — чертог химеры галльской —
На Париж — и на немножко дальше...
Приоблокотясь на алый обод
Как тебе смешны (кому) «должно быть»,
(Мне ж) *должны* быть, с высоты без меры,
Наши Беллевю и Бельведеры!

Перебрасываюсь. Частность. Срочность.
Новый Год в дверях. За что, с кем чокнусь
Через стол? Чем? Вместо пены — ваты
Клок. Зачем? Ну, бьет — а при чем я тут?
Что мне делать в новогоднем шуме
С этой внутреннею рифмой: Райнер — умер.
Если ты, такое око смерклось,
Значит жизнь не жизнь есть, смерть не смерть есть.
Значит — тмится, допойму при встрече! —
Нет ни жизни, нет ни смерти, — третье,
Новое. И за него (соломой
Застелив седьмой — двадцать шестому
Отходящему -- какое счастье
Тобой кончиться, тобой начаться!)
Через стол, необозримый оком,
Буду чокаться с тобою тихим чоком

aufgestützt auf den Rand der Loge,
von dieser – wenn nicht auf jene Welt[6], von jener
wenn nicht auf diese, die viel-leidende.
Ich lebe in Bellevue. Aus Nestern und Zweigen
eine kleine Stadt. Ich habe mich umgeschaut mit einem
Reiseführer:
Bellevue. Ein Gefängnis mit einer schönen Aussicht
auf Paris – Palast der gallischen Chimäre –
auf Paris – und auf etwas weiter . . .
Dir, aufgestützt auf den purpurnen Rand,
wie lächerlich (wem?) „es muß sein“
(für mich) m ü s s e n dir sein, von der Höhe ohne Maß
herab,
unsere Bellevues und Belvederes!

Ich werfe Worte zu. Besonderheit. Zeitlichkeit.
Das Neue Jahr in den Türen. Auf was, mit wem stoße
ich an
über den Tisch hin? Womit? Statt von Schaum – von
Watte
ein Fetzen. Wozu? – Nun, es schlägt – aber bei was
bin ich dort?
Was soll ich tun in dem Lärm des Neuen Jahres
mit diesem inneren Reim: Rainer ist tot.[7]
Wenn du, ein solches Auge, dich verdunkelt hast,
so bedeutet das: Das Leben ist kein Leben, der Tod ist
kein Tod.
Es bedeutet – es wird dunkel – zuende begreifen
werde ich bei der Begegnung!
Es gibt kein Leben, es gibt keinen Tod – es ist etwas
Drittes,
Neues. Und auf das (wenn ich das siebente mit Stroh
bedeckt habe –
für das Sechsundzwanzigste, fortgehende – welches
Glück
mit dir zu enden, mit dir zu beginnen!)
über den Tisch hinweg, der nicht überschaubar ist mit
dem Auge,
werde ich mit dir anstoßen mit dem leisen Klang

Стклa о стклo? Нет — не кабацким ихним:
Я о *ты,* слиясь дающих рифму:
Третье.
Через стол гляжу на крест твой.
Сколько мест — загородных, и места
За городом! и кому же машет
Как не нам — куст? Мест — именно наших
И ничьих других! Весь лист! Вся хвоя!
Мест твоих со мной (твоих с тобою).
(Что с тобою бы и на массовку —
Говорить?) что — мест! а месяцов-то!
А недель! А дождевых предместий
Без людей! А утр! А всего вместе
И не начатого соловьями!

Верно плохо вижу, ибо в яме,
Верно лучше видишь, ибо свыше:
Ничего у нас с тобой не вышло.
До того, так чисто и так просто
Ничего, так по плечу и росту
Нам — что и перечислять не надо.
Ничего, кроме — не жди из ряду
Выходящего, (неправ из такта
Выходящий!) — а в какой бы, как бы
Ряд вошедшего б?
Припев извечный:
Ничего хоть чем-нибудь на нечто
Что-нибудь — хоть издали бы — тень хоть
Тени! Ничего, что: час тот, день тот,
Дом тот — даже смертнику в колодках

des Glases am Glas? Nein – nicht mit ihrem
Kneipenglas:
Ich am „Du", wir, im Zusammenströmen einen Reim
gebend:
ein Drittes.
Über den Tisch hinweg blicke ich auf
dein Kreuz.
Wieviele Orte – hinter dem Verschlag der Stadt,
und ein Ort
als Verschlag! und wem winkt,
wenn nicht uns, der Zweig? Orte, – die nur uns
und niemand sonst gehören! Ganz Blatt! Ganz
Tannennadel!
Deiner Orte mit mir (deiner mit dir).
(Was sollte man mit dir auch auf einem Massenausflug
sprechen?) was – an Orten! und an Monaten!
Und an Wochen! Und an verregneten Vorstädten
ohne Menschen! Und an Morgen! Und alles zusammen
noch nicht einmal begonnen von Nachtigallen!

Gewiß sehe ich schlecht; denn ich bin in der Grube.
Gewiß siehst du besser; denn du siehst von der Höhe:
Nichts ist uns beiden gelungen.
So sehr, so klar und so einfach
nichts, und so bis an die Schulter und den Wuchs
heran –
daß man es nicht einmal aufzuzählen braucht.
Nichts, außer – warte nicht auf den,
der aus der Reihe tritt, (Unrecht hat der, der aus dem
Takt
heraustritt!) – aber in welche Reihe und wie
ist er hineingetreten?
Ewiger Refrain:
Nichts auch nur als irgendetwas auf etwas,
irgendetwas – wenn auch nur aus der Ferne – wenn
auch nur der Schatten
eines Schattens! Nichts, was ist: diese Stunde, dieser
Tag,
dieses Haus – was sogar dem zum Tode Verurteilten
im Block

Памятью дарованное: рот тот!
Или слишком разбирались в средствах?
Из всего *того* один лишь *свет* тот
Наш был, как мы сами только отсвет
Нас, — взамен всего сего — весь *тот* свет!

С незастроеннейшей из окраин —
С новым местом, Райнер, светом, Райнер!
С доказуемости мысом крайним —
С новым оком, Райнер, слухом, Райнер!

Всё тебе помехой
Было: страсть и друг.
С новым звуком, Эхо!
С новым эхом, Звук!

Сколько раз на школьном табурете:
Что за горы там? Какие реки?
Хороши ландшафты без туристов?
Не ошиблась, Райнер — рай — гористый,
Грозовой? Не притязаний вдовьих —
Не один ведь рай, над ним другой ведь
Рай? Террасами? Сужу по Татрам —
Рай не может не амфитеатром
Быть. (А занавес над кем-то спущен...)
Не ошиблась, Райнер, Бог — *растущий*
Баобаб? Не Золотой Людовик —
Не один ведь Бог? Над ним другой ведь
Бог?

Как пишется на новом месте?
Впрочем *есть* ты — *есть* стих: сам и есть ты —
Стих! Как пишется в хорошей жисти

von der Erinnerung geschenkt wurde – dieser Mund!
Oder haben wir uns zu sehr in den Mitteln
zurechtgefunden?
Aus all j e n e m war nur ein L i c h t, jenes,
unser, so wie wir selbst nur ein Widerschein
von uns sind – statt all diesem ganz j e n e s Licht!

Mein Gruß zu dem unbebautesten der Grenzländer –
zum neuen Ort, Rainer, zur Welt, Rainer!
Zum äußersten Vorgebirge der Beweisbarkeit –
zum neuen Blick, Rainer, zum Gehör, Rainer![8]

Alles war dir eine Störung:
Leidenschaft und Freund.
Zum neuen Laut, Echo!
Zum neuen Echo, Laut!

Wie oft an dem Schultabouret:
Was für Berge dort? Was für Flüsse?
Sind die Landschaften ohne Touristen schön?
Habe ich mich nicht getäuscht, Rainer – das Paradies[9]
– ist es gebirgig,
gewittrig? Keine Ansprüche von Witwen –
ist nicht nur e i n Paradies, ist über ihm ein anderes
Paradies? – In Terrassen? – Ich urteile nach der
Tatra –
das Paradies kann nicht anders als ein Amphitheater
sein. (Aber der Vorhang ist über irgendjemand
herabgelassen . . .)
Habe ich mich nicht getäuscht, Rainer – ist Gott – ein
w a c h s e n d e r
Baobab-Baum? Kein Louisdor –
ist nicht nur e i n Gott? Ist über ihm ein anderer
Gott?
Wie schreibt man an dem neuen Ort?
Im übrigen: B i s t du – i s t der Vers: Du selbst bist
auch
ein Vers! Wie schreibt man in dem schönen Leben

Без стола для локтя, лба для кисти
(Горсти).
— Весточку, привычным шифром!
Райнер, радуешься новым рифмам?
Ибо правильно толкуя слово
Рифма — что — как не — целый ряд новых
Рифм — Смерть?
Некуда: язык изучен.
Целый ряд значений и созвучий
Новых.
— До свиданья! До знакомства!
Свидимся — не знаю, но — споемся.
С мне-самой неведомой землею —
С целым морем, Райнер, с целой мною!

Не разъехаться — черкни заране.
С новым звуконачертаньем, Райнер!

В небе лестница, по ней с Дарами...
С новым рукоположеньем, Райнер!

— Чтоб не залили держу ладонью. —
Поверх Роны и поверх Rarogn'a,
Поверх явной и сплошной разлуки
Райнеру — Мария — Рильке — в руки.

Bellevue, 7-го февраля 1927 г.

ohne einen Tisch für den Ellbogen, eine Stirn für den
Pinsel
(eine Handvoll).
– Eine kleine Nachricht, in gewohnter
Chiffre!
Rainer, freust du dich an den neuen Reimen?
Erklärst du denn das Wort
R e i m richtig – das, was – wie denn nicht – eine
ganze Reihe neuer
Reime ist – der Tod?
Es ist kein Platz: Die Sprache ist
erlernt.
Eine ganze Reihe neuer Bedeutungen und
Harmonien.
– Auf Wiedersehen! Auf ein
Bekanntwerden!
Werden wir uns sehen? Ich weiß es nicht. Aber wir
werden gesungen werden
zusammen mit der mir selbst unbekannten Erde,
dem ganzen Meer, Rainer, mit ganz mir selbst!

Nicht auseinanderfahren – ziehe zuvor einen Strich!
Zur neuen Lautaufzeichnung, Rainer!

Im Himmel ist eine Treppe, auf ihr hinauf mit den
Weihegaben . . .
Zur neuen Priesterweihe, Rainer!

Daß man ihn nicht übergieße, halte ich ihn[10] in der
Handfläche –
über die Rhone hin und über Raron,
über die offenbare und ununterbrochene Trennung hin
Rainer – Maria – Rilke in die Hände.

Bellevue, 7. Februar 1927

Anmerkungen

1 Variierung des russischen Neujahrsgrußes: „Zum neuen Jahr, zum neuen Glück".
2 „Tod" ist genauso mit Bewußtsein ausgelassen, wie die Dichterin es tut.
3 Im Original deutsch.
4 Die Wörter für „Nester" und „Sterne" reimen sich im Russischen.
5 Im Original deutsch.
6 „Welt" ist im Deutschen ergänzt.
7 „Rainer" bildet im Russischen eine Assonanz zu „umer" (ist tot).
8 siehe Anm. 1
9 Im Russischen ein Wortspiel; es heißt dort: Rainer – rai (Paradies)
10 . . . den Brief

Dieses Gedicht wird in Prosa wiedergegeben.

Marina Zwetajewa ist mit Rilke nicht persönlich zusammmengetroffen, trat aber 1925 – ein Jahr vor seinem Tod – mit ihm in Briefwechsel, nachdem Rilke auf Bitten Pasternaks seine „Duineser Elegien" und die „Sonette an Orpheus" an sie geschickt hatte. Er schrieb für sie seine „Elegie an Marina Zwetajewa-Efron" und eine französische Widmung zu seinem Gedichtband „Vergers". Marina Zwetajewa schrieb nach seinem Tod außer dem „Neujahrsgruß" noch einige Prosaarbeiten, die sich mit Rilke befaßten. 1935 schrieb sie, sie habe in ihrem Leben nur zwei Menschen getroffen, die ihr menschlich und dichterisch ebenbürtig waren: Rilke und Pasternak.

РОДИНА

О неподатливый язык!
Чего бы попросту — мужик,
Пойми, певал и до меня:
— Россия, родина моя!

Но и с калужского холма
Мне открывалася *она* —
Даль — тридевятая земля!
Чужбина, родина моя!

Даль, прирожденная, как боль,
Настолько родина и столь
Рок, что повсюду, через всю
Даль — всю ее с собой несу!

Даль, отдалившая мне близь,
Даль, говорящая: «Вернись
Домой!»
                    Со всех — до горних звёзд —
Меня снимающая мест!

Недаром, голубей воды,
Я далью обдавала лбы.

Ты! Сей руки своей лишусь, —
Хоть двух! Губами подпишусь
На плахе: распрь моих земля —
Гордыня, родина моя!

12 мая 1932 г.

Heimat

O, unnachgiebige Sprache!
Was wäre denn einfacher – ein Bauer,
verstehe doch, hat schon vor mir gesungen:
– Rußland, meine Heimat!

Aber auch vom kalugischen Hügel her
eröffnete *s i e* sich mir –
die Ferne – das dreimal neunte Land!
Fremde, meine Heimat!

Ferne, angeboren wie Schmerz,
derart Heimat und so sehr
Schicksal, daß ich überall, durch die ganze
Ferne – sie ganz mit mir trage!

Ferne, die mir die Nähe entfernt hat,
Ferne, die sagt: „Kehre zurück
n a c h   H a u s e !"
Die mich von allen Orten –
bis hin zu den hohen Sternen – fortnimmt!

Nicht umsonst habe ich die Stirnen übergossen
mit Ferne die blauer ist als Wasser.

Du! Dieser meiner Hand werde ich beraubt –
und wenn auch beider! Mit den Lippen werde ich
unterschreiben
auf dem Richtblock: Land meiner Zwistigkeiten –
mein Stolz, meine Heimat!

12. Mai 1932

Dieses Gedicht und alle folgenden werden in Prosa wiedergegeben.

Уединение: уйди
В себя, как прадеды в феоды.
Уединение: в груди
Ищи и находи свободу.

Чтоб ни души, чтоб ни ноги —
На свете нет такого саду
Уединению. В груди
Ищи и находи прохладу.

Ктò победил на площадѝ —
Про то не думай и не ведай.
В уединении груди —
Справляй и погребай победу.

Уединение в груди.
Уединение: уйди,

Жизнь!

Сентябрь 1934 г.

Einsamkeit: Gehe fort
in dich hinein, wie die Vorväter auf ihre Lehnsgüter.
Einsamkeit: In der Brust
suche und finde Freiheit.

Ohne Seele, ohne Fuß –
einen solchen Garten gibt es auf der Welt nicht
für die Einsamkeit. In der Brust
suche und finde Kühlung.

Wer auf dem Platz gesiegt hat –
darüber denke nicht nach und wisse es nicht.
In der Einsamkeit der Brust
feire und bestatte den Sieg.

Einsamkeit in der Brust.
Einsamkeit: Geh' fort,

Leben!

September 1934

— Пора! для *этого* огня —
Стара!
        — Любовь — старей меня!
— Пятидесяти январей
Гора!
        — Любовь — еще старей:
Стара, как хвощ, стара, как змей,
Старей ливонских янтарей,
Всех привиденских кораблей
Старей! — камней, старей — морей…
Но боль, которая в груди, —
Старей любви, старей любви.

23 января 1940 г.

– Es ist Zeit! für d i e s e s Feuer –
bin ich zu alt!
                    – Die Liebe ist älter als ich!
– Von fünfzig Januaren
ein Berg!
              – Die Liebe ist noch älter:
Alt wie der Schachtelhalm, alt wie die Schlange,
älter als die livländischen Bernsteine,
älter als alle Gespensterschiffe!
– als Steine, älter – als Meere . . .
Aber der Schmerz, der in der Brust ist –
ist älter als die Liebe, älter als die Liebe.

23. Januar 1940

Пора снимать янтарь,
Пора менять словарь,
Пора гасить фонарь
Наддверный…

Февраль 1941 г.

Es ist Zeit, den Bernstein abzunehmen,
Zeit, das Wörterbuch umzutauschen,
Zeit, die Laterne auszulöschen
über der Tür . . .

Februar 1941

Всё повторяю первый стих
И всё переправляю слово:
— «Я стол накрыл на шестерых...»
Ты одного забыл — седьмого.

Невесело вам вшестером.
На лицах — дождевые струи...
Как мог ты за таким столом
Седьмого позабыть — седьмую...

Невесело твоим гостям,
Бездействует графин хрустальный.
Печально — им, печален — сам,
Непозванная — всех печальней.

Невесело и несветло.
Ах! не едите и не пьете.
— Как мог ты позабыть число?
Как мог ты ошибиться в счете?

Как мог, как смел ты не понять,
Что шестеро (два брата, третий —
Ты сам — с женой, отец и мать)
Есть семеро — раз я на свете!

Ты стол накрыл на шестерых,
Но шестерыми мир не вымер.
Чем пугалом среди живых —
Быть призраком хочу — с твоими,

„Ich habe den Tisch für sechs gedeckt"*

Immer wiederhole ich den ersten Vers
und immer wieder verbessere ich das Wort:
„Ich habe den Tisch für sechs gedeckt . . ."
Du hast einen vergessen – den siebenten.

Freudlos ist euch zumute zu sechst.
Auf den Gesichtern sind Ströme von Regen . . .
Wie konntest du an solch einem Tisch
den siebenten vergessen – die siebente . . .

Freudlos ist deinen Gästen zumute;
untätig ist die kristallene Karaffe.
Traurig ist ihnen zumute, traurig bist du selbst;
die nicht Geladene ist am allertraurigsten.

Freudlos und lichtlos.
Ach! ihr eßt nicht und trinkt nicht.
– Wie konntest du die Zahl vergessen?
Wie konntest du dich irren beim Zählen?

Wie konntest, wie wagtest du nicht zu begreifen,
daß Sechs (zwei Brüder, der dritte –
du selbst – mit deiner Frau, Vater und Mutter)
Sieben ist, wenn ich einmal auf der Welt bin!

Du hast den Tisch für sechs gedeckt,
doch mit sechsen ist die Welt nicht erschöpft.
Lieber als eine Vogelscheuche unter Lebendigen –
will ich ein Gespenst sein – mit den Deinen,

* Zeile aus einem Gedicht von Arsenij Tarkowskij (geb. 1907), der sich mit Marina Zwetajewa nach ihrer Rückkehr in Moskau traf.

(Своими)...
                                Робкая, как вор,
О — *ни души* не задевая! —
За непоставленный прибор
Сажусь незваная, седьмая.

Раз! — опрокинула стакан!
И всё, что жаждало пролиться, —
Вся соль из глаз, вся кровь из ран —
Со скатерти — на половицы.

И — гроба нет! Разлуки — нет!
Стол расколдован, дом разбужен.
Как смерть — на свадебный обед,
Я — жизнь, пришедшая на ужин.

...Никто: не брат, не сын, не муж,
Не друг — и всё же укоряю:
— Ты, стол накрывший нȧ шесть — *душ,*
Меня не посадивший — с краю.

6 марта 1941 г.

(Den Meinen) . . .

Scheu, wie ein Dieb –
o – k e i n e S e e l e streifend! –
setze ich mich vor das nicht hingestellte Gedeck
als nicht Geladene, siebente.

Eins! – Ich habe das Glas umgestoßen!
Und alles, was danach dürstete, verschüttet zu werden –
alles Salz aus den Augen, alles Blut aus den Wunden –
vom Tischtuch auf die Dielenbretter.

Und – kein Sarg! Keine Trennung!
Der Tisch ist entzaubert, das Haus aufgeweckt.
Wie der Tod – zum Hochzeitsmahl
bin ich das Leben, ich, die zum Abendessen gekommen
ist.

. . . Niemand: nicht Bruder, nicht Sohn, nicht
Ehemann,
nicht Freund – und immer wieder mache ich den
Vorwurf:
– Du, der du den Tisch für sechs – S e e l e n gedeckt
hast,
du, der du mich nicht an den Rand gesetzt hast.

6. März 1941

Dies ist das letzte Gedicht, das sie vor ihrem Selbstmord schrieb.

Fotos, Faksimiles

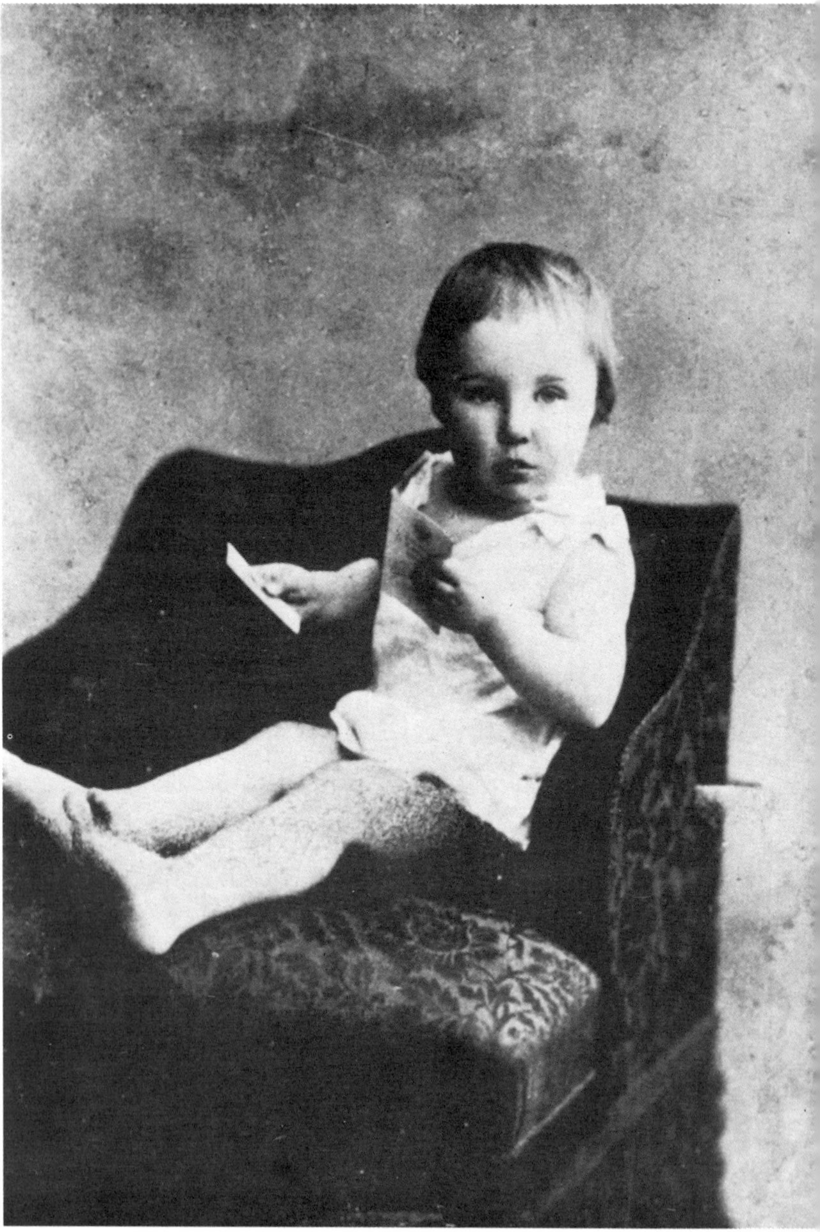

Links: Anastasia Zwetajewa; hinten, zweite von links, Marina Zwetajewa. Nervi, 1902

Zwetajewas Großvater, Alexander Danilowitsch Meyn, und ihre Mutter, Maria Alexandrowna Meyn. 1900er Jahre

Zwetajewas Vater in offizieller Kleidung für die Eröffnung des Alexander III. Museums, 1912

Zwetajewas Vater mit ihrem Bruder Andrej, 1909

Marina und Anastasia, 1905

Anastasia und Marina, V. A. Kobyliansky, 1903

Alexander Blok, Fjodor Sologub, Sokolow-Mikitow, K. Erberg, 1910er Jahre

Das Haus der Zwetajews in der Drei-Teich-Straße. Von links nach rechts: A. Zwetajewa, S. Efron, Marina Zwetajewa. Nov. 1911

Marina und Sergej, 1911

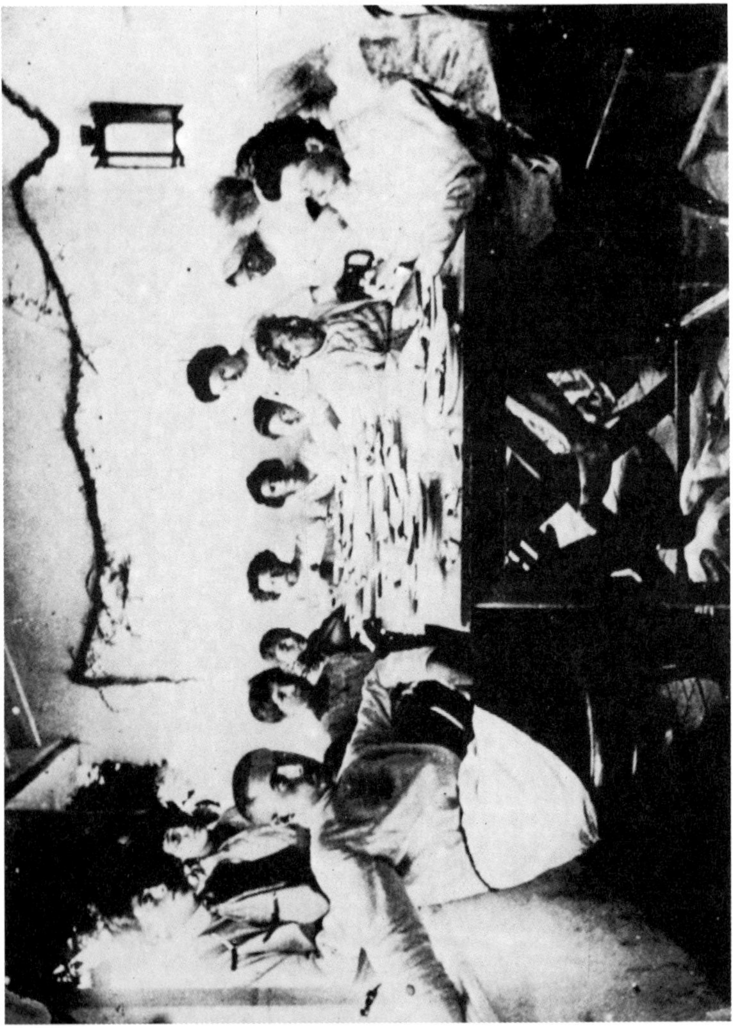

Von links nach rechts: Kolja, Belyajew, S. Efron, M. Zwetajewa, Anastasia Zwetajewa, Wera Efron, M. Woloshin, Lilia Efron, Bella Feinberg, Maria Gechtman, E. O. Woloshina, Mischa (?), Koktebel 1911

1911 Koktebel

Michail Kusmin, 1911

Mandelstam, 1912

Mandelstam

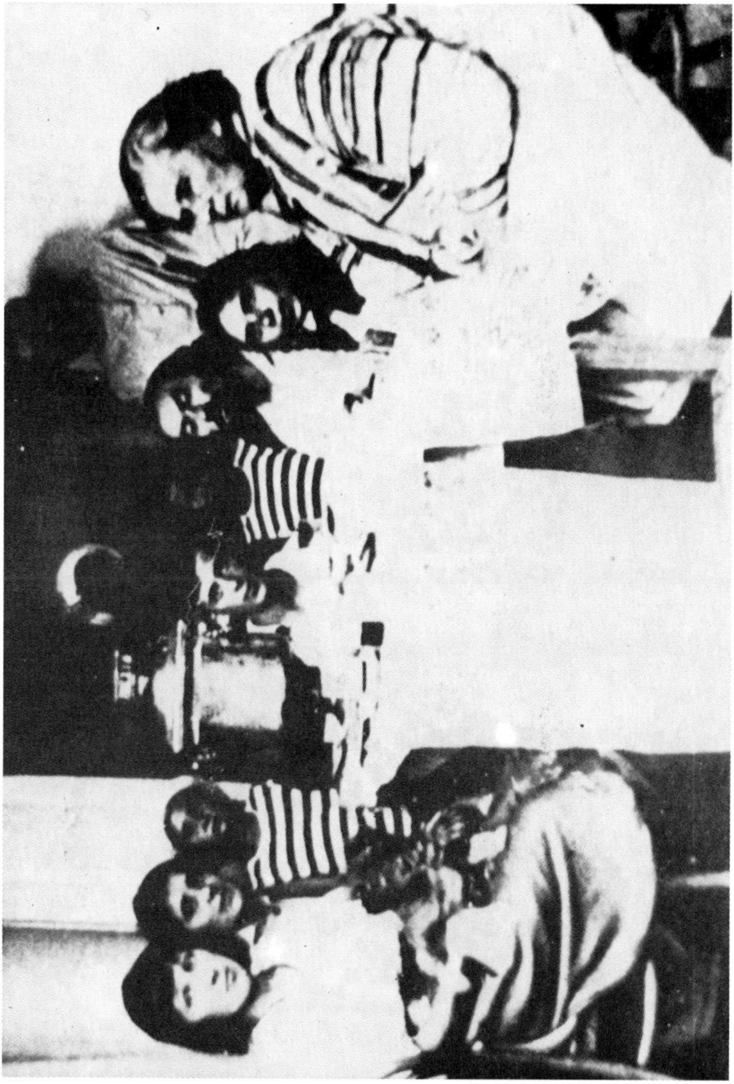

In Woloshins Haus. Links Marina Zwetajewa. Koktebel, 1913

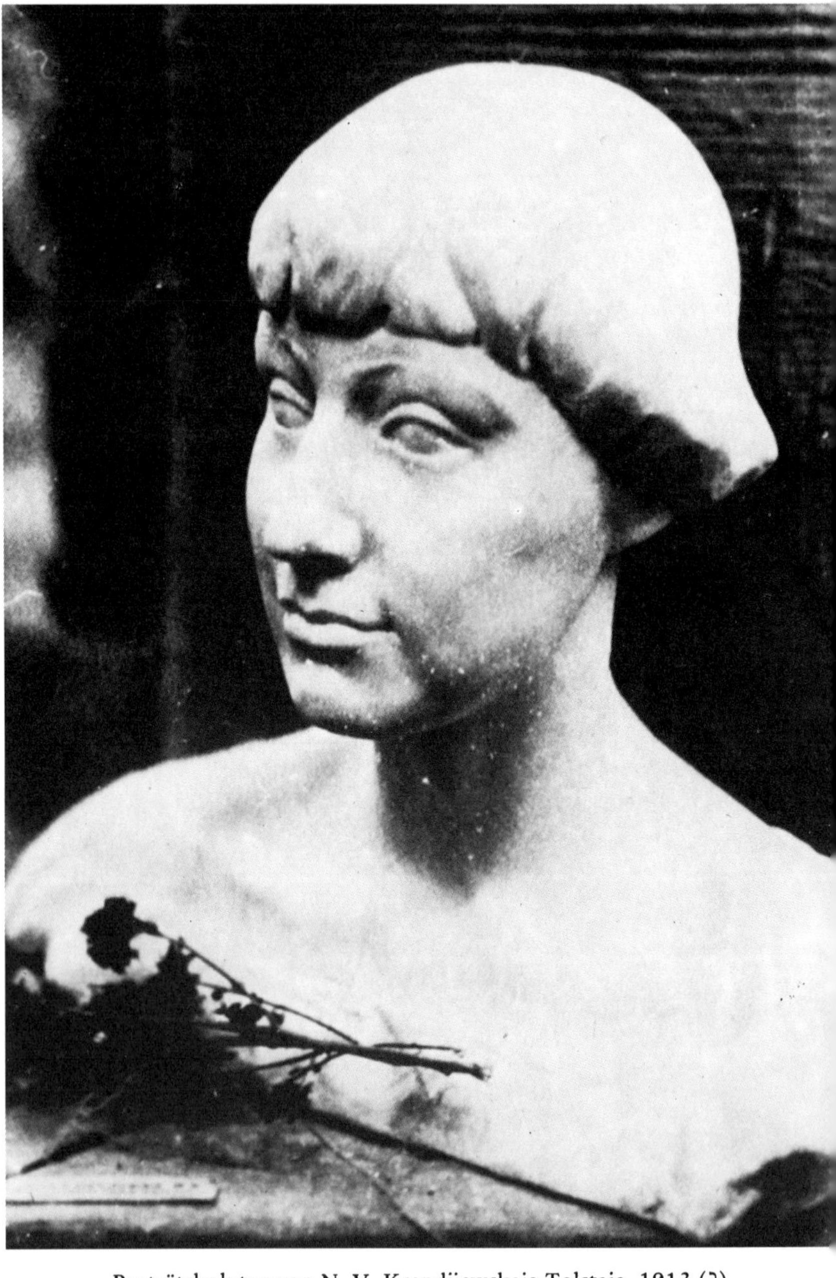

Porträtskulptur von N. V. Krandijewskaja-Tolstaja, 1913 (?)

Zwetajewas Abreise von Koktebel, 1913

Woloshins Haus in Koktebel. 1913

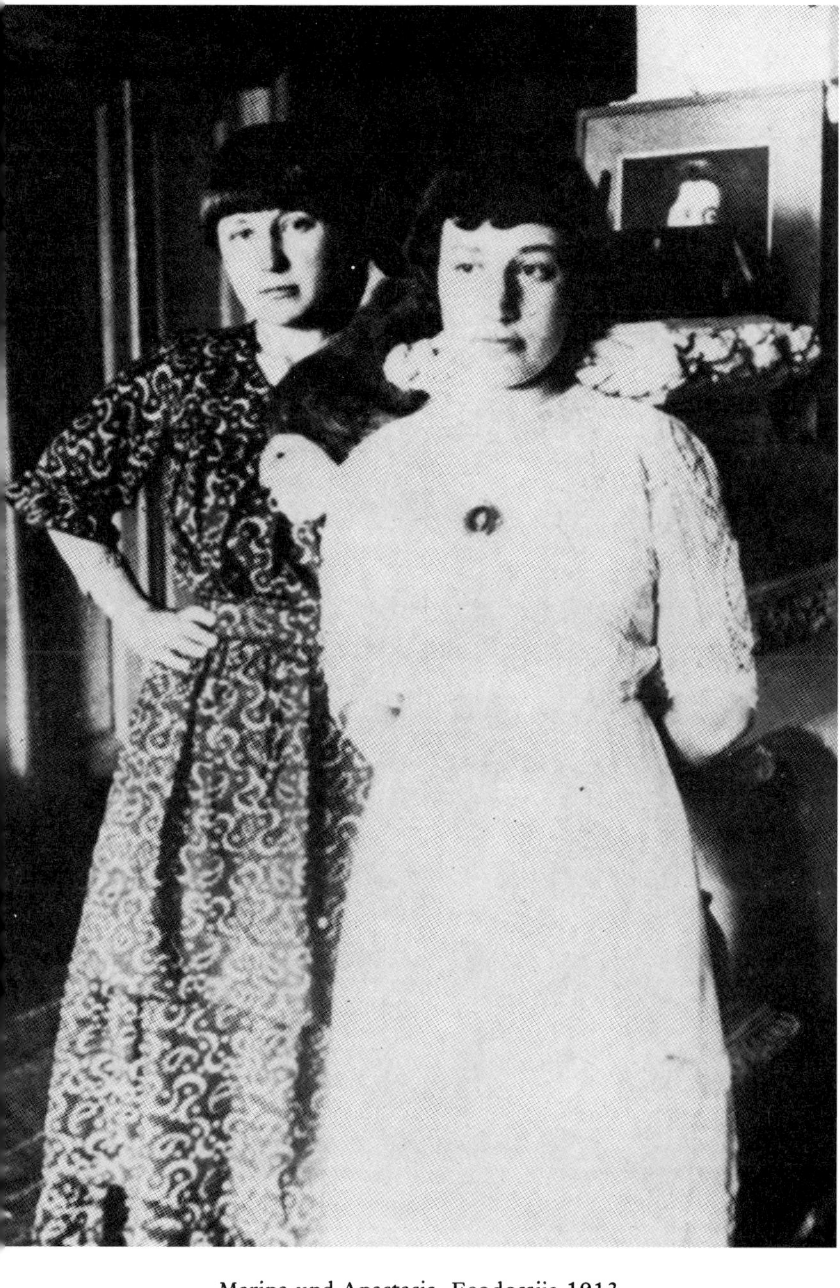

Marina und Anastasia, Feodossija 1913

Nikolai Gumiljow

Marina Zwetajewa. 1914

Marina mit Tochter Alja, 1915

Marina (rechts), Anastasia und N. N. Mironow, 1916

Marina Zwetajewa und A. Zwetajewa mit Ehemännern und Kindern / 1916

Der Ort Alexandrow bei Moskau. Zwetajewa lebte hier im Sommer 1916. Ossip Mandelstam war hier Gast.

Jessenin, 1915–1916

Majakowski, 1916

Silhouette von E. S. Kruglikowa, 1920

Porträt von Magda Nachman, 1913

Woloshin in Koktebel

Woloshin in Koktebel

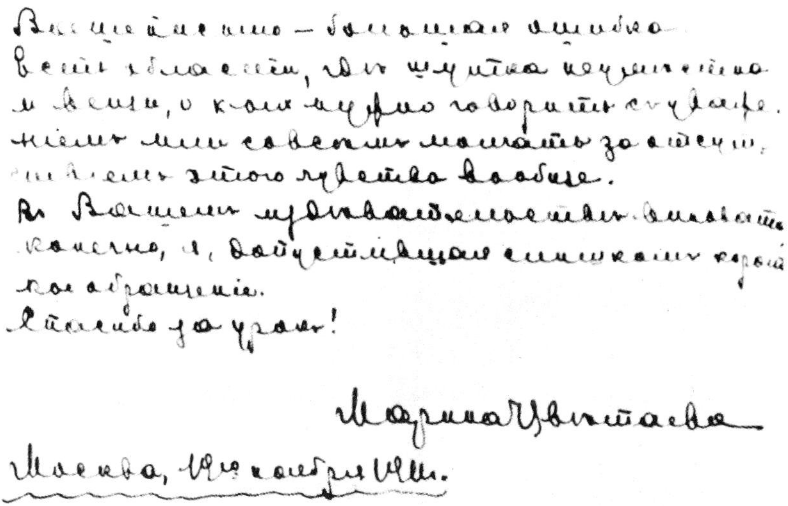
Марина Цвѣтаева

Ein Brief an M. Woloshin

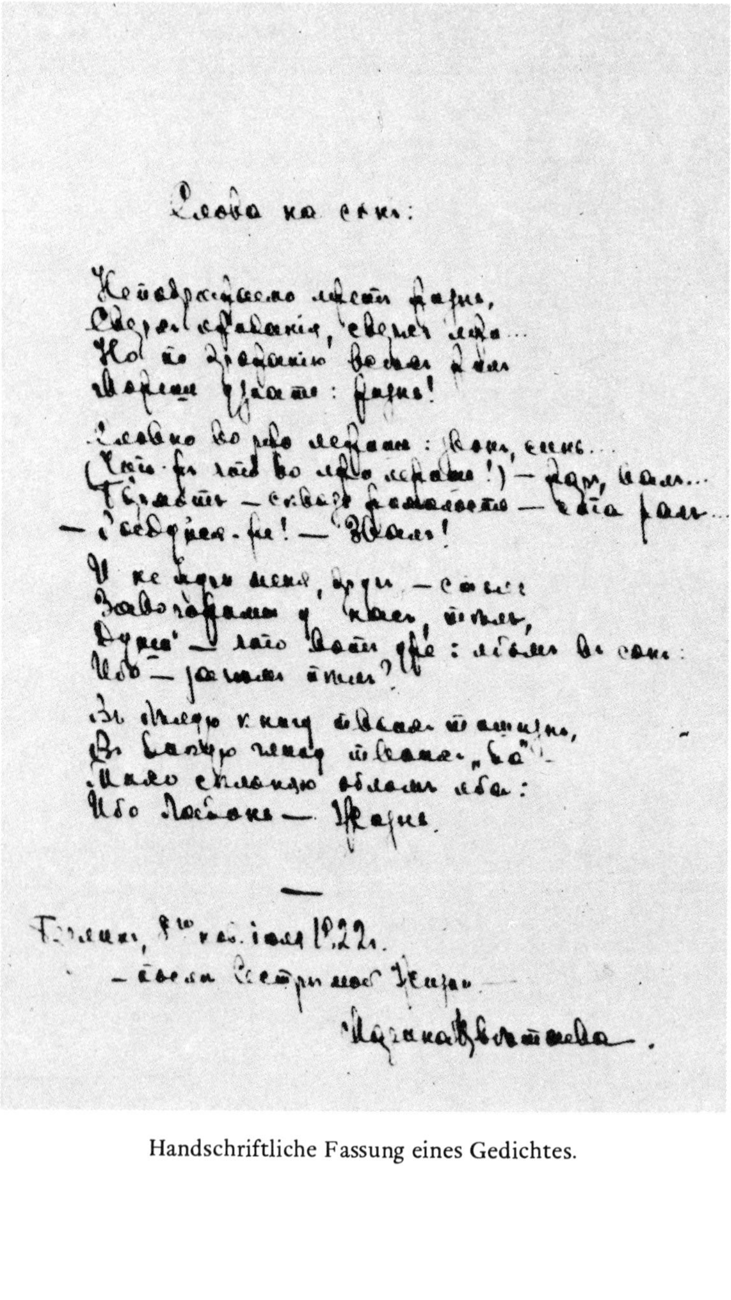

Handschriftliche Fassung eines Gedichtes.

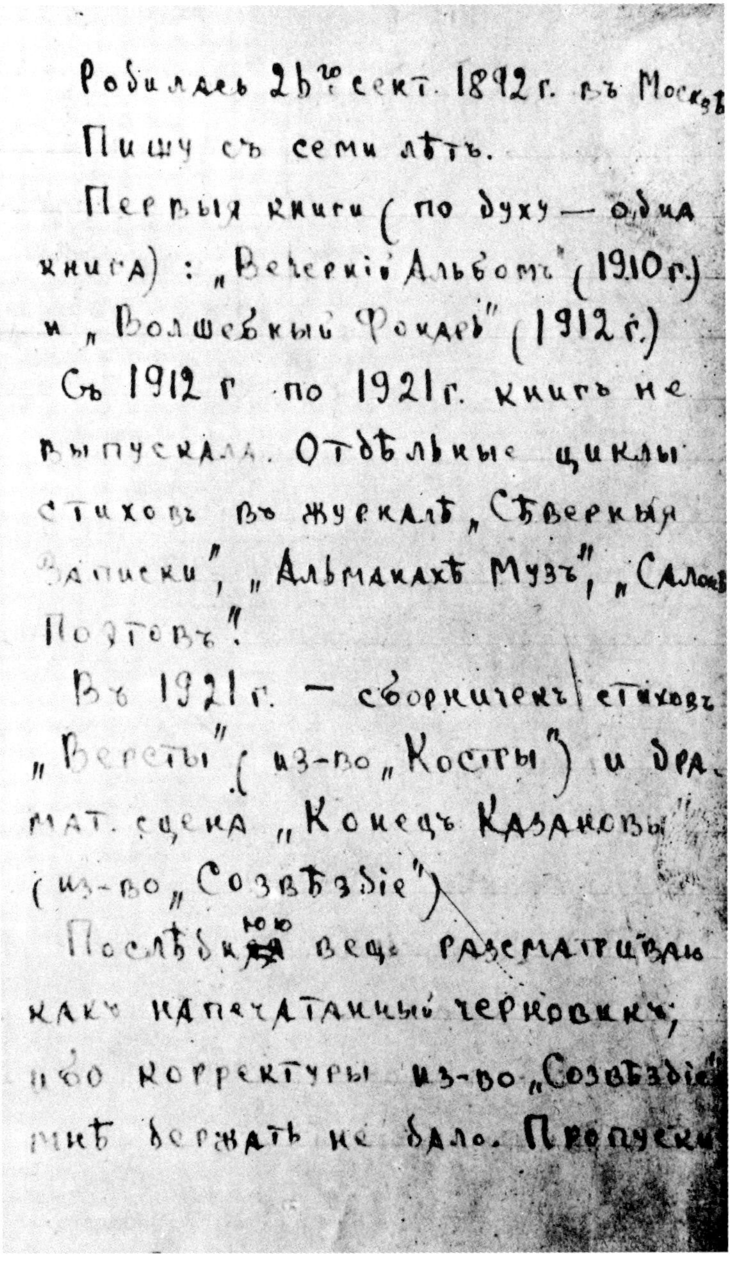
Родилась 26го сент. 1892 г. въ Москвѣ
Пишу съ семи лѣтъ.
Первыя книги (по духу — одна
книга): „Вечерній Альбомъ" (1910 г.)
и „Волшебный Фонарь" (1912 г.)
Съ 1912 г. по 1921 г. книгъ не
выпускала. Отдѣльные циклы
стиховъ въ журналѣ „Сѣверныя
Записки", „Альманахъ Музъ", „Салонъ
Поэтовъ".
Въ 1921 г. — сборничекъ стиховъ
„Версты" (из-во „Костры") и дра-
мат. сцена „Конецъ Казановы"
(из-во „Созвѣздіе")
Послѣднюю вещь разсматриваю
какъ напечатанный черновикъ,
ибо корректуры из-во „Созвѣздіе"
мнѣ держать не дало. Пропуски

Eine Autobiographie der Zwetajewa, 1922

затемняющіе смыслъ и опечатки.
Рисунокъ также безъ моего утвер-
жденія.

Съ 1912 г. по 1922 г. книги:

„Юношескіе стихи" (1913 г. – 1916 г.)

„Версты" I (проданная Гос. Из-ву)

Драматическія сцены (кромѣ „Конца Казановы") – „Приключеніе", „Фортуна", поэмы: „Царь-Дѣвица" (проданная Гос. Из-ву, „На Красномъ Конѣ" (Берлинъ, „Геликонъ")

„Стихи къ Блоку" (Берлинъ, „Огоньки")

Переводъ (Сѣверныя Записки 1915 г.) романа Гр. де Ноайль – „Новое Упованіе".

Нѣсколько неоконченныхъ большихъ вещей.

Марина Цветаева

Prag, 1924

V. B. Sosinsky, ein Freund der Zwetajewa

K. Rozdewitsch. 1923 (Fragment)

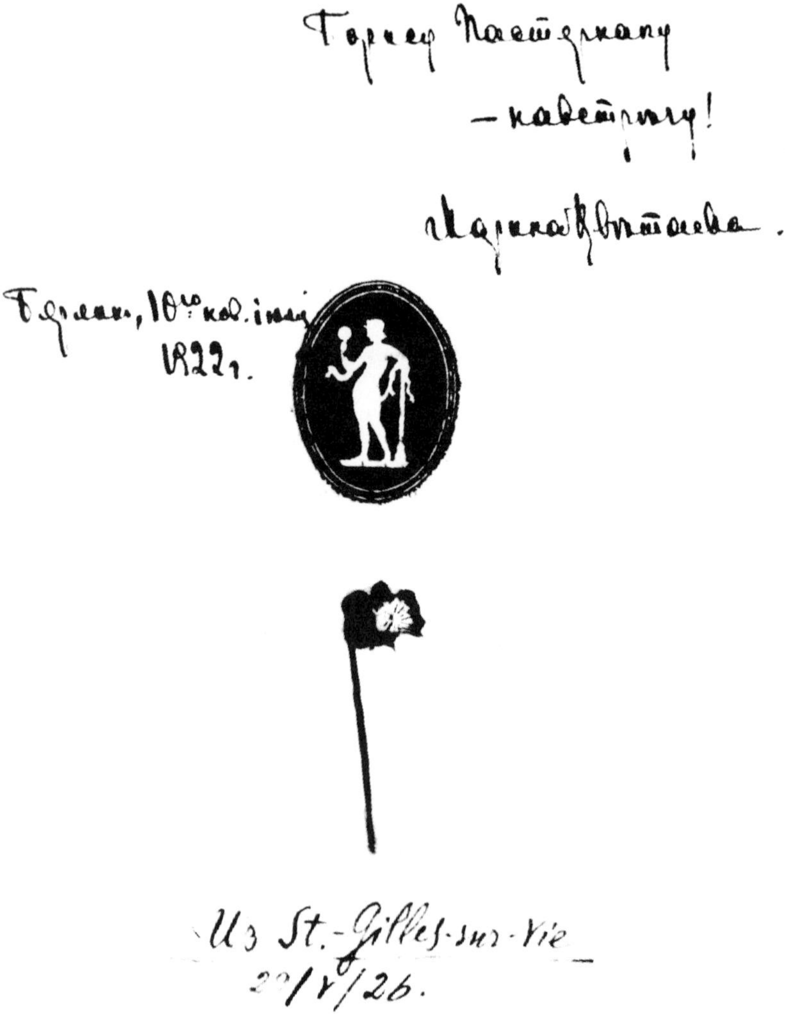
Борису Пастернаку — навстречу!
Марина Цветаева.
Берлин, 10го нов. июня 1922 г.
Из St.-Gilles-sur-Vie — 22/V/26.

Geschenkwidmung an Boris Pasternak auf einem Exemplar der *Trennung*

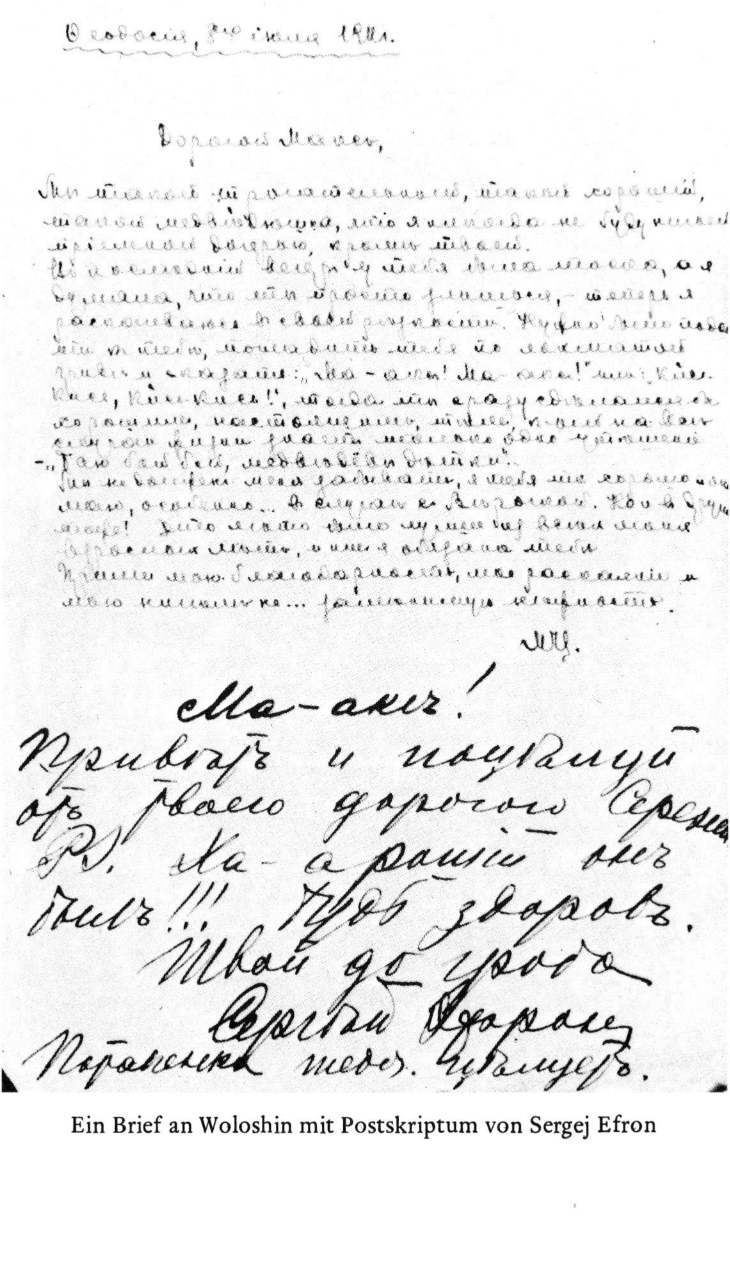
Феодосия, 8го июля 1911.

Дорогой Макс,

МЦ.

Ма-акс!

Привет и поцелуй от твоего дорогого Сережи

Будь здоров.

Твой до гроба Сергей Эфрон

Ein Brief an Woloshin mit Postskriptum von Sergej Efron

Tschechoslowakei 1923–1924

Mit ihrer Tochter Ariadna (Alja). Bei Prag. 1924

Pasternak, 1924

Pasternak, 30er Jahre

Marina Zwetajewa, 1925

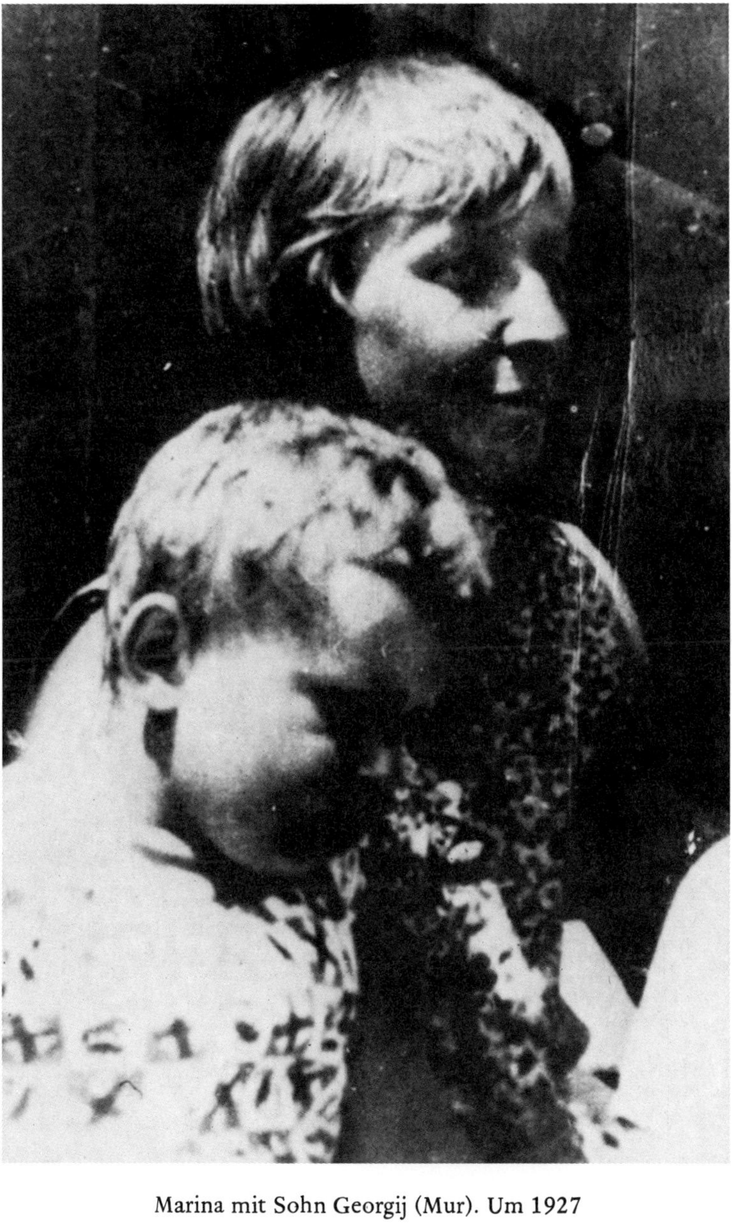

Marina mit Sohn Georgij (Mur). Um 1927

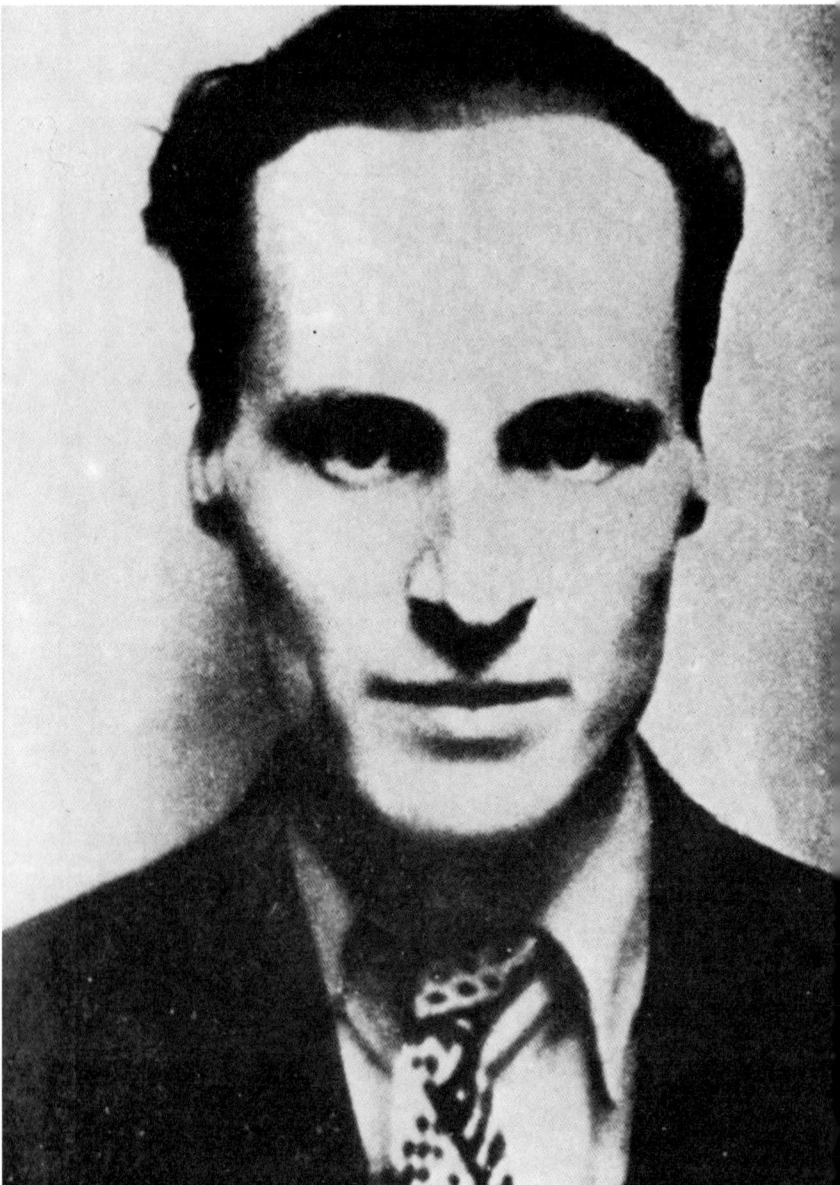

Nikolai Gronsky. Um 1930

Paris, July 1931

Zwetajewa mit Mur und einem unbekannten Mädchen. Paris, Ende der 30er Jahre

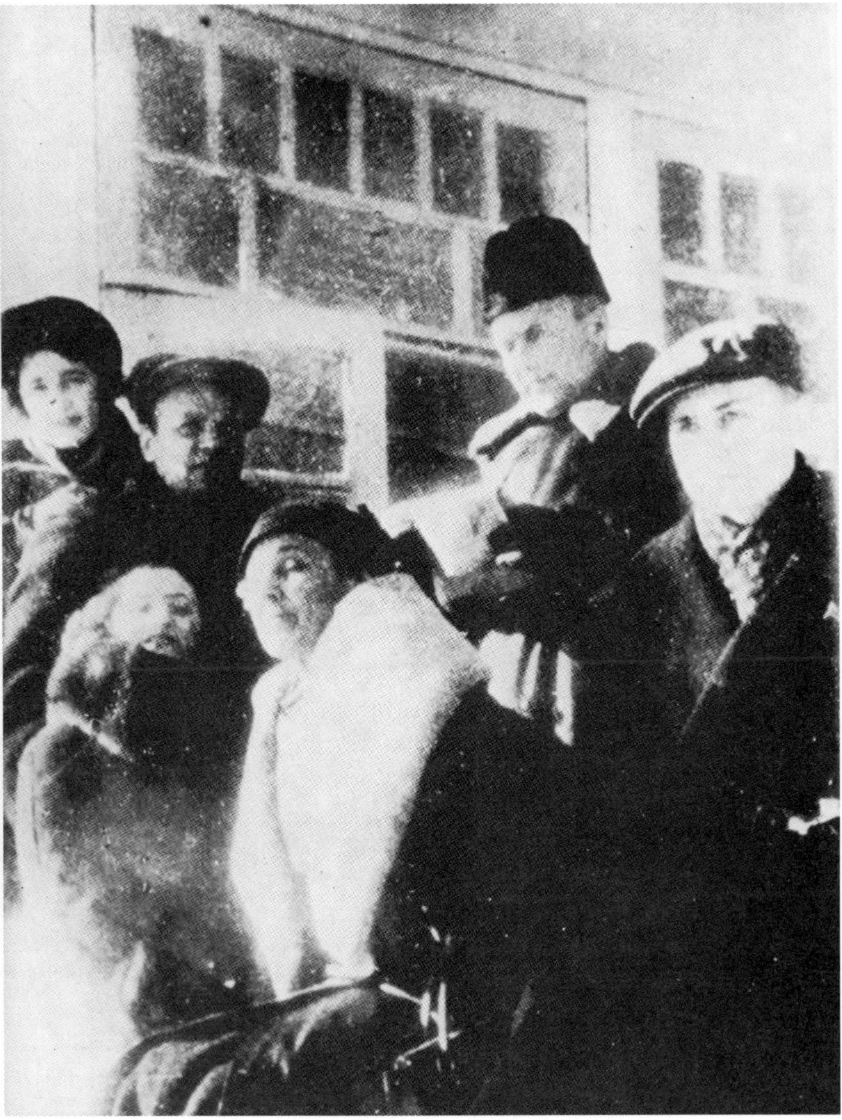

Zwetajewa mit Mur. Golizyno, 1940

S. Holliday, Heldin der "Erzählung von Sonetschka"

Sitzend: M. Zwetajewa, Jekaterina Jelenewa, Konstantin Rozdewitsch. Stehend: Sergej Efron, Nikolai Jelenew. Tschechoslowakei, 1923

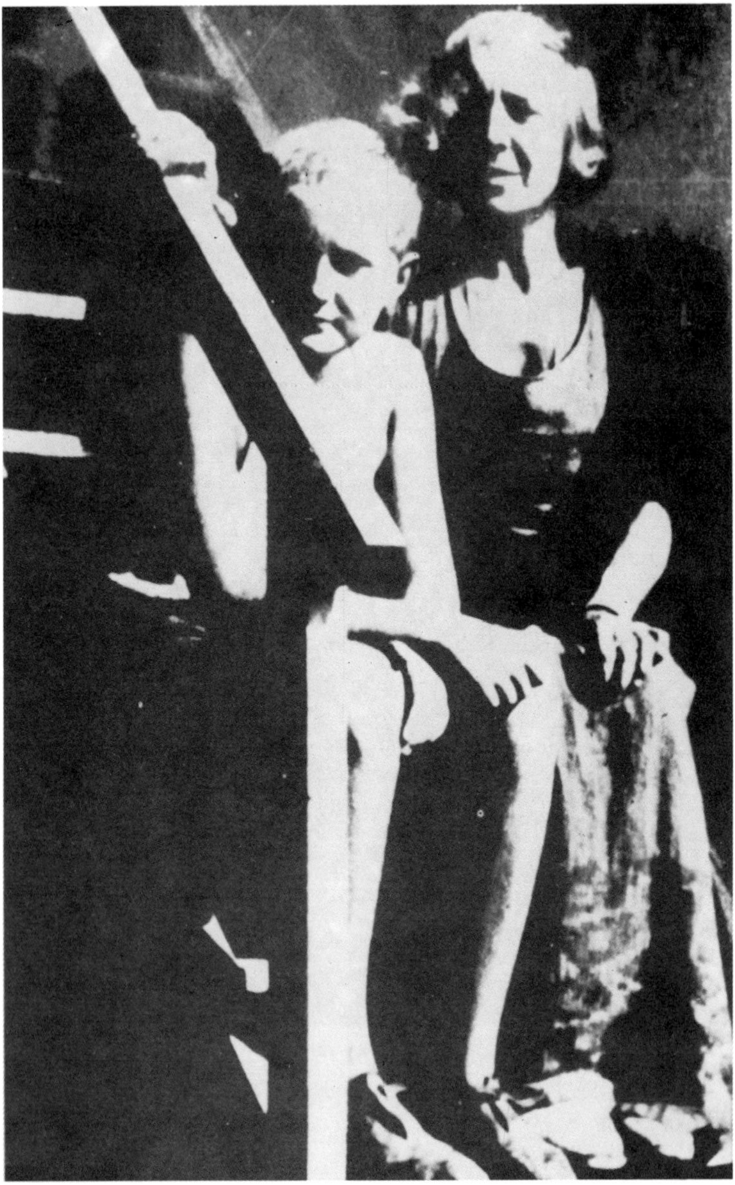

Mit ihrem Sohn. Sommer 1935

Marina und B. Unbegaun, 30er Jahre

Efron. Paris 1937

Efron, ca. 1917

1940

1940

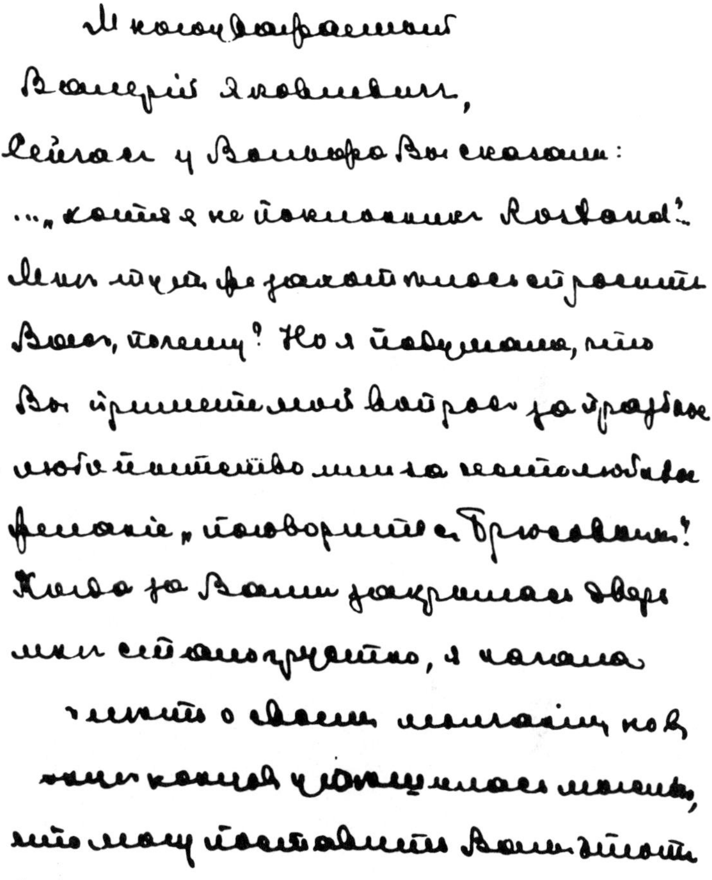

Anfang eines Briefes der Zwetajewa an Walerij Brjussow

W. Brjussow

Elabuga. Das Haus, in dem die Zwetajewa lebte und starb.

Das gleiche Haus vom Hof aus.

Rilke und S. D.

Sitzend: A. Krutschnych, Georgij Efron (Mur). Stehend: M. Zwetajewa, L. Libedinskaja-Tolstaja. Juli 1941

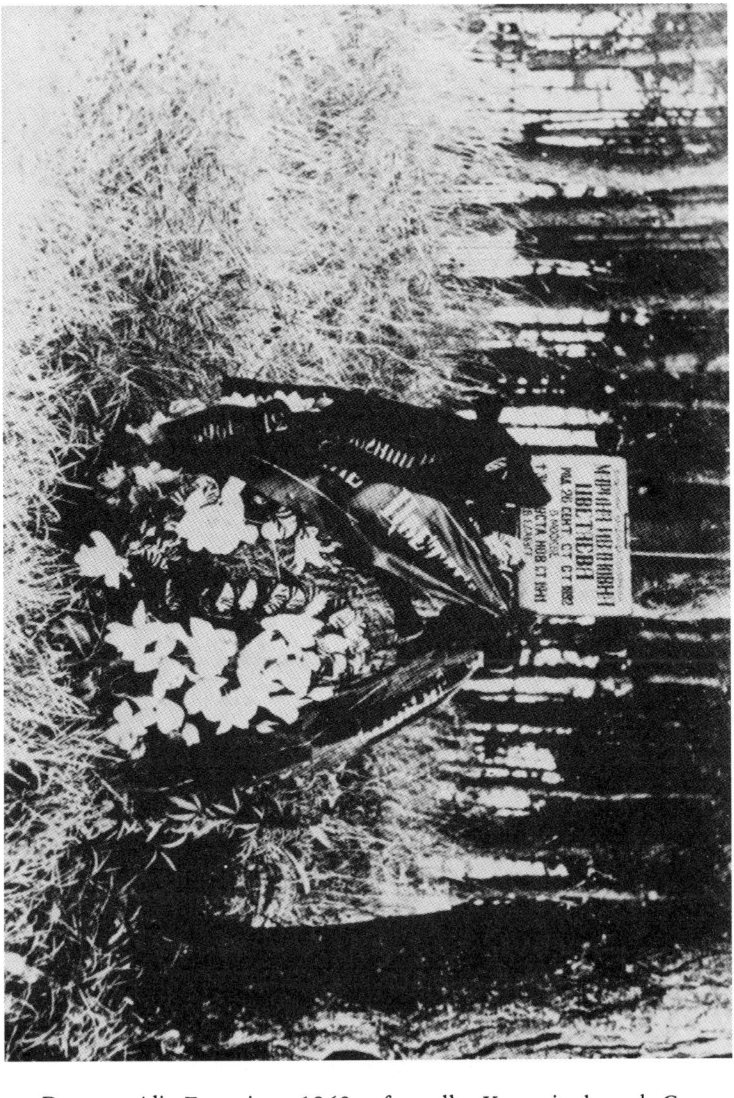

Das von Alja Zwetajewa 1960 aufgestellte Kreuz in dem als Grabesstätte der Zwetajewa angenommenen Gebiet.

Ansicht des Gedenksteins, der in den 60er Jahren durch
den Schriftstellerverband anstelle des Kreuzes aufgestellt wurde.

А. БАХРАХ

Письма Марины Цветаевой

„Âme pour qui la mort fut une guérison".

Эти письма Марины Цветаевой пролежали под спудом почти сорок лет и уцелели только благодаря почти чудесному стечению обстоятельств. Они несомненно имеют некоторый интерес, — не столько для восстановления облика поэта, сколько для характеристики человека, для оценки его взглядов на литературу, на собственное творчество, пожалуй даже, на жизнь. Нередки случаи, когда письма полнее раскрывают личность поэта, чем его стихи. Это несомненно относится и к Цветаевой. Собрание ее писем — если оно когда-нибудь будет издано — составит, наряду с ее прозой, одну из наиболее значительных — по своей неповторимости — частей ее литературного наследства.

При чтении этих писем следует, однако, помнить, что писались они в начале двадцатых годов, — на «заре эмиграции». Много воды утекло за эти сорок лет, многое изменилось не только на географических картах, но и в сфере человеческих отношений, в восприятии окружающей нас действительности, в оценке многих литературных явлений. Изменился и смысл многих, даже казалось бы самых повседневных, самых обыденных слов. Поэтому, знакомясь с эпистолярным наследием Цветаевой, надо всегда делать поправку на их дату. В устах Цветаевой, под ее пером многие слова имели не тот или не совсем тот смысл, который мы им даем теперь.

В ту эпоху, когда писались эти письма, только короткий срок отделял Цветаеву от России. В Европе она была еще как бы «новичком» и еще таила в себе заряд московского воздуха. Она еще тогда не изжила особой атмосферы московских литературных кружков предреволюционной, «канунной» эпохи, и еще не изгладились в ней нерадостные впечатления первых лет русской революции. Не будучи по возрасту, да и по своим литературным вкусам, соучастницей русского символизма, Цветаева — этот запоздалый и не вовремя родившийся романтик — росла и литературно формировалась в воздухе, еще насквозь пропитанном символистскими веяниями. От младшего поколения символистов она — даже не разделяя их устремлений — заразилась их отношением к слову, вернее, к тому, что каждое слово может иметь несколько смыслов, из которых многие уже утеряны и едва ли восстановимы. Во всяком случае, эти вторые или третьи смыслы ни в каком словаре не найти.

Второе, что надо иметь в виду при чтении цветаевских писем — это тот историко-географический фон, на котором они писались. Печатаемые здесь письма Цветаева писала преимущественно из Праги или из каких-то медвежьих углов Моравии и адресовала их в Берлин, который перед тем несколько раз навещала. Берлин этих двадцатых годов был парадоксальным и неповторимым явлением. В чем-то это был еще более фантастический город, чем тот, который столетием раньше описывал Э. Т. А. Гофман.

Была так называемая «эпоха инфляции». Беспрецедентное падение германской марки, когда счет надо было вести на миллионы и миллиарды, затрагивало каждого его обитателя, коренного и случайного, и в каждом эта вынужденная эквилибристика непривычными цифрами вызывала необходимость жить не только сегодняшним днем, а текущим часом. Общая неустойчивость экономического, а отчасти и политического положения германской столицы отражалась на всем укладе жизни — и на быте, и на бытии. Все и каждый, и в частности русская литературная эмиграция (кстати сказать, в те дни весьма многочисленная и богатая громкими именами), были одновременно и в разных планах и миллионерами, и нищими. Обретенное чувство свободы еще многих опьяняло и еще немногие отдавали себе отчет в том, что они утеряли оседлость, утеряли возможность заниматься привычным ремеслом.

Эмиграция... Само это понятие, особенно в приложении к литературным кругам, имело тогда несколько иное содержание, чем сегодня. По принятой в те дни лубочной формуле Берлин почитался «столицей русского рассеяния». В этой столице — или, вернее, на этом русском островке — одно за другим возникали и лопались какие-то оторванные от реальности, идущие вразрез со здравым смыслом, с какой бы то ни было «бухгалтерией», русские предприятия — коммерческие, культурные, всякие. Если бы какой-нибудь досужий статистик согласился подсчитать количество эфемерных русских издательств, которые в те дни в Берлине возникали, количество русских книг, которое было тогда этими издательствами выпущено, эти выкладки показались бы настолько неправдоподобными, что никто бы им не поверил. В расчете на что производилась эта огромная работа? На эмигрантскую читательскую массу? На сбыт в Россию? Чтобы чем-нибудь занять себя? Или вообще без всякого расчета и только для того, чтобы сохранить преемственность русской культуры? На эти вопросы трудно ответить. Но, оглядываясь назад, все это представляется ничем иным, как каким-то коммерческим (а, может быть, и не только коммерческим) донкихотством.

Наряду с этим возникали тогда в Берлине различные, но столь же недолговечные литературные учреждения и организации, вроде «Дома Искусств», «Клуба Писателей», всех не запомнить. В них, в обособленных залах берлинских кафе, в определенные дни собирались, спорили, слушали, читали доклады и новые стихи. Читали с воодушевлением и слушали со вниманием. Ведь и читающие, и слушающие («иных уж нет, а те далече») были тогда на сорок лет моложе!

Между наезжающими из России литераторами и теми, кто бесповоротно решился ее покинуть, не существовало еще преград, — никаких «железных» или иных занавесов. На этих литературных собраниях рядом с наиболее «маститыми» из писателей-эмигрантов, добровольных и вынужденных (как раз тогда была выслана из России многочисленная группа писателей, философов и ученых), можно было встретить Андрея Белого, Маяковского, Есенина, Пильняка, Пастернака; можно было услышать задорный спор Виктора Шкловского, ядовитые замечания Ходасевича, «аппетитное» чтение — с утрированно московским акцентированием — Алексея Толстого; ловить ироническую усмешку Эренбурга; следить за сладострастным причмоком старичка Минского, рассказывающего кому-то о своих встречах с Достоевским. Всех не перечислить, но, кажется, «все побывали там».

А по вечерам в кафе-ресторане „Prager Diele", вошедшим в историю русской литературы благодаря Андрею Белому, который в одной из своих заостренно-полемических статей создал неологизм «прагердильствовать», под неизменным председательством Эренбурга, снова собирались пишущие и их издатели. Сидели до поздней ночи, еще и еще спорили, обсуждали новые книги, новые литературные и издательские планы, знакомились с новоприезжающими из России — беглецами и «туристами». Здесь же возникали бурные, но мимолетные романы и здесь же нередко происходила их развязка, не менее бурная.

Может показаться странным и почти непонятным, что политика, которая теперь нависает над нами, разъединяет друзей и сближает людей, не имеющих, казалось бы, никаких точек соприкосновения, отсутствовала на всех этих сборищах. Не то, чтобы она была намеренно изгнана из разговоров — нет, она просто выключалась из круга ближайших интересов. Выход нового сборника стихов Ахматовой или Мандельштама, несомненно, казался более значительным явлением, чем любое политическое потрясение.

Естественно, что жизнь в этом призрачном, «неотмирном» берлинском мирке и притягивала, и отталкивала Цветаеву, осевшую в солидной, как тогда казалось, степенной, скучноватой и в меру провинциальной Праге, которая в те дни была другим полюсом русской эмиграции. И в Праге нашли себе убежище русские литераторы и ученые и в еще большем количестве русские студенты, поступавшие в университет не со школьной скамьи, а после долгих лет фронтового стажа. Жилось в этой «золотой Праге» спокойнее и беззаботнее благодаря щедрости правительства Масарика, стремившегося таким способом сохранить русскую культуру за рубежом. Но что было делать Цветаевой, с ее постоянными взлетами и падениями, с ее постоянными исканиями и захождениями в тупики, в этой «среде умеренности и аккуратности»? Этим и объясняется ее постоянный, трепетный интерес к русско-берлинскому литературному муравейнику, непрекращающиеся упоминания о нем в ее письмах, ее тяга туда, которая не всегда может показаться оправданной.

Но, кроме того, в этой переписке проскальзывает еще одна черта Марины Цветаевой. Прилагаемые письма или, точнее, выдержки из них, могут показаться сугубо личными, чрезмерно интимными, чем-то вроде любовной переписки, собственно, не подлежащей оглашению. Но это только первое и едва ли правильное впечатление.

В предисловии к тому цветаевской прозы, Ф. А. Степун, говоря о любовных стихах Цветаевой, заметил, что «она никогда не писала любовных стихов так, как будто на нее глядит мужчина». Но — добавляет Степун — она и не отвечала требованию Блока — «и не писала их и так, как будто на нее смотрит Бог. Цветаева писала стихи под взорами Пушкина и Гете, Гельдерлина и Рембо». Не будет преувеличением сказать, что как и стихи, так же, под тем же «давлением», с такой же напряженностью и, может быть, с тем же отсутствием меры писала она и свои письма, которые были всегда актом литературного творчества. И единственная поправка, которую мне хотелось бы сделать к замечанию Степуна — это прибавить к приведенному им списку еще два имени: с одной стороны, Рильке, а с другой, Ростана, — увы, Ростана. Юношеское увлечение Цветаевой этим уже полузабытым поэтом, пристрастие к звонкости его строк, к его театральной патетике — к некоторой внутренней театральности вообще — она сохранила надолго, сохранила почти бессознательно, сама того не замечая или стараясь не замечать.

Что бы Цветаева сама о себе не говорила и не писала, она всегда оставалась поэтом, большим и своеобразным поэтом, но, вместе с тем, никогда не переставала быть «литератором». Литература переполняла ее, была ее главным, основным интересом в жизни, ее raison d'être, — и, одновременно, началом всех ее личных трагедий. Много ли, мало ли она любила на протяжении своей жизни — это, в конце концов, не так существенно. Важнее то, что любила она свою любовь. „Amavi amare", могла бы она повторить слова блаженного Августина. Ей менее важен был человек, к которому в тот или иной момент устремлялись ее чувства, чем излияние этих чувств на бумаге — в словах, в строках. Здесь я, конечно, несколько схематизирую. Людей, с которыми Цветаева поддерживала более глубокие отношения, она «изобретала», творила своей фантазией, создавала своей прихотью, едва считаясь с их подлинной природой. Она их для себя — и только для себя одной — выдумывала, наделяя по своему усмотрению нечеловеческими добродетелями или демоническими пороками. Повторная трагедия (или трагикомедия) ее жизни заключалась в том, что в какой-то момент судьба или, вернее, обстоятельства как бы сталкивали этого воображаемого человека с реальностью и на этом испытании «проваливались» и творец, и его создание. Это противоречие бывало тем более глубоким, что по существу Цветаева никогда не лгала ни себе, ни другим. «Единственная обязанность на земле человека — правда всего существа», утверждала она и этой обязанности никогда не изменяла. Потому-то все ее «изобретения», все ее, казалось бы, еретические высказывания ad hoc о вещах и о людях (суждения, которые она могла на следующий день забыть), в каждый данный момент шли от души. Они были предельно искренни, но всегда оставались частью ее — по неуклюжей современной терминологии — «литературной продукции».

Эти уцелевшие листки бумаги, исписанные мельчайшим, бисерным, столь своеобразным почерком следует поэтому рассматривать, главным образом, или, собственно, всецело, как созданный по классическим образцам (хоть и в особом цветаевском преломлении) «роман в письмах» или, вернее, «новеллу в письмах». Вероятно, в этом и заключается их главный историко-литературный интерес, заранее не позволяющий возможности делать какие-нибудь зазорные, никому не нужные и ничего не объясняющие выводы. Эти письма, думается мне, какой-то новой и, может быть, характерной чертой дополняют образ Цветаевой-человека. В этом — оправдание их опубликования.

И в заключение еще одно. Мы знаем очень мало подробностей о ее последних днях. Знаем только, что она покончила с собой вскоре после возвращения в Советский Союз. Знаем приблизительно дату ее самоубийства. Этим, собственно, наши сведения ограничиваются. Мы не знаем и никогда не узнаем, *что* послужило последним толчком к этому роковому шагу. Семейные ли нелады? Гнетущая безвоздушность окружавшей ее обстановки? Некий остракизм, которому так или иначе она могла быть подвергнута по возвращении на родину? Сознание своего социального одиночества? С большой долей вероятности можно подумать, что причин для последнего, непоправимого шага было много.

Но, кроме перечисленных, мне кажется, была еще одна, для нее очень веская. В своем казанском полуизгнании Цветаева безошибочно поняла, что она перестала быть тем, чем была всю жизнь, перестала быть литератором. Она поняла, что в плане советской жизни — для того, чтобы не погибнуть — она должна слепо следовать за этой жизнью, идти с ней в ногу. В нищий и по-иному уединенный парижский период она могла одновременно жить в своем Медоне и обитать среди небожителей, окруженная ею самой создаваемой мифологией. Невзирая на все материальные лишения, на все личные потрясения — она могла уноситься в воображаемые миры, в миры своей фантазии. Там, в Казани, у нее оказались подрезаны крылья. Мир и для нее сделался однопланным. Может быть, именно эта необходимость следовать норме, не выделяться из толпы, быть как все — и привела к трагической развязке не только замечательного поэта, но и замечательного человека, который никогда не мог примириться с готовыми штампами, жить в мире рутины и проповедовать прописные истины. Отдельные фразы в ее письмах теперь звучат, как роковые предчувствия.

И, в конце концов, не о себе ли она думала, когда писала:

«Всеми пытками не исторгли!
И да будет известно — т а м:
Доктора узнают нас в морге
По не в меру большим сердцам».

— —

Мокропсы, 9-го нов. июня 1923 г.

...Я не знаю, принято ли отвечать на критику иначе как колкостями — и в печати.

Но поэты не только не подчиняются обрядам, — они творят их! Позвольте же мне нынче, в этом письме утвердить обряд благодарности: критику — поэта. (Случай достаточно редкий, чтобы не слишком расчитывать на последователей!)

Я не люблю критики, не люблю критиков. Они в лучшем случае производят на меня впечатление неудавшихся и посему озлобленных поэтов. (И как часто они пишут омерзительные стихи!) Но хвала их мне еще неприемлемей их хулы: почти всегда м и м о, н е з а т о. Так, напр., сейчас в газетах, хваля меня, хвалят не меня, а Любовь Столицу. Если бы я знала ее адрес, я бы отослала все эти вырезки. Э т о н е я.

...У Вас редчайший подход между фотографией (всегда лживой!) и отвлеченностью. Вы берете то среднее, что и составляет сущность поэта: некую преображенную правду дней. Вы вежливы, вне фамильярности: неустанно на Вы. У Вас хороший вкус: не «поэтесса» (слово, для меня, полу-почтенное) — а поэт.

...Живя стихами с — — да с тех пор как родилась! — только этим летом узнала от своего издателя Геликона[1]), что такое хорей и что такое дактиль. (Ямб знала по названию блоковской книги, но стих определяла как «пушкинский размер» и «брюсовский размер») Я живу — и следовательно пишу — по слуху, т. е. на веру, и это меня никогда не обманывало. Если бы я раз промахнулась — я бы в с я ничего не стоила!

— Что еще? — Ах, пожалуй главное! Спасибо Вам сердечное и бесконечное за то, что не сделали из меня «style russe», не обманулись видимостью, что, е д и н с т в е н н ы й из всех за последнее время обо мне писавших, удостоили, наконец, внимания С У Щ Н О С Т Ь, то, что вне наций, то, что над нацией, то что (ибо все пройдет!) — пребудет.

— А что за «Ремесло»?[2]) Песенное, конечно. Смысл, забота и радость моих дней. Есть у К. Павловой изумительная формула:

---

[1]) А. Г. Вишняк — владелец берлинского издательства «Геликон», погибший во время депортации нацистами.

[2]) Сборник стихов Цветаевой.

«О ты, чего и святотатство
Коснуться в храме не могло —
Моя напасть, мое богатство,
Мое святое ремесло!

Эпиграф этот умолчала, не желая, согласно своей привычке, ничего облегчать читателю, чтя читателя.

...И еще просьба: найдите мне издателя на книгу прозы «Земные Приметы», — московские записи 1917 г. — конец 19-го г. Здесь Москва, Революция, быт, моя дочь Аля, мои сны, мысли, наблюдения, встречи, — некий дневник души и глаз. Книга большая: около 450 печ. страниц большого формата. (Сколько листов?) Рифы этой книги: контрреволюция, ненависть к евреям, любовь к евреям, прославление богатых, посрамление богатых, при несомненной белогвардейскости — полная дань восхищения некоторым безупречным живым коммунистам. Да, еще: лютая любовь к Германии и издевательство над бычачьим патриотизмом (русских!) в первый год войны.

Словом, издатель, как моя собственная грудная клетка, должен вместить ВСЕ. Здесь все задеты, все обвинены и все оправданы. Это книга ПРАВДЫ. --- Вот. ---

...Книгу эту будут рвать (зубами!) все ... кроме настоящих, непредубежденных, знающих, что ПРАВДА — ПЕРЕБЕЖЧИЦА. А таких мало.

Обращаюсь к Вам потому-что Вы как будто любите мои стихи и еще потому-что Вы наверное по вечерам сидите в «Prager-Diele», где пасутся все издатели.

Шлю Вам самый искренний привет и благодарность.

Марина Цветаева

Мокропсы, 30-го июня 1923 г.

...Незнакомый человек — это все возможности, тот, от кого все ждешь. Его еще нету, он только завтра будет (завтра, когда меня не будет!) Человека сущего я предоставляю всем, имеющее быть — мое. (NB: Вы, конечно, существуете, но для меня, чужого, Вас конечно еще нет. X для Y начинается в секунду встречи, — будь ему хоть 100 лет!)

...Вы пишете человеку: дорогой. Это значит, что другой, чужой, Вам дорог. Что же на это может выразить другой? Быть дорогим, это ведь не наш выбор, и не наше свойство, и не наша ответственность. Это просто не наше дело. Это наше — в данный час — отражение в реке, страдательное (т. е. обратное действенному!) состояние. Я же не могу сказать: «я не дорогая!» Это не свойство — слово неизменное и незаменимое, я употребляю его и в сравнительной степени, так, часто, говоря о человеке: «Он такой дорогой!» (Что, кажется, основательно разрушает все только-что мною сказанное!)

Ваш голос молод, это я расслышала сразу. Равнодушная, а часто и враждебная к молодости лиц, люблю молодость голосов. Вот эпиграф к одной из моих будущих книг: (Слова, вложенные Овидием в уста Сивиллы, привожу на память:) «Мои жилы иссякнут, мои кости высохнут, но ГОЛОС, ГОЛОС — оставит мне Судьба!» (Сивилла, согласно мифу, испросила Феба вечной жизни, забыла испросить себе вечной молодости! Не случайная забывчивость!)

Так вот, о голосе, Ваш голос молод, это меня умиляет и сразу делает меня тысячелетней, — какое-то каменное материнство, материнство скалы. Слово, за всю мою недолгую жизнь, меня как-то растравило и пронзило, не знаю как сказать. Есть такие обнаженные слова. В них говорящий сразу беззащитен, но беззащитность другого делает беззащитным и нас!

...Теперь о «Ремесле», (слове). В сознательном мире права я: ремесло, как обратное фабричн. производству, артель — заводу, ремесленничество Средних Веков — стих К. Павловой и пр., но в мире бессознательном правы — Вы. Только не орудуйте логическими доводами! Это Вас в данный час не вывезет. Впрочем, на последний из Ваших доводов я польстилась: «Вы не только ежечасно выходите из пределов ремесла, Вы в них и не входите» — это прелестно, и верно, и мне от этого весело. Хотите, я Вам скажу, в чем главная уязвимость моего названия? Ремесло предполагает артель, это начало хоровое, над хором должен быть маэстро — мастер, у ремесленника должны быть собратья, — это какой-то круг. Ощущение со- (мыслия, -творчества, -любия и пр.) во мне совершенно отсутствует, я и взаимную любовь (там где только двое!) ощущаю как сопреступничество. Я и Вечность (круг!) ощущаю как прямую версту. Нюхом своим — Вы правы!..

...Есть в Вашем письме одно место, над которым я задумалась, маленькая вставка, «случайность». Вы спрашиваете, где же я в «Психее»: в Мариуле или в Манон[3]) — и: «Бдение — или Бессонница?» Сначала я Бдение приняла, как обр. Бессоннице, т. е. как сон, но сон обратен бдению, где же сопоставление? И вдруг — озарение, нет, не ошибка. Вы говорите именно то, что хотите сказать, эти деления не-спать: бдение, как волевое, и бессонница, как страдательное (стихийное). Дитя, дитя, откуда?! Люди знают: спать (на то и ночь!), иногда: не-спать (голова болит, заботы) — но бдить, да еще сопоставляя с бессонницей...

Будь я Иоанном, мне бы Христос не давал спать, даже когда бы меня в постель гнал. Бдение, как потребность, стихия Бессонницы, пошедшая по руслу бдения, — Вам ясно? Вот мой ответ. Насчет реки — очень хорошо в «Психее»[4]). — Глубоко. — У меня где-то в записках есть: «У поэта не должно быть «лица», у него должен быть голос, голос его — его лицо». («Лицо» здесь как что, голос — как.) А то ведь все сводится к вопросу «темы». X пишет о Египте, Y — о смерти, Z — о XVIII в. и т. д. — Какая нищета! — Как собака, к-ая три раза крутится вокруг себя, чтобы лечь. И хвост тот-же, и подстилка та-же, и кость та-же... (NB! Обожаю собак!)

Есть у меня к Вам просьба (пока еще не деловая!) Не пишите без твердых знаков, это безхвосто, это дает словам неубедительность и читающему — неуверенность! Пишите или совсем без ничего (по новому!) или дайте слову и графически быть. Уверяю Вас, что «белогвардейщина» не при чем, — ведь я согласна на краснописание! — только не по «земгорски» (горцы равнины!), не по «либеральному», — пишите или как Державин (с Ъ) или как Маяковский! В этом отсутствующем Ъ, при наличии Ѣ — такая явная сделка!

...Продолжайте писать ко мне и памятуйте одно: я ничего не присваиваю. Все «сорвавшееся» в мире — мое, от первого Адама до последнего, отсюда полная невозможность хранить. В Вашем письме я вижу не Вас ко мне, а Вас — к себе. Я случайный слушатель, не скрою, что благодарный. Будемте так: продолжайте думать вслух, я хорошие уши но этими ушами не смущайтесь и с ними не считайтесь. Пусть я буду для Вас тем вздохом — (или тем поводом к вздоху! —) единственным исходом для всех наших безысходностей.

Марина Цветаева

Теперь вспоминаю, смутно вспоминаю — и это глубоко между нами! — когда я решила книгу назвать «Ремесло», у меня было какое-то неизреченное, даже недоощущенное чувство иронии, вызова.

— «Ну посмотрим, что за «Ремесло»! И — в ответ все фурии ада и все сонмы рая!

---

[3]) «Мариула» и «Манон» — стихи Цветаевой из книги «Психея».

[4]) Относится к рецензии о сборнике «Психея».

Голубчик, Вы глубоко-правы, только Вы не так подошли, не оттуда повели аттаку. Вы принизили понятие Ремесла, вы же должны были вскрыть несоответствие между сим высоким понятием — и его недостойной носительницей.

Голубчик, Вы угадали интонацию, увидали — за сто верст! — начало моей усмешки. — «Что же это за «Ремесло»?! Я сначала не угадала, подумала, что Вы просто не знаете РЕМЕСЛА ПЕСНИ. Ваш вопрос был глубже моего ответа. Вы глубоко-правы, я не могу этого от Вас скрыть, но это глубоко между нами. Пусть остальные верят и умиляются! И строят на этом — свое собственное ремесло!..

Мокропсы — Прага, 14-го — 15-го июля 1923 г.

Друг,

...Ни о чем, вообще, не надо бы писать: отложить перо, впериться в пустоту и рассказывать (насказывать!) А потом — пустой лист — и наполненная пустота. Не лучше ли?

(Впрочем пустота — прорва и никогда не наполняется. В этом ее главное достоинство и — для меня — неотразимейший соблазн!)

Но одно меня останавливает: некая самовольность владения, насилие, захват.

Помните, у Гоголя, злой колдун, вызывающий душу Катерины? Я не злой колдун и я не для зла вызываю, но я вызываю, и я это знаю, и не хочу этого делать втайне. Только это (некий уцелевший утес мужской этики!) и заставляет меня браться зе перо, верней: помогает мне, тут же, с первой строки, не бросать пера!

Я говорю правду.

Продолжаю письмо из Праги, — из другого дома и из другой души.

Пишу в рабочем предместье Праги, под нищенскую ресторанную музыку, вместе с дымом врывающуюся в окно. Это — обнаженная жизнь, здесь и веселье — не на жизнь, а на смерть. (Кстати, что такое веселье? Мне никогда не весело!)

...У меня так много слов... Это — волшебная игра. Это полное va banque — чего? — и вот задумалась: не сердца, оно слишком малое в моей жизни! — может-быть его у меня вовсе нет, но есть что-то другое, чего много, чего никогда не истрачу — душа? Не знаю, как его зовут, но кроме него у меня нет ничего. И вот этим «последним»...

...Вы видите сны? Безнаказанность, безответственность — и беззаветность сна. Вы — чужой, но я взяла Вас в свою жизнь, я хожу с Вами по пыльному шоссэ деревни и по дымным улицам Праги, я Вам рассказываю (насказываю!) я не хочу Вам зла, я не сделаю Вам зла, я хочу, чтобы Вы росли большой и чудный, и, забыв меня, никогда не расставались с тем — иным — моим миром!

Ясно ли Вам? Ведь это — наугад, но иногда наугад — в упор! Если Вы мне ответите: я не большой и не чудный и никогда не буду большой и чудный — я Вам поверю.

...Я хочу от Вас — чуда. Чуда доверия, чуда понимания, чуда отрешения. Я хочу, чтобы Вы, в свои двадцать лет, были семидесятилетним стариком — и одновременно семилетним мальчиком, я не хочу возраста, счета, борьбы, барьеров.

Я не знаю, кто Вы, я ничего не знаю о Вашей жизни, я с Вами совершенно свободна, я говорю с духом.

Друг, это величайший соблазн, мало кто его выдерживает. Суметь не отнести на свой личный счет то, что направлено на Ваш счет — вечный. Не заподозрить — ни в чем. Не внести быта. Имейте мужество взять то, что так дается. Войти в этот мир — в слепую...

Я больше года не была в Берлине, последние воспоминания плачевные (если бы я умела плакать!) — я в неопределенной ссоре с Эренбургом и в определенной приязни с его женой, кроме того меня не выносит жена Геликона (все это — между нами) — и главное — я невероятно (внешне) беспомощна. Все это осложняет приезд. Я тот слепой, которого заводят все собаки.

...Что такое слово, чтобы уничтожить чувство? Я такой силы ему не приписываю. Для меня — все слова малы. И безмерность моих слов — только слабая тень безмерности моих чувств. Я не могу не ответить Вам своим же собственным стихом (год назад, в июле:)

...Есть час — на те слова!
Из слуховых глушизн
Высокие права
Выстукивает жизнь...

Все дело — в часе.
А сейчас — мой час с Вами кончен.

МЦ.

(НА ОБОРОТЕ)[5])

В глубокий час души и ночи,
Не числящийся на часах,
Я отроку взглянула в очи,
Нечислящиеся в ночах

Ничьим еще... Двойной запрудой
— Без памяти и по края —
Покоящиеся.
— Отсюда
Жизнь начинается твоя.

Седеющей волчицы римской
Взгяд, в выкормыше зрящий — Рим!
Сновидящее материнство
Скалы...
Нет имени моим

Потерянностям. — Все покровы
Сняв — выросшая из потерь! —
Так некогда над тростниковой
Корзиною клонилась дщерь

Египетская...

МЦ.

14-го июля 1923 г.

Мокропсы, 20-го июля 1923 г.

Милый друг,

Давайте на совесть: ведь сейчас между нами — ни одной вражды и, ручаюсь, что пока письма — ни одной вражды не будет... (Тело отнюдь не считаю полноправной половиной человека. Тело в молодости — наряд, в старости — гроб, из которого рвешься!)

...Ведь тела (вкусовые пристрастья наши) бесчеловечны. Психею (невидимую!) мы любим вечно, потому-что заочное в нас любит — только душа! Психею мы любим Психеей, Елену Спартанскую мы любим глазами (простите за «мы», но я тоже люблю Елену!) — чуть ли не

[5]) Эти стихи были напечатаны в сборнике «После России», Париж 1928.

руками — и никогда наши глаза и руки не простят ее глазам и рукам ни малейшего отклонения от идеальной линии красоты*).

Психея вне суда — ясно? Елена непрестанно перед судьями.

Есть, конечно, предельная (т. е. — беспредельная) любовь: «я тебя люблю, каков бы ты ни был». Но каковым же должно быть это ты! И это я, говорящее это ты. Это, конечно, чудо. В любовной стихии — чудо, в материнской — естественность. Но материнство, это вопрос без ответа, верней — ответ без вопроса, сплошной ответ! В материнстве одно лицо: мать, одно отношение: ее, иначе мы опять попадаем в стихию Эроса, хотя и скрытого.

(Говорю о любви сыновней. — Вы еще следите?)

Итак, если при встрече (ставке) мы так же оттолкнемся, а может-быть отклонимся — друг от друга, как ныне притягиваемся, — вывода два: или душа — ложь, а «земные приметы» — правда, или душа — правда, а «земные приметы» — ложь, но ложь — сила, тогда как ду- ша — правда-слабость. (Соединительное тирэ!)

С Э-гом мы разошлись из-за безмерности чувств: его принципиальной, сшибшейся с моей, стихийной. Я требовала чудовищного доверия и понимания вопреки (очевидности, отсылая его в заочность!) Он — чего он требовал? Он просто негодовал и упирался в непонимании. Хотите пример? Люди его породы, с отточенной — и отчасти порочной — мыслью, очень элементарны в чувствах. У меня мысль и чувство, слово и дело, идеология и природный строй — сплошь разные и сплошь враждующие миры. «Мыслью я это понимаю, сердцем — нет!» «Я люблю вещь в идее, но ненавижу ее на столе» — «Так ненавидьте ее и в идее!» — «Нет, ибо моя ненависть к ней, на столе — слабость!» — «Не обратно-ли?». Коварная усмешка и: — «Не знаю».

У меня всегда было чувство с ним, что он все ценное в себе считает слабостью, которую любит и себе прощает. Мои «доблести» играют у него роль слабостей, все мои + (т. е. все мною любимое и яростно защищаемое) были для него только прощенными минусами. — Вам ясно? — Он, простив себе живую душу, прощал ее и мне. А я такого прощения не хотела. Как с женщинами: любуются их пороками и прощают: «милые дети!». Я не хотела быть милым ребенком, романтическим монархистом, монархическим романтиком, — я хотела быть. А он мне мое бытие прощал!

Это — основное расхождение. Жизненное — в другом. Жизненно он ничего не простил мне — там, где как раз нужно было простить! Он требовал (теперь вспомнила!) каких-то противоестественных сложностей, в которых бы я плыла как в реке: много людей, все в молчании, все на глазах, перекрестные любови (ни одной настоящей!) — все в «Prager-Diele», все шуточно... Я вырвалась из Берлина, как из тяжелого сна.

Все это — весьма бесплотно, когда-нибудь в беседе «уплотню», писать об этом не годится.

В основном благородстве его, в больной доброте и в страдальческой сущности ни секунды не сомневаюсь.

А Л. М.[6]) — очарование. Она — птица. И страдающая птица. У нее большое человеческое сердце, но — взятое под запрет. Ее приучили отделываться смехом и подымать тяжести, от которых кости трещат. Она — героиня, но героиня в пустую, на подобие тех красавиц, с 39° температуры, танцующих ночь напролет. Мне ее глубоко, нежно, восхищенно — и бесплодно жаль.

Б. Н.[7]) нежно люблю. Жаль, что тогда прождал Вас даром. Он одинокое существо. В быту он еще беспомощнее меня, совсем безумен. Когда я с ним, я чувствую себя — собакой, а его — слепцом! Чужая (однородная) слабость исцеляет нашу. Лучшие мои воспоминания в Берлине о нем. Если встретитесь, скажите.

---

*) Бездушия!

[6]) Л. М. — жена И. Эренбурга.

[7]) Б. Н. — Андрей Белый (Борис Николаевич Бугаев).

Вы пишете, в Б. меня любят. Не знаю. Знают и не любят — это со мной не бывает, не знают и любят — это бывает часто. Я такую любовь не принимаю на свой счет. Мне важно, чтобы любили не меня, а мое «я», ведь это включается в мое. Так мне надежнее, просторнее, вечнее.

...Да, кстати, Вы любите грудных детей? Детей вообще? — Любопытно. —

Каким Вы были ребенком? Был ли рост — катастрофой? Если не лень и подходящий час, ответьте. Я не из праздного любопытства спрашиваю, это просто некоторое испытыванье дна.

(С той разницей, что плохой пловец, испытывая, боится его утратить, хороший пловец — н а й т и.

NB! В реке я — плохой пловец! Надо мной все смеются!)

Пишу Вам поздно ночью, только что вернувшись с вокзала, куда провожала гостя на последний поезд. Вы ведь не знаете этой жизни.

Крохотная горная деревенька, живем в последнем доме ее, в простой избе. Действующие лица жизни: колодец-часовней, куда чаще всего по ночам или ранним утром бегаю за водой (внизу холма) — цепной пес — скрипящая калитка. За нами сразу лес. Справа — высокий гребень скалы. Деревня вся в ручьях. Две лавки, вроде наших уездных. Костел с цветником-кладбищем. Школа. Две «реставрации» (так, по-чешски, ресторан.) По воскресеньям музыка. Деревня не деревенская, а мещанская: старухи в платках, молодые в шляпах. В 40 лет — ведьмы.

И вот — в каждом домике непременно светящееся окно в ночи: русский студент! Живут приблизительно впроголодь, здесь невероятные цены, а русских ничто и никогда не научит беречь деньги. В день получки — пикники, пирушки, неделю спустя — задумчивость. Студенты в большинстве, бывшие офицеры, — «молодые ветераны» как я их зову. Учатся, как некогда — в России, везде первые, даже в спорте! За редкими исключениями живут Россией, мечтой о служении ей. У нас здесь чудесный хор, выписывают из Москвы Архангельского.

Жизнь не общая (все очень заняты), но дружная, в беде помогают, никаких скандалов и сплетень, большое чувство чистоты.

Это вроде поселения, так я это чувствую, — поселения, утысячеряющего вес каждого отдельного человека. Какой-то уговор ж и т ь. (Дожить!) — Круговая порука. —

Я здесь живу уже с 1-го авг. 1922 г., скоро будет год. В Праге бываю раз — редко, два — в месяц. У меня и д и о т и з м на места, до сих пор не знаю ни одной улицы. Меня по Праге в о д я т. Кроме того, панически боюсь автомобилей. На площади я самое жалкое существо, точно овца попала в Нью-Иорк.

МЦ.

Как мне о многом, о многом надо еще рассказать!

Мокропсы, 25-го нов. июля 1923 г.

Милый друг,

Что у Вас в точности было с Эренбургами?

...Я хочу Вас безупречным, т. е. гордым и свободным настолько, чтобы идти под упрек, как солдат под выстрелы: души моей не убьешь!

Безупречность — не беспоро́чность, это — ответственность за свои пороки, осознанность их — вплоть до защиты их. Так я отношусь к своим, так Вы будете относиться к Вашим.

Предположим, человек трус. Выхода два: или перебороть — или признаться, сначала самому, потом другим. — «Да, я трус». И, если этих других ч т и ш ь, объяснить: трус потому-то и потому-то. И все. — Просто?..

...Дружочек, нарушение формы — безмерность. Я неустанно делаю это в стихах, была моложе — только это и делала в жизни! Все пойму. Посему, будьте правдивы. Не приукрашивайте, не выгораживайте себя, не считайте меня меньше, чем я есть и моего отношения — поверхностнее.

И в вопросе моем памятуйте одно: его цель...

...Об эстетстве. Эстетство, это бездушие. Замена сущности — приметами. Эстеты, минуя живую з а р о с л ь, упиваются ею на гравюре. Эстетство, это расчет: взять все без страдания: даже страдание превратить в усладу! Всему под небом есть место: и предателю, и насильнику, и убийце, — а вот эстету нет! Он не считается. Он выключен из стихий, он нуль.

...Не будьте эстетом! Не любите: красок — глазами, звуков — ушами, губ — губами, л ю б и т е в с е д у ш о й. Эстет, это мозговой чувственник, существо презренное. Пять чувств его — проводники не в душу, а в пустоту. «Вкусовое отношение», — от этого не далеко до гастрономии.

О, будь Вы сейчас здесь, я повела бы Вас на мою скалу, поставила бы Вас на гребень: Владейте! Я подарила бы Вас — всему!

...Для любви я стара, это детское дело. Стара не из-за своих 30 лет, — мне было 20, я то-же говорила Вашему любимому поэту Мандельштаму:

— «Что Марина — когда Москва?! «Марина» — когда Весна?! О, Вы меня д е й с т в и т е л ь н о не любите!»

Меня это всегда удушало, эта узость. Любите м и р — во мне, не м е н я — в мире. Чтобы «Марина» значило: мир, а не мир — «Марина».

Марина, это — пока — спасательный круг. Когда-нибудь одерну — плывите! Я, живая, не должна стоять между человеком и стихией. Марины нет — когда мера!..

...Ведь я для себя — полустанок, я сама из себя звук!

...Это все, потому-что Вы там, а я здесь. Когда Вы увидите меня, такую равнодушную и такую веселую у Вас сразу отляжет от сердца. Я еще никого не угнетала и не удушала в жизни, я для людей — только повод к ним самим. Когда это «к ним самим» — есть, т. е. когда о н и с а м и — есть, — ВСЕ ЕСТЬ.

Над отсутствием я бессильна.

...Ряд вопросов: 1) сумеете ли Вы достать мне разрешение на въезд и жительство в Берлине и сколько это будет стоить? (Говорю о разрешении) 2) где я буду жить? (М. б. — в «Trautenauhaus», но в виду расхождения с И. Г. Э.[8]) — не наверное.)

3) Будет ли к половине сентября в Берлине Б. Н.?[9])

4) Есть ли у Вас для меня в Берлине какая-нибудь милая, веселая барышня, любящая мои стихи и готовая ходить со мной по магазинам. (Здесь, в Праге, у меня — три!)

5) Согласны ли Вы от времени до времени сопровождать меня к издателям и в присутств. места (веселая перспектива?!)

6) Есть ли у Вас ревнивая семья, следующая за Вами по пятам и в каждой женщине (даже стриженой!) видящая — роковую?!

7) Обещаете ли Вы мне вместе со мной разыскивать часы: мужские, верные и не слишком дорогие, — непременно хочу привезти Сереже, без этого не поеду.

Имейте в виду, что я слепа, глупа и беспомощна, боюсь автомобилей, боюсь эстетов, боюсь домов литераторов, боюсь немецких Wohnungsamt'-ов, боюсь Untergrund'ов, боюсь эсеров, б о ю с ь в с е г о, ч т о д н е м — и н и ч е г о, ч т о н о ч ь ю.

(Ночью — только души! И духи! Остальное спит.)

Имейте в виду, что со мной нужно няньчиться, — без особой нежности и ровно столько, сколько я хочу — но неизбывно, ибо я никогда не вырастаю.

Словом, хотите ли Вы быть — собакой слепого?!

...Привезу с собой новые стихи, много. И буду Вас натаскивать по «русскому руслу». (Хорошая перспектива?!)

...Не забудьте ответ на все мои вопросы о Берлине. Жму руку.

МЦ.

---

[8]) И. Г. Эренбург.

[9]) См. примечание 7.

Мокропсы, 25-го июля 1923 г.

Дружочек,

Пишу Вам во мху (писала в тетрадку, сейчас переписываю) сейчас идет огромная грозная туча — сияющая. Я читала Ваше письмо и вдруг почувствовала присутствие чего-то, кого-то другого рядом. Оторвалась — туча! Я улыбнулась ей так же, как в эту минуту улыбнулась бы Вам.

(NB! Минута: то, что минет!)

Короткий мох колет руки, пишу лежа, подыму голову — она, сияющая. А рядом, как крохотные танцовщицы — лиственницы. (Солнце сквозь тучу брызжет на лист, тень карандаша как шпага!)

Шумит поезд и шумят пороги (на реке), и еще трещат сверчки — и еще пчелы — и еще в деревне петухи — и все-таки тихо. (Не тихо очевидно только от людей!)

... Уйдите с моим письмом на волю, чтобы ветер так же вырывал у Вас из рук — мои листы, как только что из моих — Ваши. (О, ветер ревнив! Вот Вам, отчасти, ключ к «Царь-Девице».[10]) Постепенно расшифруем все!)

... Милый друг, последнее десятилетие моей жизни, за тремя-четырьмя исключениями — сплошная Prager-Diele. Я прошла жестокую школу и прошла ее на собственной шкуре (м. б. на мне учились, не знаю!) Двадцати лет, великолепная и победоносная, я во всеуслышание заявляла: «раз я люблю душу человека, я люблю и тело. Раз я люблю слово человека, я люблю и губы. Но если бы эти губы у него срезали, я его все-таки любила». Фомам Неверующим я добавляла: «я бы его еще больше любила».

И десять лет под ряд, в ответ, непреложно:

— «Это Романтизм. Это ничего общего с любовью не имеет. Можно любить мысль человека — и не выносить формы его ногтей, отзываться на его прикосновение — и не отзываться на его сокровеннейшие чувства. Это — разные области. Душа любит душу, губы любят губы, если Вы будете смешивать это и, упаси Боже, стараться совмещать, Вы будете несчастной».

Милый друг, есть доля правды в этом, но постольку, поскольку Вы — цельное, а другой — раздробленность. В большинстве людей ничто не спевается, сплошная разноголосица чувств, дел, помыслов: их руки похожи на их дела и их слова — на их губы. С такими, т. е. почти со всеми, эти опыты жестоки и напрасны. Кроме того, по полной чести, самые лучшие, самые тонкие, самые нежные так теряют в близкой любви, так упрощаются, так грубеют, так уподобляются один другому и другой третьему, что — руки опускаются, не узнаешь: Вы-ли? В вплотную-любви в пять секунд узнаешь человека, он явен и — слишком явен! Здесь я предпочитаю ложь. Я не хочу, чтобы душа, которой я любовалась, которую я чтила, вдруг исчезала в птичьем щебете младенца, в кошачьей зевоте тигра, я не хочу такого самозабвения, вместе с собой забывающего и меня. Была моложе — ранило, стала старше — ограничилась высокомерным, снисходительным (всегда страстным) любопытством. Я стала добра, но за такую доброту, дружочек, попадают в ад. Я стала наблюдателем. Душа, укрывшись в свой последний форт, как зверь наблюдала другую душу — или ее отсутствие. Я стала записывать: повадки, жесты, словечки, — когда в тетрадку, когда поглубже. Я убедилась в том, что именно в любви другому никогда нет до меня дела, ему дело до себя, он так упоительно забывает меня, что очнувшись — почти что не узнает. А моя роль? Роль отсутствующей в присутствии? О, с меня в конце концов этого хватило, я предпочла быть в отсутствии присутствующей (это мне напоминает молитву о «в рассеянии — сущих») — я совсем отбросила эту стену — тело, уступила ее другим, всем.

Но в глубокие часы души ... все мои опыты, все мои старые змеиные кожи — падают. Любя шум дерева, беспомощные или свободные мановения его, не могу не любить его ствола и листвы: ибо — листвой шумит,

---

[10]) Сказка Цветаевой, изданная в Берлине в 1923 г., издат. «Эпоха».

стволом — растет! Все эти деления на тело и дух — жестокая анатомия на живом, выборничество, эстетство, бездушие. О, упомянутые «Prager-Diele» этим цвели, — как и знакомая Вам «Prager-Diele». Здесь сплошной расчет. Совместительство, как закон, трагедия, прикрытая шуткой, оскорбления под видом «откровений». — Я просто устранилась, как устраняюсь всегда при заявлении: «то-то и то-то я в Ваших стихах принимаю, того-то и того-то — нет». Это — деление живого, насилие, оскорбление, я не могу, чтобы во мне выбирали, посему: изымаю себя из употребления вовсе, иду в мои миры, вернее вершу свой мир, заочный, где я хозяин!

— Ясно? — О, мой друг, как силен должен быть Бог в человеке, чтобы он среди людей не сделался или скотом или демоном!

...Вчера я Вам писала (еще на Берлин) об эстетстве «отравы ради отравы», и сегодня Ваша приписка: «Что-то в том письме было не так». Вы отвечаете прежде чем я спрашиваю, я бы Вас сравнила с камертоном, Вас не собьешь.

Но, возвращаясь к «боли ради боли», признаюсь Вам в одном. Сейчас, идя по лесу думала: «а откуда же тогда этот вечный вопль души в любви: «Сделай мне больно!» Жажда боли, вот она, налицо! Что мы тогда хотим? И не об этом ли Вы, отражая, писали?

Ведь душа — некая единовременность, в ней все — сразу, она вся — сразу. Постепенность — дело выявления. Пример из музыки: ведь вся гамма в горле уже есть, но нельзя спеть ее сразу, отсюда: если хочешь спеть гамму, не довольствуешься иметь ее в себе, смирись и признай постепенность.

...Последние стихи Ходасевича о заумности («Совр. З.») — прямой вызов Пастернаку и мне. (Мой единственный брат в поэзии!) «Ангела, Богу предстоящего» я всегда предпочитаю человеку...

Вам, как литературному критику, т. е. предопределенному лжецу на 99 строках из 100, нужно быть и терпимей, и бесстрастней, и справедливей.

...Из поэтов (растущих) люблю Пастернака, Мандельштама и Маяковского (прежнего, — но авось опять подрастет!) И уже совсем по другому уже, Ахматову и Блока (Клочья сердца.)...

...Есть ли у Вас «Tristia» Мандельштама? М. б. Вам будет любопытно узнать (как одно из моих отражений) что стихи: «В разноголосице девического хора», «На розвальнях, уложенных соломой», «Но в этой странной, деревянной — и юродивой слободе»[11]) — и еще несколько — написаны мне. Это было в Москве, весной 1916 г. и я взамен себя дарила ему Москву. Стихов он из-за жены (недавней и ревнивой) открыто посвятить не решился.

У меня много стихов к нему, когда будете в Берлине, посмотрите (предпоследний, кажется) № «Русской Мысли»[12]). Кажется, все к нему. Посвятить их ему открыто я из-за его жены (недавней и ревнивой) не решилась.

Дружочек, я подарю Вам все свои дохлые шкуры, целую сокровищницу дохлых шкур, — а сама змея молодая и зеленая, в новой шкуре, как ни в чем не бывало.

А у вас, в Берлине, революция — или вроде? Пулеметная стрельба по ночам? Убийства из за угла? Пустые магазины? Воззвания? Карточная система?

Так, пожалуй, весь мой приезд провалится. (NB! Тема для статьи: «Женщина и политика».) Напишите, что думаете, когда начнется и когда кончится. А что будет с дорогими издателями? Их книгами будет топить обездоленная интеллигенция!

---

[11]) Три стихотворения Осипа Мандельштама, вошедшие в сборник «Tristia». Третье из упомянутых Цветаевой начинается словами «Не веря воскресенья чуду»; строка, приведенная Цветаевой, в действительности звучит так: «Но в этой темной, деревянной и юродивой слободе...»

[12]) Журнал, выходивший в Софии под редакцией П. Б. Струве.

Стоит ли мне кончать рукописи? Если это бессмысленно, лучше брошу и буду писать стихи. Ответьте на все, поскольку можете. Я искренно огорчена. Я так радовалась берлинским асфальтам, фонарям, моему дорогому немецкому говору, я радовалась — революция похожа на правду.

. . . Видеть мне в Берлине хочется: Л. М.[13]), Белого и одну милую немку, к-ая, кажется пропала. И еще Синезубова[14]) (знакомы?) И, боюсь обидеть, но кажется больше никого. А видеть придется: но фамилий лучше не писать! Мне бы хотелось жить там, где меня никто не найдет. До страсти не хочу споров. А разгораюсь мгновенно.

. . . К Синезубову пойдем вместе. . . И к Ремизову вместе (ах, одного все-таки забыла!) — одна я к Ремизову не могу: угнетают и одуряют игрушки, которые с детства н е н а в и ж у. Угнетает жизнь в комнате, помимо человека, угнетает комната. Придем с подарком: куплю здесь каких-нб чешских уродов, и есть у меня для него какие-то образцы старого славянского письма.

Читали ли Вы «Николая Курбова»?[15]) Начата она была во время нашей горячей дружбы с Э-гом и он тогда героиню намеревался писать с меня. (Герой — сын улицы, героиня — дочка особняка, так? Или передумал?)

Зачатая в любви, выношенная и рожденная в ненависти, героиня должна была выйти чудовищем. — Так? — Напишите.

Умиляет меня Ваше няньчание с Б. Н., узнаю себя. Думаю, что это дитя глубоко-неблагодарно (как все дети!) но неблагодарностью какой-то более умилительной. Вспоминаю его разгневанный взгляд — вкось, точно вслед копью — на дракона (Штейнера или еще кого-нибудь.) Встречу с Б. Н., как недавнюю встречу с Штейнером, расскажу. «Книга разлук и встреч» — вот моя жизнь. Вот всякая жизнь. Я счастлива на разлуки!

О Б. Н... У него никого нет, все эти поклонницы — вздор. Я никогда не была поклонницей Бальмонта, но паек таскать я ему помогала. Презираю словесность. Все эти цветы, и письма, и лирические интермедии не стоят во-время зачиненной рубашки. «Быт»? Да, это такая мерзость, что грех оставлять ее на плечах, уже без того о б р е м е н е н н ы х крыльями!

Где Ася?[16]) Что с Кусиковым? встречу — 12 л. назад! — с беловской Асей тоже расскажу.

«Расскажу». . . это не значит, что я не буду слушать. Но слушаю я не речи: сердце! — как врач. И вот уже мысль: сердце можно слушать, как врач и как враг: враг, наклонившийся над спящим!)

Буду много слушать: глазами, ушами, душой. Будем сидеть вечерами в самом нищем кафэ, где никого и ничего нет, курить (Вы курите?) и непрерывно расставаться.

. . . Пишу поздно вечером, после бурного ясного ветреного дня. Я сидела — высоко — на березе, ветер раскачивал и березу и меня, я обняла ее за белый ровный ствол, мне было блаженно, м е н я не было.

И вдруг — слухи о Берлине, упорные, со всех сторон, с подробностями, которых и в Берлине не знают. Мир газет — мне страшен, помимо в с е г о, заставлющего ненавидеть газету, это стихию людской пошлости! — я ее ненавижу за и с п о д т и ш к а, за коварство ее ровных строк.

Беспокоюсь о Вас. Пишите.

МЦ.

---

[13]) См. примечание 6.
[14]) Н. Д. Синезубов — художник-декоратор.
[15]) «Жизнь и гибель Николая Курбова» — роман И. Эренбурга.
[16]) Ася — жена Андрея Белого, урожденная Тургенева.

17-го августа 1923 г.

Я писала Вам дважды и ответа не получила. Последнее, что я от Вас имела — Ваша открытка от 25-го июля (3 недели назад.)

Если мои письма дошли — всякие объяснения Вашего молчания излишни, равно как всякие Ваши дальнейшие заботы о моих земных делах, с благодарностью, отклонены.

Письмо, оставшееся без ответа, это рука, не встретившая руки. Вы просто не подали мне руки. Не мое дело — осведомляться о причинах, и не Ваше — о моих чувствах.

Итак, только: д о ш л и или н е т?

МЦ.

(Окончание в следующей книге)

27-го августа 1923 г., понедельник.

Я за этот месяц исстрадалась... Достоверности следующие: ни на одно из своих последних писем я не получила ответа, мое последнее письмо (опущенное мною лично, в Праге, 28-го июля) пропало, как Ваше последнее. Станьте на секунду мной и поймите, ни строки, ни слова, целый месяц, день за днем, час за часом. Не подозревайте меня в бедности: я друзьями б о г а т а, у меня прекрасные связи с душами, но что мне было делать, когда из всех на свете в данный час душ мне нужны были — только Вы?! О, это случается: собеседник замолк (задумался). Я не приходно-расходная книга и, уверенная в человеке, разрешаю ему в с е. Моя главная забота всегда: жив ли? Жив — значит, мой!

...Вначале это был сплошной оправдательный акт: невинен, невинен, невинен, это злое чудо, знаю, ручаюсь, верю! Это жизнь искушает. — Дождусь. Дождусь. Завтра! — Но завтра приходило, письма не было, и еще завтра, и еще, и еще. Я получала чудные письма — от друзей, давно молчавших, и совсем от чужих (почти), все точно сговорились, чтобы утешить меня, воздать мне за Вас, — да, я читала письма и радовалась, и отзывалась, но что-то внутри щемило и ныло и выло и разъярялось и расло, настоящий нож в сердце, не стихавший даже во сне. Две недели прошло, у меня появилась горечь, я бралась руками за голову и спрашивала: ЗА ЧТО? Ну, любите магазинную (или литературную) барышню, — я-то что сделала? Нет, барышня — вздор: это просто пари. Пари, которое он держал с Иксом или с Игреком: «Доведу до»... —

О, много было мыслей, и возгласов, и чувств. И такая боль потери, такая обида за живую мою душу, такая горечь, что — не будь стихи! — я бы бросилась к первому встречному: забыться, загасить, залить.

...Друг, я не маленькая девочка (хотя — в чем-то никогда не вырасту), жгла, обжигалась, горела, страдала — все было — но ТАК разбиваться, как я разбилась о Вас, всем размахом доверия — о стену! — никогда. Я оборвалась с Вас, как с горы.

Последние дни я уже чувствовала к Вам шутливое презрение, я знала, что Вы и на это письмо мне не ответите.

...Изменяем мы себе, а не другим, но если другой в этот час — то, мы все-таки изменяем другому. Кем Вы были в этот час? Моей Б О Л Ь Ю...

---

*) См. предыдущую книгу. Как указывал автор этой публикации во вступлении, письма печатаются с сокращениями.

Это было вчера, в 12-том ночи. Уходил последний поезд.

...У меня есть записи всего этого месяца. «Бюллетень болезни». Пришлю Вам их после Вашего следующего письма.

Убедите меня в необходимости для Вас моих писем — некая трещина доверия, ничего не поделаешь.

1-го переезжаю в Прагу.

...В следующем письме, если найдете это нужным, напишите мне, что Вы думали о моем молчании, как Вы его толковали. Неужели Вы великодушнее меня?!

МЦ.

28-го августа 1923 г., среда.

Милый друг,

Выслушайте меня как союзник, а не как враг. Мне предстоят трудные дни. Расстаюсь с Алей и отправляю ее в гимназию (в Моравию). С. уже там. У нас было решено, что Аля поедет с детьми (сейчас конец каникул, и дети съезжаются), а я перееду в Прагу, где у нас уже снята комната, и буду жить там. Вот те 2—3 свободные недели, о которых я Вам писала. Сегодня получаю письмо: мое присутствие необходимо, необходимо ввести Алю в гимназическую жизнь. Моравия — вторая Германия (NB! Моя страсть!), чудные прогулки, — словом: нет двух недель.

Эти две недели мне нужны были для моих писем к Вам, я не умею жить и писать на глазах, — хотя бы самых любимых. Я ничего не умею, что умеют люди: ни лицемерить, ни скрывать (хранить — умею!), мое лицемерие — только вторая правда, если лицо равнодушное, не выдает — выдают голос и жест, а причинять малейшее страдание, хотя бы задевать другого — для меня мука, Вам все ясно.

...Я сейчас — Фома Неверный, этот последний месяц подшиб мне крыло, чувствую, как оно тащится.

Убедите меня в моей необходимости — роскошью быть я устала! Не необходима — не нужна, вот как у меня.

...Я сейчас на внутреннем (да и на внешнем!) распутье, год жизни — в лесу, со стихами, с деревьями, без людей — кончен. Я накануне большого нового города (может быть — большого нового горя?!) и большой новой в нем жизни, накануне новой себя. Мне мерещится большая вещь, влекусь к ней уже давно, для нее мне нужен покой, то есть ВЕСЬ человек — или моя обычная пустота.

Не будьте моим врагом, не вводите в обман, не преувеличивайте чувств и слов, вслушайтесь.

—

Забыла сказать, что у меня к Вам целая стая стихов.

—

Вчера, под луной, ходила с одним моим приятелем (о нем найдете в «Бюллетене») высоко и далеко в горы. Был безумный ветер. Нас н е с л о. На шоссе — ни души. Деревья метались, как шекспировские герои. Ветер кому-то мстил. Пыль забивала глаза, временами приходилось сгибаться вдвое и так мчаться — лбом. Потом сели: захотелось курить. Ветер выбивал из папиросы целые костры искр: сухо, сосны, я уже видела горящие леса и всю Чехию в пожаре. Промчался автомобиль. Нас не видел, ослепленный собственным светом. Я сидела рядом с тем и думала: «Почему не — —

В мой последний день здесь пойдем с ним ночевать в горы, разведем костер, будем провожать луну и встречать солнце. И еще — ловить раков в ручьях. И еще — говорить о привидениях.

Это — странная дружба, основанная на глубочайшем друг к другу равнодушии (ненавидит женщин, как я — мужчин), так дети дружат, вернее — мальчики: ради совместных приключений, почти бездушно. Он называет мне все травы и все дурманы, и кормит меня вишневым клеем и орехами и просто волчьими ягодами.

Будет ли у нас с Вами когда-нибудь — такой костер? (NB! Если и будет — то не такой!)

—

Что еще? Ах, самое важное, вчера забыла: после Вашего письма — безумный лай. Гляжу: нищенка: горбатая: с мешком за плечами: Судьба. Я сразу поняла: за откупом. Сгребла, что попало под руку: Алины вещи, свои, обувь, хлеб, тряпье, — набила ей полный мешок. — «Хцете то? И еще то?» Чахлый мешок надулся, как удав: второй горб на горбу! Она, не знавшая, что — Судьба, совсем ошалела от радости.

Словом, откупилась. Ушла, обещав еще зайти. И еще откуплюсь. Уходя, безумно целовала мне руки (NB! демократическое государство). Я еле спаслась.

У Судьбы, кстати, трое детей и муж — тоже горбатый. Уверяет, что на всех них вместе — ни одной рубашки. Придется мне одевать и сына Судьбы, и двух дочерей Судьбы, и мужа Судьбы. Если бы я не уехала, пришлось бы покупать им дом и места на кладбище.

— Дружочек, Вы меня разоряете!

—

Поздно вечером

Только что вернулась с огромной прогулки (27 километров!). Скалы, овраги, обвалы, обломки — не то разрушенные храмы, не то разбойничьи пещеры, все это заплетено ежевикой и задушено огромными папоротниками, я стояла на всех отвесах, сидела на всех деревьях, вернулась изодранная, голодная, просквоженная ветром насквозь, — уходила свою тоску!

Ходили: мой тихий приятель, Аля и я. Вернулись, уложила Алю — и вслед за ней два огромных чемодана: рукописи, отребья, сапоги, кастрюльки — весь необходимый хлам нищеты.

Потом пошла за водой: пустое ведро гремело, полное — колыхало луну. (Неужели Вы сейчас спите?!). Луна — огромная.

Сейчас лягу и буду читать Троянскую войну. Никого не могу читать, кроме греков. У меня огромный немецкий том: часто о Елене, я наконец захотела узнать, кто она, и — никто. Просто — дала себя похитить. Парис — очаровательное ничтожество, вроде моего Лозэна. И как прекрасно, что именно из-за них — войны!

Спокойной ночи, дружочек. Когда я думаю, о скольком мне еще надо сказать и о скольком спросить, у меня точное видение Бесконечности.

МЦ.

Завтра чуть свет, еду в Прагу перевозить вещи. В воскресенье переезжаю совсем. У меня дом на горе — и весь город у ног.

БЮЛЛЕТЕНЬ БОЛЕЗНИ

9-го августа 1923 г.

(NB! Письма не читайте сразу, оно жилось и писалось — месяц.)

Переписываю это письмо почти без всякой надежды его отослать, так, «на всякий случай» (на случай чуда!). Это — записи многих дней, и перенося их на этот лист бумаги, я занята скорее приведением в ясность своей души, нежели чем-либо другим.

Итак — на всякий случай! — слушайте.

26-го июля.

А! Поняла! Болевое в любви лично, усладительное принадлежит всем. Боль называется ты, усладительное — безымянно (стихия Эроса). Поэтому «хорошо» нам может быть со всяким, боли мы хотим только от одного. Боль есть ты в любви, наша личная в ней примета. (NB! Можно это «хорошо» от всякого не принять.) Отсюда: «сделай больно», т. е. скажи, что это ты, назовись.

Верно? Кажется, да.

—

Помните, что Вы должны быть мне неким духовным оплотом. «Там где все содержание, нет формы» — это Вы обо мне сказали. И вот, эта встреча чужого отсутствия (сплошной формы) с моим присутствием (содержанием) — словом, в Б. у меня много неоконченных счетов, и иметь должна в Вас союзника, некий оплот против собст. безмерности (хотя бы стихии Бессонницы!). Стихи мои от людей не оплот, это открытые ворота, в которые каждый волен. Я должна знать, что я вся в Вас дома, что мне другого дома не нужно.

—

(Вы наверное думаете, что я страшно торгуюсь: и собакой (слепого!) будь, и оплотом (сильного!) будь... — Шучу. —

—

Знайте, что я далеко не все Вам пишу, что хочу, и далеко еще не все хочу, что буду хотеть.

—

Однажды, когда мне было 17 лет, один человек говорил мне, что меня любит. — «Отыщите мой любимый камень на этом побережье», ответила я: «тогда я поверю, что Вы меня любите». Дело было в Крыму и побережье длилось на несколько верст[17]).

Вы, ничего не говоря и без всякой моей просьбы, этот камень взяли и подали. Этот камень — «Добровольческий марш» в «Ремесле», и этот камень еще — то (не знаю, что), что Вы мне из всех людей сейчас в письмах даете.

—

Хорошо именно, что Вам 20 л., а мне 30 л. Если бы я была на 7 лет старше, я не говорила бы о материнстве.

—

30-го июля.

Мой друг, скучаю без Вас. Скука во мне — не сознание отсутствия, а усиленное присутствие.

Никогда не применяйте ко мне того, что заведомо не может жечь: ведь даже лед жжет! И бесстрастие жжет. А вот теплота — нет, п. ч. она тогда уже жар, т. е. уже нежность. А нежность: от ледяной — до смоляной. И все-таки — нежность.

Так вот, об этой нежности моей...

—

Думаю о Вас и боюсь, что в жизни я Вам буду вредна: мое дело — срывать все личины, иногда при этом задевая кожу, а иногда и мясо. Людей Вы через меня любить не научитесь, все, кроме людей — ДА! Но живут «с людьми»...

—

1-го августа.

Я давно не слышала Вашего голоса, и мне уже немножко пусто без Вас. Молчание мне враждебно, я молчу только, когда это нужно друго-

---

[17]) Инцидент, о котором упоминает Цветаева, описан ею в статье о Максимилиане Волошине, вошедшей в ее книгу «Проза».

му. Голос — между нами — единственная достоверность. Когда я долго Вас не слышу, Вы перестаете быть.

—

О разминовении взглядов и пр.

Пока я буду говорить: «Нет, не так, так не надо, так — надо» — все хорошо, ибо за всеми этими нет — одно сплошное ДА. Когда же начнется: «да, да, правильно, совершенно верно» — все поздно: ибо за всеми этими да — одно сплошное НЕТ.

—

В первом — сосредоточенное внимание, страстная жажда правды, своей и чужой, исхищреннейшее и напряженнейшее проникновение в другого: ЧУДО доверия, все взятые барьеры розни.

Во втором: снисхождение, высокомерие, усталость, равнодушие, бездушие.

—

Присылайте мне вырезки всех Ваших статей: газетами брезгаю, но Вас (сущность) чту.

Много ли Вы в газетах лжете? (Иного они и не заслуживают.) — Прочувствовать Вас сквозь ложь. —

—

Стихи сбываются. Поэтому — не все пишу.

—

Перечтите, если не лень, в «Ремесле» — Сугробы.

«И не оглянется
Жизнь крутобровая!
Здесь нет свиданьица,
Здесь только проводы»...

Писано было в полный разгар дружбы, все шло к другому, — а ведь вышло! сбылось! В час разминовения я бы иначе не написала.

Я знаю это мимовольное наколдовыванье (почти всегда — бед! Но, слава богам, — себе!) Я не себя боюсь, я своих стихов боюсь.

—

Как странно, что пространство — стена, в которую ломишься!

—

2-го августа.

Когда люди, сталкиваясь со мной на час, ужасаются теми размерами чувств, которые во мне возбуждают, они делают тройную ошибку: не они — не во мне — не размеры. Просто безмерность, встающая на пути. И они, м. б., правы в одном только: в чувстве ужаса.

—

4-го августа.

Просьба: не относитесь ко мне, как к человеку. Ну — как к дереву, которое шумит Вам навстречу. Вы же дерево не будете упрекать в «избытке чувств», Вы только услышите, как «уста глаголют». Если Вы меня заставите с Вами быть человеком, т. е. считать, я замкнусь, п. ч. считать я не умею.

—

В молчании — что? Занятость? Небрежность? Расчет? «Привычка»? Преувеличенно-исполненная просьба? Теряюсь. Через несколько дней (10, примерно) привыкнув и отказавшись, успокоюсь. Но пока мне эти дни тяжелы.

—

5-го августа.

Мне некому о Вас сказать. Аля с 2-х лет до 9-ти бывшая моим «в горах — отзывом», сейчас играет в куклы и глубоко-равнодушна ко мне.

Вы моя тайна, сначала радостная, потом болевая. О, Бог действительно хочет сделать меня большим поэтом, иначе бы Он так не отнимал у меня все!

—

Наблюдаю боль (в который раз!) Те же физические законы болезни: дни до, взрыв, постепенность, кризис. До смерти у меня никогда не доходило, т. е.: чтобы душа умерла!

Боль для меня сейчас уже колея, с трудом — но ввыкаюсь.

—

6-го августа.

Болезнь? Любовь? Обида? Сознание вины? Разочарование? Страх? Оставляя болезнь: любовь, — но чем Ваша любовь к кому-нб может помешать Вашей ко мне дружбе?

—

Мне уже не так больно (7-ое, 10-ый день) еще 10 дней — и пройдет, перегорит, переболит. У меня уже любопытство, (враждебное скорей себе, чем Вам) уже усмешка (опять-таки над собой!) Горечь — это скорей холод, чем жар. Вроде ожога льда.

—

8-го, на горе.

Нет, мне еще очень больно. Но я безмерно-терпелива. Сегодня утром — письмо, смотрю — не Ваш почерк, все равно чей, раз не Ваш...

Вы были моим руслом, моей формой, необходимыми мне тисками. И еще — моим деревцем!

Душа и Молодость. Некая встреча двух абсолютов. (Разве я Вас считала человеком?!) Я думала, — Вы молодость, стихия, могущая вместить меня — мою! Я за сто верст.

—

Если Вы тот, кому я пишу, Вы так же мучаетесь, как я,

—

12 bis авг., понед.

Боль уже перестала быть событием, она стала состоянием. Что Вы были — я уже не верю, Вы — это моя боль...

—

Ах, да, странность: я пересылала Вам в Берлин — теперь не скажу, что, неважно — одну вещь, с оказией. Человек был у Вас, примерно, 1-го, долго искал (адрес был дан точный) наконец забрел на самый верх дома — и ничего: ремонт, маляры, ободранности. Так ничего и не добился.

А ведь похож на меня: точный адрес, иду уверенная, номера не те, — значит выше, подымаюсь: леса, известка, пустота: ни души, ни следа. Это моя душа к Вам ходила.

—

...Друг, друг, стихи наколдовывают! Помню, в самом первом своем письме (после «Ремесла», в тетрадку) я намеренно (суеверно) пропустила фразу:

«Начинать наугад с конца
И кончать еще — до начала!»

(Из юношеских стихов.) Первая строка — я, вторая — Вы. Пропустила, а сбылось!

—

19-го августа, вторник.

...Мало того, что я Вас никогда (глазами) не видела и (ушами) не слышала, надо еще, чтобы... неслышанный голос — замолк!

И после этого мне говорят, что я выдумываю людей!

—

Бог хочет сделать меня богом — или поэтом — а я иногда хочу быть человеком и отбиваюсь и доказываю Богу, что он неправ. И Бог, усмехнувшись, отпускает: «Поди, поживи»...

Так он меня отпустил к Вам — на часочек.

—

Теперь Вы видите, как пишутся стихи.

—

Думаю о своей последней книге. Поскольку предыдущая («Ремесло») — звонка, постольку эта — глуха...

—

Получаю множество писем. Из Badeort'ов, Kurort'ов, а Ваше было бы из Seelenort'а...

Пространство — стена, но время — брешь. Будет день, число, час, я все узнаю. Это дает мне спокойствие. Я не люблю участвовать в своей жизни: о, не лень — брезгливость: устилать себе дорогу коврами. Пальцем не шевельну, чтобы облегчить себе ношу, сократить себе сроки.

—

16-го авг., четверг.

А вчера был соблазн. Я сидела рядом с человеком, заведомо знающим Вас. И, после долгих борений, прохладно: «Кстати, не знаете ли Вы адр. такого-то?» — «Знаю, т. е. могу. Вам это срочно?» — «О, нет. У меня с ним дела». Спросила — и отлегло. Не из какой-либо пользы — будь Вы в соседней комнате, я бы без зова Вашего туда не вошла! — нет, только лишний соблазн (уже преодоленный!), лишний барьер (уже взятый!): лишний — труднейший — себе отказ. Это — из больших достижений, и из радостных: некое удостоверение в Вашем существовании: раз есть адрес — есть человек.

Кстати, адр. Вашего так и не знаю, весь упор был в вопросе, ответа я как-то не дослышала: не то узнает, не то может, не то мог бы узнать.

—

Только что — пять писем: от Павлика Антокольского (почти-что друг детства: первые дни Революции: 100 лет назад!) — от Н. Д. Синезубова (художник, — знаете?) — тоже давнего друга: вместе бродили по последней Москве! — письмо из Моравии — письмо из Сербии — письмо из Парижа, от моего обожаемого вернейшего и вреднейшего друга кн. Сергея Мих. Волконского (наверное, читали?) — всем нужно отвечать, а отвечаю — Вам.

Каждое мое отношение — лавина... Я не знаю законов физики, но не сомневаюсь, что где-нб, под каким-нб параграфом умещаюсь целиком.

—

...Вы украли у меня целые три недели жизни. Вы бы могли их получить в подарок. А сейчас — украли и выбросили, ни Вам, ни людям.

—

До чего-то в этой встрече мне нужно дорваться. Обо что-то твердое удариться. Вы возбуждаете во мне дурные чувства: жажду боли: МЕСТНОЙ боли, которая бы перекричала общую.

—

Мой спутник — молоденький мальчик, простой, тихий. Воевал, а теперь учится. Называет мне все деревья в лесу и всех птиц на лету. Выслеживаем с ним звериные тропы. Я не люблю естеств. наук, но его с удовольствием слушаю. Он сам — как дикий зверек, всех сторонится. Но ко мне у него доверие. Стихов не любит и не читает.

Вот и сейчас, дописав эти строки, пойду к нему на горку, под окно. Вызову, побредем. Сегодня — за орехами.

—

25-го, суббота.

Я устала думать о Вас: в Вас: к Вам. Я перед Вами ни в чем не виновата, зла Вам не сделала ни делом, ни помыслом. Обычная история...

На днях уезжаю, для Вас мой след потерян, а для меня — Ваш во мне! Оставляю Вас здесь, в лесах, в дождях, в глине, на заборных кольях, — одного с здешними заживо-ощипанными гусями.

В Прагу Вас с собой не беру, а в Праге у меня хорошо: огромное окно на весь город и все небо, улицы — лестницами, даль, поезда, туман.

В Праге непременно пойду к гадалке с Вашим письмом, что расскажет — забуду. А когда Бог на Страшном Суде меня спросит: «Откуда такая ненависть?» я отвечу: «Должно-быть — уж очень хорошо любила».

—

Мне не любовь нужна, мне нужна ЧЕЛОВЕЧНОСТЬ.

—

А 27-го — письмо, и я безумно счастлива.

—

P.S.:

Прага, 5-го сент. 1923 г.

Дружочек,

Вы *моих* писем бойтесь, т. е. или сжигайте, или берегите их. В моих руках жизнь другого человека, жизнь жестока, бойтесь случайностей, не бросайте моих писем. — Я *страстнее* Вас в моей заочной жизни: человек *чувств*, я в заочности превращаюсь в человека *страстей*, ибо *душа* моя — страстна, а Заочность — страна Души. Вы — тут задумываюсь: боюсь, что Вы человек мимолетностей, ощущений, в письмах (Заочности) Вы дорастаете до чувств. Поэтому Вы *все* мне можете писать, а я даже не все могу к Вам думать.

...Это письмо все-таки из породы вечного, а адреса наши так же мимолетны, как мы сами. Перед самым отъездом напишу Вам еще, мне о многом нужно спросить, о многом сказать.

Шлю Вам свою любовь и память.

МЦ.

Прага, 5-го и 6-го сентября 1923 г.

...Только-что отправила Вам «Бюллетень болезни», — берегите эти листки! Мне они не нужны: память моя — все помнит, сердце же — когда прошло! — НИЧЕГО. Никакие листки не помогут. Я просто скажу: «Это была другая» — и, может-быть: «Я с ней незнакома».

...Берегите их для того часа, когда Вы, разбившись о все стены, вдруг усумнитесь в существовании Души. (Любви.) Берегите их, чтобы знать, что Вас когда-то кто-то — раз в жизни! — по настоящему любил. Потому-что любовь — тоска: из кожи, из жил, из последней души — к другому.

—

...Сейчас самый настоящий час для встречи. Я ее (в желании своем) не опережала. Но эта тридцатидневная мука (для Вас только — смута, о не спорьте, я ведь не виню!) Богом и жизнью мне зачтется в года, — друг, ни одной секунды я не верила, что Вы больны, что Вы не *можете* писать, оцените мое душевное состояние (иных у меня нет!) — словом, мне необходимо Вас видеть и слышать, чтобы поверить или не поверить, отрешиться или вздохнуть.

Милый друг, мое буйство не словесное, но и не действенное: это страсти души, совсем иные остальных. В жизни (в комнате) я тиха, воспитанна, взглядом и голосом еле касаюсь — и никогда первая не беру руки. С человеком я то, чем он меня видит, чтобы иметь меня настоящую, нужно видеть настоящую, душ во мне слишком много, — все! — я никогда невольно [не?] ввожу в обман.

— Увидите! —

—

А до костров и ночей — дале-еко! По слухам — ведь все бегут из Б.?..

...Напишите мне о своей семье, о днях (хотя бы и о «Днях»), о дружбах, — встаньте живым. Я должна знать, кого я люблю.

Будьте просты, не ищите фраз, самое дорогое — то, что сорвалось! — срывайтесь, давайте, т. е. позволяйте срываться: словам с губ, буквам с пера, не думайте, не считайте, будьте.

...Вы никогда не переточните, не утяжелите, дайте мне верные вехи, дорогу я вызову. Это — мое единственное мастерство. Дайте мне покой и радость, дайте мне быть счастливой, Вы увидите, как я это умею!

—

...Посылаю Вам стихи. — Не все — видите, как много, не уместились. Но взяла наиболее Ваши (к Вам). Назовите мое любимое! И — свое любимое. Не забудьте.

Напишите вообще о стихах: дошли ли, и чем дошли, и какие любимые строчки, все хочу знать. (О, как я знаю свое любимое!) Есть ли, по Вашему, разница с «Ремеслом».

МЦ.

Не сердитесь, Вы молоды (кстати у меня целая история в гостинице: никто не верит, что Аля — моя дочь и что мой паспорт — мой паспорт, думают, что я все это сочинила, для каких-то жизненных: здесь, в Чехии читай: любовных! — удобств, коих уловить еще не могу)...

Выбор слов — это прежде всего выбор и очищение чувств, не все чувства годны, о верьте, здесь тоже нужна работа! Работа над словом — работа над собой. Вот этого я хочу от Вас: созвучности в пристрастьях и оттолкновениях: чтобы Вы поняли, почему я не люблю Х-ча («пробочка над иодом», «сам себе целую руки», а особенно — до содрогания! — стих в «Совр. Записках» — «Не чистый дух, не глупый скот» — или вроде!) — и почему люблю Мандельштама, с его путаной, слабой, хаотической мыслью, порой бессмыслицей (проследите-ка логически любой его стих!) и неизменной МАГИЕЙ каждой строчки. Дело не в «классицизме», — пожалуй, оба классики! — в ЧАРАХ. И, возвращаясь к Вам и к себе: найдите слова, которые меня чаруют, я только чарам верю, на остальное у меня ланцет: мысль.

А из слов это, наверное, наиболее простые.

Вы никогда не приедете в Прагу? Вам здесь нечего делать? Ведь Вы наверное эсер, а эсеров у нас мно-о-ого, полный «Русский Дом». С каким-нибудь поручением, а? Подумайте об этом серьезно, люди ведь все время ездят взад и вперед, у всех какие-то дела, я уже привыкла к этому, хотя умерла бы от такой жизни.

Было бы чудно! Я бы показала Вам свою гору, и себя на ней, и город с горы. Впрочем — Впрочем, это то же самое, что мой Берлин: чистейший миф. На все нужны деньги, а noblesse сейчас oblige их не иметь.

Да, напишите мне правду о Берлине. Что у Вас происходит? На какой год в России похоже? Мыслимо ли там жить? Как мне бы хотелось приехать — хотя бы на неделю! Кто знает, может быть — среди зимы.

О Цоссене.[18]) Нет, дружочек, когда бы и где бы — все вышло бы то-

[18]) Цоссен — предместье Берлина, где одно время жил Андрей Белый.

же! «Дом Искусств» и «Prager Diele» сразу бы рассеялись: в дымах и в парах и в туманах. И остались бы души...

Где Белый? Скажите ему, что я его люблю.

Непременно напишите о стихах — и — непременно — какое любимое.

МЦ.

Моравска Тшбова, 9-го сентября 1923 г.

Пишу Вам из маленького городочка в Моравии (Mähren, от старинного немецкого Mähre: сказка) под тиканье восьми часов, — все в моей комнате, живу у вдовы часовщика. Я здесь на несколько дней, до 16-го, и решила эти дни ничего не делать, это самое трудное, тоскую по стихам и собственной душе. Провожу время в церкви и в лагере. Утром — католическая обедня в огромном, старом, если не древнем, костеле, день в лагере (по здешнему: таборе) т. е. русском городке, выстроенном нашими пленными и ныне обращенным в русскую гимназию. Аля уже принята, сразу вжилась, счастлива, ее глаза единодушно объявлены звездами, и она, на вопрос детей (пятисот!) кто и откуда, сразу ответила: «Звезда — и с небес!» Она очень красива и очень свободна, ни секунды смущения, сама непосредственность, ее будут любить, потому что она ни в ком не нуждается. Я всю жизнь напролет любила с а м а, и еще больше ненавидела, и с рождения хотела умереть, это было трудное детство и мрачное отрочество, я в Але ничего не узнаю, но знаю одно: она будет счастлива. — Я никогда этого (для себя) не хотела.

И вот — десять лет жизни как рукой снято. Это — почти-что катастрофа. Меня это расставание делает моложе, десятилетний опыт снят, я вновь начинаю с в о ю жизнь, без ответственности за другого, чувство ненужности делает меня пустой и легкой, еще меньше вешу, еще меньше есмь. (Сейчас за стеной, в кухне, одна из хозяек гостям: „Die junge Frau ist Dichterin — und schreiben tut sie, wie Perlen aufreihen!"

Да, о моем дне, начало которого в костеле: кончается он всенощной в русской самодельной церкви, где чудно поют и служат. Я — дома во всех храмах, храм — ведь это побежденный дом, быт, тупик. В храме нет хозяйства, храм — это дом души. Но больше всего я люблю пустые храмы, днем, с косым столбом солнца, безголосые храмы, где душа одна ликует. Или храм — в грозу. Тогда я чувствую себя ласточкой.

—

Городок старинный и жители вежливые, сплошные поклоны и приседания, мне это нравится, я безумно страдаю от людской о т к р о в е н н о с т и. Здесь даже моя прическа (т. е. отсутствие ее!) нравится, это здесь зовется Haartracht и, оказывается: „Kleidet Sie so schön". Мне нужно льстить, я ведь все равно верю только на сотую, вот и получается естественное самочувствие человека, которого н е ненавидят.

—

Сейчас иду к русской обедне, первые полчаса буду восхищенá и восхищена, вторые будут думать о своем, третьи — просто рваться на воздух, я не могу долго молиться, я вообще не молюсь, но уверена, что Бог меня слышит, и... качает головой.

—

10-го сентября 1923 г.

А письмо вчера не отошло, — было воскресенье и не было марки.

...Воздух, которым я дышу — воздух трагедии, в моей жизни нет неожиданностей, п. ч. я их все предвосхитила, но... кроме внутренних, подводных течений есть еще: стечения... хотя бы обстоятельств, просто события жизни, которых не предугадаешь. У меня сейчас определенное чувство кануна — или конца. (Что, может-быть — то-же!)

Погодите отвечать, здесь ответов не нужно, ответ будет потом, когда я, взорвав все мосты, попрошу у Вас силы взорвать последний...

После смерти Блока я все встречала его на всех московских ночных мостах, я з н а л а, что он здесь бродит и — м. б. — ждет, я была его самая большая любовь, хотя он меня и не знал, большая любовь, ему сужденная — и несбывшаяся. И теперь этот мост опять колдует, без Блока под фонарем, без никого, о т всех!

...Вы были первым — за годы, к а ж е т с я — кто меня в упор (в пространство!) окликнул. О, я сразу расслышала, это был зов в ту жизнь... И я отозвалась, подалась на голос, который ощутила как руку...

...Хватит ли у Вас силы долюбить меня до конца, т. е. в час, когда я скажу: «Мне надо умереть» из всей чистоты Вашего д е с я т и л е т и я сказать: «Да».

Ведь я не для жизни. У меня все — пожар! Я могу вести десять отношений (хороши «отношения!») сразу и каждого, из глубочайшей глубины, уверять, что он — единственный. А малейшего поворота головы от себя — не терплю. Мне БОЛЬНО, понимаете? Я ободранный человек, а Вы все в броне. У всех вас: искусство, общественность, дружбы, развлечения, семья, долг, у меня, на глубину, НИ-ЧЕ-ГО. Все спадает как кожа, а под кожей — живое мясо или огонь: я: Психея. Я ни в одну форму не умещаюсь, — даже в наипросторнейшую своих стихов! Не могу жить. Все не как у людей. Могу жить только во сне, в простом сне, который снится: вот падаю с сорокового сан-францисского этажа, вот рассвет и меня преследуют, вот чужой — и — сразу — целую, вот сейчас убьют — и лечу. Я не сказки рассказываю, мне снятся чудные и страшные сны, с любовью, со смертью, это моя настоящая жизнь, без случайностей, вся роковая, где все сбывается.

...Вживаюсь в жизнь городка. Здесь старинные люди. Мне подарили платье: синее в цветочках, Dirndlkleid, обожаю новые платья, особенно жалобные, — о, я не женщина! — я все ношу, что другим н е к лицу!

И еще у меня будет новая сумка, вроде средневекового мешочка, какие — знаете? — на старых картинках у молодых женщин на поясе? Старую (коричневую замшевую) мне подарила Любовь Михайловна, и она мне преданно служила год, а теперь стала похожа на лохматую собаку — или на перчатку для чистки башмаков — я никак не могу расстаться, и все корят.

(Простите за глупости.)

—

Недавно я в кофейнике сварила дно спиртовки, которое потеряла, а спирт горел в крышке от пасты для обуви. Когда допила кофейник — обнаружила потерю: страшное черное дно спиртовки (самое чашечку). — Хороший навар?! — И н е умерла.

(Будете ли Вы после этого пить у меня в гостях кофе?)

—

Нежно жму Вашу руку и жду от Вас чудес.

МЦ.

Прага, 20-го сентября 1923 г.

Мой дорогой друг,

Соберите все свое мужество в две руки и выслушайте меня: ч т о - т о кончено.

Теперь самое тяжелое сделано, слушайте дальше.

Я люблю другого — проще, грубее и правдивее не скажешь.

Перестала я Вас любить? Нет. Вы не изменились и не изменилась — я. Изменилось одно: моя болевая сосредоточенность на Вас. Вы не перестали существовать для меня, я перестала существовать в Вас. Мой час с Вами кончен, остается моя вечность с Вами. О, на этом помедлите! Есть, кроме страстей, еще и просторы. В просторах сейчас наша встреча с Вами.

О, тепло не ушло. Перестав быть моей бедой, Вы не перестали быть моей заботой...

—

Как это случилось? О, друг, как это случается?! Я рванулась, другой ответил, я услышала большие слова, проще которых нет, и которые я, может-быть, в первый раз за жизнь слышу. «Связь»? Не знаю. Я и ветром в ветвях связана. От руки — до губ — и где же предел? И есть ли предел?! Земные дороги коротки. Что из этого выйдет — не знаю. Знаю: большая боль. Иду на страдание.

Это письмо есть акт моей воли. Я могла бы его не писать, и Вы бы никогда ничего не узнали...

—

Теперь, главное: если Вы без меня не можете — берите мою дружбу, мои бережные и внимательные руки. Их я не отнимаю, хотя они к Вам и не тянутся... «влеченье — род недуга». Недуг прошел, болезнь прошла, — ну, будем правдивы: женская смута прошла, но...

Jener Goldschmuck und das Luftgewürze,
Das sich täubend in die Sinne streut, —
Alles dieses ist von rascher Kürze, —
Und am Ende hat man es bereut!

Друг, я Вас не утешаю, я себя ужасаю, я не умею жить и любить здесь.

—

Я совсем не знаю, как Вам будет лучше, легче — совсем без меня, или со мной не-всей, взвесьте, вслушайтесь. Я Вас не бросаю, я не могу бросать живое...

—

...Мы не расстались, мы расстались здесь, где мы, слава Богу, с Вами и не были, но куда мы шли...

—

...Любите или забудьте, пишите — или все сожгите с этим письмом, даю Вам все исходы.

Сейчас я не в праве думать о себе.

—

Не уезжайте в Россию.

—

И чтобы я всегда знала, где Вы.

—

Еще одно: если все это не случайность — Рок еще постучится. Большего сказать Вам не смею.

МЦ.

(на обороте:)

И, если все кончено — спасибо за все!

Прага, 25-го сентября 1923 г.

Дорогой друг,

Вы не поняли моего письма, Вы его невнимательно читали. Вы не прочли ни моей нежности, ни моей заботы, ни моей человеческой боли за Вас, Вы даже не поняли меня в моем: «да разве это так важно — ком у больно?!» — ощущение чужой боли как своей — все это до Вас не дошло. Вы сочли меня проще, чем я есмь.

А до встречи с Вами (возьмите «Психею») я не рвалась? Да что же я иного за всю мою жизнь делала?!

— Да, еще писала стихи. —

—

Счастье для Вас, что Вы меня не встретили. Вы бы измучились со мной и все-таки бы не перестали любить, потому что за это меня и любят! Вечной верности мы хотим не от Пенелопы, а от Кармен, — только верный Дон-Жуан в цене! Знаю и я этот соблазн. Это жестокая вещь: любить за бег — и требовать (от Бега!) покоя. Но у Вас есть нечто, что и у меня есть: взгляд ввысь: в звезды: там где и брошенная Ариадна и бросившая — кто из героинь бросал? Или только брошенные попадают на небо?

Взгляд ввысь, это — взгляд сверху. Посмотрите на мою жизнь сверху: благо, не осуждающе, провидяще, не вплоть. Вспомните, что это я, которую Вы любите, тогда Вы все иначе поймете. «Научиться жить любовным настоящим человека, как его любовным прошлым», — вот то, чего я себе, уже 20-ти лет, от любви желала. Вы берете это как потерю, возьмите это как лишний захват.

—

Я расту. Для роста — все пути хороши. Наипростейшие — наилучшие. Это не жестокость во мне говорит, это вера в Вашу раннюю мудрость и большую доброту. Так Вы меня никогда не потеряете...

—

Есть мир, где мы с Вами встречаемся: песня!

...Слово — чистое веселье,
Исцеленье от тоски...

Буду пересылать Вам свои стихи: преображенную — настоящую! — жизнь, буду писать Вам. Есть мир просторов.

О себе писать не буду, о своем — да, с радостью и с нежностью. Будьте моим союзником, у меня мало друзей: за всю жизнь — м. б. трое, из которых одному 65 лет, другой без вести, о третьем больше года ничего не знаю. — Видите! — Земные дороги не так богаты.

МЦ.

Прага, 27-го сентября 1923 г.

Милый друг,

Мне хочется перед Вашим отъездом сказать Вам еще несколько слов. Нет внешних отъездов, для меня и поездка на трамвае в «Русский Дом» за иждивением — событие (почти всегда болевого порядка, на радость я мало восприимчива, как-то тупа). И так как мы с Вами похожи, говорю Вам: Париж Вам ничего не даст, кроме Вас же, нового Вас. (Которого по счету?! Это я Ваши слова о глазах вспоминаю.)

Я была в Париже в первый раз 16-ти лет, одна: взрослая, независимая, суровая. Поселилась на Rue Bonaparte из любви к Императору и, кроме N (торжествующего Non всему, что не он) в Париже ничего не увидела. Этого было достаточно.

Второй раз я была там с Сережей, уже замужем, очень молодая, (лет 18-ти, должно быть!) — и жалела тот свой Париж.

Пойдите во имя мое на Rue Bonaparte и вспомните меня, 16летнюю. Только не умиляйтесь, я совсем не была умилительной, я была героичной: то есть: бесчеловечной.

—

Я сейчас накануне большой вещи, это меня радует и страшит. Вспоминаю слово (Бальзака, кажется?) по поводу новой работы: „On la commence avec désespoir, on la quitte avec regret".

(Только не la, а le, потому что travail — le. А если: oeuvre то все-таки la.

—

Я совершенно зачарована Вашими строками о Мариуле. Откуда? Из «Цыган»?

Только одна странная оплошность:

«И ваши сени кочевые
В пустынях не спаслись от бед.
И всюду страсти роковые,
И от судеб спасенья нет».

Конечно — с п а с е н ь я, а не защиты, как у Вас (у Пушкина?). Если даже у Пушкина, все равно каждый, говоря, бессознательно заменит «спасенье», и будет прав, п. ч. это — правда с т и х а. Согласны? Если не лень, проверьте и напишите.

—

У меня есть друг в Париже, каменный рыцарь, очень похожий на меня лицом. Он стоит на мосту и стережет реку: клятвы, кольца, волны, тела. Ему около пятисот лет и он очень молод: каменный мальчик. Когда Вы будете думать обо мне, видьте меня с ним.

—

Моя горка рыжеет. С нее город — как море. Я редко бываю в городе, только в библиотеке, где читаю древних. О, если бы монастырскую библиотеку! С двумя старыми монахами, такими же сухими, как пергаментные томы, над коими они клонятся! И мощеный садик в окне! Я не умею читать на людях, ведь даже улыбнуться нельзя.

—

Аля в Моравии, пишет мне письма. Вчера я отослала ей ее любимую куклу: мулатку, по имени Елена Премудрая, в синем эскимосском одеянии и с настоящей тоской в великолепных карих глазах.

Аля пишет: «Здесь про каждую новенькую спрашивают: «Хорошенькая? Кокетливая? Танцует?» — Скучно. —

Меня умилили эти два тирэ, в них вся беспредельность жизненной скуки...

МЦ.

Прага, 29-го сентября 1923 г.

Пишу поздно ночью, под звуки ресторанной музыки, доносящейся из окна. (У нас сегодня национальный праздник.) Пишу в постели. Хотела читать Грецию, взяла Ваше письмо — и не смогла. Началось думаться в ответ, многое в е р н о встало.

—

...Вы говорите: женщина. Да, есть во мне и это. Мало — слабо — налетами — отражением — отображением. Скорей тоска п о, — ч е м! Для любящего м е н я — женщина во мне — дар. Для любящего е е во мне — для меня — неоплатный долг. Единственное напряжение, от которого я устаю и единственное обещание, которого не держу. Дом моей нищеты. О, я о совсем определенном говорю, — о любовной любви, в которой каждая первая встречная сильнее, цельнее и страстнее меня.

Может быть — этот текущий час и сделает надо мной чудо — дай Бог! — м. б. я действительно сделаюсь человеком, довоплощусь.

—

Гадали? Напишите подробно гадалке, дословно, если помните. И никогда не смейтесь, когда гадаете. Это ведь — от Гекаты, богини тьмы...

—

Сегодня слушала орган в костеле, потом военную музыку на плаце дворца и — сейчас — последнее веселье предместья. Такие жалкие звуки. Здесь умеют любить.

29-го сент., утро.

Никакая страсть не перекричит во мне справедливости. Plus fort que moi. Отсюда все мои потери. Мужчины и женщины беспощадны, пощадны только души. Делать другому боль, нет, тысячу раз лучше, терпеть самой, хотя рождена — радоваться. Счастье на чужих костях, — этого я не могу. Я не победитель.

(Говорю самое глубокое о себе, что знаю.)

—

И еще о другом: творчество и любовность несовместимы. Живешь или там или здесь. Я слишком вовлекаюсь...

Жить в другом — уничтожиться. Мне не жаль, я только этого и жажду, но — — —

—

Поймите, другой влечется к моему богатству, а я влекусь — через него — стать нищей. Он хочет во мне быть, я хочу в нем пропасть. Вообще, я слишком страдаю...

—

Ваше письмо, принесенное мне моей приятельницей, читала на кладбище. (Живу в предместье.) — другого места не было, везде люди, там никто не бывает. Скамейки не было, села на дорожке, у какого-то камня. Я читала, ветер трепал листы, листья падали.

—

Друг, просьба: пришлите мне книгу Нитцше (по немецки) — «Происхождение Трагедии». (Об Аполлоне и Дионисе.) У меня никого нет в Берлине. Она мне сейчас очень нужна.

До свидания. Жму Вашу руку. Не враждуйте со мной в сердце своем.

МЦ.

Прага, 4-го Октября 1923 г.

Милый друг,

У меня к Вам большая просьба — если Вы еще в Берлине — п. ч. если не в Берлине, то уже ничего не можете сделать.

Дело в том, что необходимо перевести (перевезти!) Белого в Прагу, он не должен ехать в Россию, слава Богу, что его не пустили, он должен быть в Праге, здесь ему дадут иждивение (stricte nécessaire) и здесь, в конце концов, я, которая его нежно люблю и — что лучше — ему предана.

Говорила со Слонимом (знаете такого?). Он обещал сегодня же написать Белому, без его согласия нельзя начинать хлопот, а он вероломен. Нужно держать его в руках, жужжать ему в уши, — чтобы он не отвильнул, не передернул. Я знаю, что Прага для него — спасение. Во-первых: он обеспечен, во-вторых: ч у д н ы й город, в-третьих: люди или одиночество на выбор, — как хочет, в-четвертых: я, т. е. моя готовность ему помогать и о нем заботиться: ЛЮБЯ, С РАДОСТЬЮ — и — Н Е У С Т А Н Н О.

Все это ему передайте. Получать он будет около 800 кр. в месяц, не меньше, жить можно (будет подрабатывать). И з а п р е т и т е ему всей моей волей — от иждивения отказываться. Пусть непременно примет. Без этого ехать бессмысленно.

—

Друг, сделайте это для меня. Настойте! Будьте судьбой! Стойте над ним неустанно. И — главное — в нужный час — посадите в вагон! Я встречу. Умоляю Вас Христом Богом, сделайте это! Здесь он будет писать и дышать. В России ему нечего делать, я знаю, как там любят!

—

От Вас давно ни слова, но не Ваша вина, наверное скоро получу.

—

По моим просьбам Вы видите, какой Вы мне друг. Мне с Вами просторно. Я Вам верю. Это — отношение навсегда. Смело могу сказать. Я знаю, что в любой час Вы меня примете (у меня всегда — час Души!) В этом наша встреча, весь смысл ее. (Я не заговариваю зубы, чтобы Вы лучше переправили Белого, — честное слово! Просто с пера и из души рвется!).

И еще просьба: найдите мне верную оказию к Борису Пастернаку: из рук в руки. Мне необходимо переслать ему стихи и письмо. В почту не верю и адреса нет. Сейчас многие уезжают в Москву, найдите мне такого надежного, который немножко любит мои стихи и потому не выкинет моего письма. Или — просто порядочного человека. Письмо и стихи высылаю следом. Зря не отдавайте. Я не писала ему полгода, после такого срока писать — гору поднять, второй раз не соберусь. О, как много мужества нужно — жить! Как много — лжи! И как еще больше — правды!

Борис Пастернак для меня — святыня, это вся моя надежда, то небо за краем земли, то, чего еще не было, то, что будет, доверяю Вам свою любовь (письмо) Борису Пастернаку, как свою душу, не отдавайте зря.

Лучше было бы в Берлине же найти адрес, Эренбург его знает, можно как-нибудь через третье лицо (Вы в ссоре?) — и наверное еще другие знают, Геликон (Вишняк) например, или Гржебин, — если не уехали. Я пришлю Вам письмо в конверте, Вы надпишите адрес. Прежний адрес его: Волхонка, 14. В крайнем случае — пусть отъезжающий письмо берет так, и в Москве (в Союзе Писателей — или Поэтов — или в одной из книжных лавок его разыщет).

Сделайте это для меня!

—

Итак, еще раз напоминаю о Белом. Если еще не уехал — пусть едет в Прагу. Но до этого лучше известите: да, и после этого — пусть не отказывается. Дело сделаем быстро, и визу и иждевение, — все. Мне будет помогать Слоним. Так ему и скажите. И передайте ему от меня всю мою нежность и память. ЗАГОВОРИТЕ, ЗАВОРОЖИТЕ его, — иначе его не возьмешь! Будьте его ВОЛЕЙ, и возьмите на подмогу — мою.

Обо всем этом немедленно же ответьте.

Хорошо бы экспрессом, но боюсь, что разоряю.

Жму Вашу руку.

МЦ.

Прага, 10-го нов. января 1924 г.

Милый друг,

Когда мне было 16 л., а Вам 6 или вроде, жила на свете женщина, во всем обратная мне: Тарновская. И жил на свете один человек, Прилуков — ее друг, один из несчетных ее любовников.

Когда над Тарновской — в Ницце ли, в Париже, или еще где — собирались грозы — и грозы не шуточные, ибо она не шутила — она неизменно давала телеграмму Прилукову и неизменно получала все один и тот же ответ: J'y pense. (С Прилуковым она давно рассталась. Он жил в Москве, она — везде).

Прилуков для меня наисовершеннейшее воплощение мужской любви, любви — вообще. Будь я мужчиной, я бы была Прилуковым. Прилуков мирит меня с землей, это уже небо.

—

...Обращаюсь к Вашим 20-ти годам, будь Вы старше — я бы от Вас этого не ждала (жду)...

Вы пишете о дружбе. Это самообман. Какой я друг? Я подруга, а не друг. Как подруга задумана. Вы пишете еще о любви к другой. Я — другого, Вы — другую. Зачем тогда?! Женитесь на другой, «живите» с другими, живите — другими, но любите — меня. Иначе ведь бессмысленно.

Слушайте: я конечно хочу от Вас чуда, но Вам 21 год, а я поэт...

—

Я сама так любила 60-летнего кн. Волконского, не выносившего женщин. Всей безответностью, всей беззаветностью любила и, наконец, добыла его — в вечное владение! Одлела упорством любови. (Женщин любить не научился, научился любить любовь.) Я сама так любила (16-ти лет) Герцога Рейхштадтского, умершего в 1832 г., и — четырех лет — актрису в земном платье из «Виндзорских проказниц», своего первого театра за жизнь. И еще раньше, лет двух, должно-быть, куклу в зеленом платье, в окне стеклянного пассажа, куклу, которую все ночи видала во сне, которой ни разу — двух лет! — вслух не пожелала, куклу, о которой может-быть вспомню в смертный час!

—

Не каждый может. Могут: дети, старики, поэты. И я, как поэт, т. е. конечно дитя и старик! — придя в мир сразу избрала себе любить другого. Любимой быть — этого я по сей час не умела. (То, что так прекрасно и поверхностно умеют все!)

—

Милый друг, я очень несчастна. Я рассталась с тем, любя и любимая, в полный разгар любви, не рассталась — оторвалась! В полный разгар любви, без надежды на встречу. Разбив и его и свою жизнь. Любить сама не могу, ибо люблю его, и не хочу, ибо люблю его. Ничего не хочу, кроме него, а его никогда не будет. Это такое первое расставание за жизнь, потому-что, любя, захотел всего: жизни: простой совместной жизни, то, о чем никогда не «догадывался» никто из меня любивших. — Будь моей. — И мое: — увы! —

В любви есть, мой друг, ЛЮБИМЫЕ и ЛЮБЯЩИЕ. И еще третье, редчайшее: ЛЮБОВНИКИ. Он был любовником любви. Начав любить с тех пор как глаза открыла, говорю: Такого не встречала. С ним я была бы счастлива. (Никогда об этом не думала!) От него бы я хотела сына...

Этого сына я (боясь!) желала страстно, и, если Бог мне его не посылал, то, очевидно, потому-что лучше знает. Я желала этого до последнего часа. И не одного ребенка с этого часа не вижу без дикой растравы. Каждой фабричной из предместья завидую...

Мое будущее — это вчера, ясно? Я — без завтра.

Остается одно: стихи. Но: вне меня (живой!) они ему не нужны (любит Гумилева, я — не его поэт!) Стало-быть: и эта дорога отпадает. Остается одно: стихии: моря, снега, ветра...

—

Друг, Вы теперь понимаете, почему мне необходимо, чтобы Вы меня любили. (Называйте дружбой, все равно.) Ведь меня нет, только через любовь ко мне я пойму, что существую. Раз Вы все время будете говорить: «ты... твое... тебя», я наконец, пойму, что это «ты» — есть.

Раньше: — «люблю, стало-быть существую», теперь: «любима, стало-быть» ...

Ваша любовь ко мне будет добрым делом, почти что воскрешением из мертвых...

Rue Bonaparte, 52 bis. Между площадями St. Sulpice и St. Germain des Prés. Часто, в задумчивости, входила в противоположную дверь, и привратница, с усмешкой: „M-lle se trompe souvent de porte". (Так я м. б., случайно вместо ада попаду в рай!) Любовь к Наполеону II и — одновременно — к некоему Monsieur Maurice, 18-ти лет, кончающему collégien. И еще — к M-lle James, professeur de langue française, 30-летней женщине с бешеными глазами.

— Aimez-vous Edmond Rostand, Madame?

(Я, из восхищения... и здравого смысла не могла ей говорить M-lle).

И она, обеспокоенная:

— Est-ce que j'ai une tête à aimer Rostand?

Нет, tête у нее была не ростановская, скорее бестиальная: головка змеи с низким лбом: Кармен!

Когда же я — 16-ти лет, из хорошего дома и в полной невинности — не удержавшись, целовала ей руки:

— Quelle drôle de chose que ces jeunes filles russes! Etes-vous peut-être poète en votre langue?

МЦ.

Meudon (S. et O.)
2, Avenue Jeanne d'Arc

...Если свободны завтра в субботу вечером, очень рада буду Вас повидать.

Познакомитесь с моей дочерью Алей и может быть увидите моего спящего сына Георгия.

Марина Цветаева

Париж, 6-го ноября 1925 г., пятница.

Meudon (S. et O.)
2, Avenue Jeanne d'Arc
6-го мая 1928 г.

Обращаюсь к Вам с большой просьбой: помогите мне распространить билеты на мой вечер... (NB!) Думаю, что у меня будет полный зал и пустая касса!

Посылаю книгу.

Всего лучшего, простите за просьбу.

МЦветаева

Meudon (S. et O.)
2, Avenue Jeanne d'Arc
29-го июня 1928 г.

Милый друг,

Две радости, начнем с меньшей: деньги за билеты, которых я вовсе не ждала (думала, что Вам дала только пять, которые Вы и вернули), вторая — наличность твердых знаков в Вашей приписке, знаков явно приставленных, т. е. идущих от адресата. Спасибо за долгую память, за т а к у ю долгую память, твердый знак в конце слова, обращенного к о м н е, для меня больше, чем слово, каково бы оно ни было. Так: «я всегда помнил Вас» с радостью отдам за «совсемъ забылъ Васъ». (Ъ — значит помните, т. е. рука помнит, сущность помнит!).

Я перед Вами виновата, знаю, — знаете в чем? В неуместной веселости нашей встречи. Хотите другую — П Е Р В У Ю — в серьез?

Я у Вас сейчас — я — переписка и я — встреча — в глазах д в о ю с ь, хочу восстановить единство.

Хотите — приезжайте ко мне, хотите встретимся где-нибудь в городе, о с т а н о в к а э л е к т р. п о е з д а Champ de Mars, например, выход один. Хорошо бы часов в 6, вместе пообедаем, побеседуем, потом погуляем, обожаю летний Париж. Итак, назначайте день (можно и к 7 ч.). Только узнавайте меня В ы, я очень робкая и боюсь глядеть...

МЦ.

Nachwort

Marina Zwetajewa war die Tochter von Iwan Wladimirowitsch Zwetajew, der in Moskau Professor für römische Literatur, später für Kunsttheorie und -geschichte war und dort das Alexander III.-Museum für Schöne Künste, das heutige Puschkin-Museum, begründete. Ihre Mutter, Marija Alexandrowna, die polnisch-deutscher Abstammung war, war seine zweite Frau; sie heiratete ihn auf Wunsch ihres Vaters, obwohl sie einen anderen liebte. Marina wurde 1892 geboren. Über die Heirat ihrer Mutter schreibt sie später in ihrem Essay „Mein Puschkin“:

> „Als mein Großvater, A. D. Mejn, sie zwischen den Geliebten und sich selbst stellte, wählte sie den Vater und nicht den Geliebten“,

und fährt dann fort:

> „. . . (meine Mutter) wählte das schwerste Los – einen doppelt so alten Witwer mit zwei Kindern, der in seine verstorbene Frau verliebt war, – Kinder und ein fremdes Unglück heiratete sie, liebend und fortfahrend zu lieben – *den*, mit dem sie danach niemals mehr eine Begegnung suchte und dem sie, als sie ihn zum erstenmal und unverhofft in einer Vorlesung ihres Mannes traf, auf seine Frage nach ihrem Leben, ihrem Glück usw. antwortete: ‚Meine Tochter ist ein Jahr alt, sie ist sehr kräftig und klug; ich bin vollkommen glücklich . . .‘ (Gott, wie muß sie in diesem Augenblick mich, das kluge und kräftige Kind, dafür gehaßt haben, daß ich – nicht *seine* Tochter war!)“

Mit diesen Worten begründet Marina Zwetajewa, was sie schon als Kind empfand: daß sie unerwünscht war. Aus einigen ihrer Werke wissen wir, daß sie ihre Kindheit als eine Art Fegefeuer empfand und schon früh den Wunsch hatte, sich von ihrer Familie zu lösen. Sie war zwischen ihren Geschwistern so etwas wie ein häßliches Entlein und litt sehr darunter, daß ihr Stiefbru-

der und ihre jüngere Schwester von ihrer Mutter deutlich vorgezogen wurden. Dazu kam, daß ihre Mutter von ihrem Vater gezwungen worden war, auf eine Karriere als Pianistin zu verzichten, und nun bestrebt war, ihre beiden Töchter zu Musikerinnen zu machen. Als Marina ihre ersten Gedichte schrieb, sah die Mutter darin eine Gefahr für die Musikkarriere und reagierte damit, daß sie diese Gedichte vor anderen Kindern lächerlich machte und ihr das Schreibpapier wegnahm.
Diese Gedichte schrieb Marina Zwetajewa mit sechs Jahren; es waren ungeschickte Imitationen Puschkins, den sie neben anderer russischer Literatur schon sehr früh kennenlernte. Auch mit deutscher Literatur wurde sie durch ihren Großvater mütterlicherseits und ihre deutsche Erzieherin schon früh bekannt. Sie schrieb als Kind Gedichte ebenso gut in deutscher wie in russischer Sprache. Später bekam sie eine französische Gouvernante, durch die sie auch französische Literatur kennenlernte.
Eine Lungenkrankheit ihrer Mutter war dann der Anlaß für Marina Zwetajewas ersten Auslandsaufenthalt. 1903/04 war sie in einem Internat in der Schweiz, in Lausanne, und 1905 zusammen mit ihrer Schwester Asja in einem anderen Internat in Freiburg im Schwarzwald. Ihre lebenslange Vorliebe für Deutschland und deutsche Literatur geht auf diese Zeit zurück.
1906 kehrte die Familie nach Rußland zurück, wo die Mutter bald darauf starb. Marina besuchte ein Gymnasium, wechselte dann mehrmals die Schule. Sie hatte eine besondere Abneigung gegen Mathematik und Naturwissenschaften und zog sich immer mehr in ihre eigene dichterische und phantastische Welt zurück. Von den Gedichten, die sie schrieb, wurden einige später veröffentlicht. Ihr literarischer Horizont erweiterte sich in dieser Zeit sehr: Goethe, Heine, Hölderlin, Hauff und später Rilke wurden ihre bevorzugten deutschen Dichter.
1908 reiste sie allein nach Paris, wo sie an der Sorbonne einige Vorlesungen über altfranzösische Literatur

hörte. Nach Rußland zurückgekehrt, geriet sie für einige Zeit in einen Kreis, durch den sie mit symbolistischer Dichtung bekannt wurde, ohne allerdings nachhaltig durch sie beeinflußt zu werden. Nach einem zweiten Deutschlandaufenthalt gab sie 1910 ihren ersten Gedichtband heraus („Vetschernyj al'bom" / Abendalbum), der von führenden russischen Dichtern ihrer Zeit positiv aufgenommen wurde. Sie wurde in literarische Kreise eingeführt und lernte in ihnen den jungen jüdischen Dichter Sergej Efron kennen, den sie 1912 heiratete. In demselben Jahr erschien ihr zweiter Gedichtband „Vol'schebnyj fonar'" (Zauberlaterne) und 1913 eine Auswahl aus den beiden ersten Bänden.

Ihre Ehe wurde für Marina Zwetajewa unbefriedigend; sie war eine viel stärkere und originellere Persönlichkeit als ihr Mann und war ihm vor allem als Dichterin weit überlegen. Sie begann bald, Verständnis und Zuneigung bei anderen Männern zu suchen; aber obwohl sie sich mehrfach in andere verliebte und es zu Entfremdung und sogar Trennungen von ihrem Mann kam, blieb sie ihm im Grunde doch immer verbunden; seinetwegen verließ sie später Rußland und seinetwegen kehrte sie später auch in das stalinistische Rußland zurück.

1917 brach dann die Revolution aus, die sie nicht grundsätzlich, aber wegen ihrer Gewalttaten und ihrer Entmenschlichung ablehnte. In diesem Jahr verließ ihr Mann die Offiziersschule, die er besucht hatte, und schloß sich der Weißen Armee an. Durch den Bürgerkrieg wurde sie von ihm getrennt und blieb fünf Jahre ohne Nachricht von ihm. Mit ihren beiden kleinen Töchtern lebte sie unter elenden Bedingungen in Moskau. Dort arbeitete sie in einer Registratur. Ihre jüngere Tochter starb in einem Waisenhaus an Unterernährung. Aber trotz dieses Elends entstanden in dieser Zeit drei Gedichtbände und die epische Dichtung „Car'-dewica" (Die Zarenjungfrau). In dieselben Jahre fallen auch Begegnungen mit bedeutenden Dichtern, darunter Majakowskij, Pasternak und Ehrenburg, die alle für ihre literarische Entwicklung wichtig wurden. Zweimal traf sie auch mit Alexander Blok zusammen, den sie besonders verehrte.

Als der Bürgerkrieg 1921 zuende war, wurde ihr Mann nach Prag evakuiert, wo er zu studieren begann. Sie erhielt auf ihren Wunsch die Erlaubnis, Rußland zu verlassen, und ging mit ihrer Tochter zunächst nach Berlin, das damals auf Grund diplomatischer und wirtschaftlicher Beziehungen, die die Weimarer Republik mit dem Sowjetstaat pflegte, ein Zentrum russischer Literatur war. Es bestanden noch Kontakte der Emigranten mit Rußland; ihre Arbeiten fanden in der sowjetischen Presse noch Resonanz. Auch von Marina Zwetajewa erschienen Gedichte in Emigrantenzeitschriften und in zwei Anthologien, die Ehrenburg in Berlin herausgab. Ihr literarischer Ruf wuchs immer mehr; auch von den Sowjets wurde sie zunächst noch anerkannt. Besonders der Symbolist Belyj und Pasternak waren von ihren Gedichten begeistert. Mit Pasternak entwickelte sich eine Korrespondenz, die von ihm ausging.

1922 kam ihr Mann nach Berlin, und sie gingen zusammen in die Tschechoslowakei, wo sie von Stipendien lebten. Auch in dieser Zeit war Marina Zwetajewa sehr produktiv; sie wurde wieder Mitarbeiterin russischer Emigrantenzeitschriften. Auch in Rußland erschienen zunächst noch Gedichte von ihr; nachdem aber 1924 in Paris ihre Erinnerungen an die Moskauer Notjahre mit antisowjetischen Äußerungen erschienen waren, wurde sie in Rußland mehr und mehr ignoriert.

1925 ging sie – ein halbes Jahr nach der Geburt ihres Sohnes Georgij – nach Paris, das das neue Zentrum der russischen Emigrantenliteratur geworden war. Ihr Mann folgte ihr ein Jahr später. Der große Erfolg, den ihr eine Lesung brachte, ermutigte sie, sich dort fest anzusiedeln. In dieser Zeit versuchte Pasternak, den sehr einflußreichen Schriftsteller Maxim Gorkij für sie zu gewinnen und ihre Rückkehr nach Rußland zu erreichen – erfolglos. Gorkij lehnte ihre Dichtung ab, und

auch in Emigrantenkreisen begann man sie aus ästhetischen und stilistischen Gründen mehr und mehr abzulehnen. Aber immerhin erschienen noch Arbeiten von ihr. Ihr Mann gründete mit einigen anderen Schriftstellern zusammen die Zeitschrift „Wersty“, in der hauptsächlich Dichtungen von ihr gebracht wurden.
Mit zeitgenössischen Schriftstellern des Auslands hatte sie wenig Kontakt; auch das trug zu ihrer Isolierung bei. Die einzige Ausnahme waren Marcel Proust, den sie sehr bewunderte, und Rilke. Sie traf mit Rilke nicht persönlich zusammen; aber es begann ein Briefwechsel mit ihm, nachdem er ihr auf Bitten Pasternaks ein Jahr vor seinem Tod (er starb 1926) seine „Duineser Elegien“ und „Sonette an Orpheus“ geschickt hatte. Er übersandte ihr auch seine „Elegien an Marina Zwetajewa-Efron“ und eine französische Widmung zu seinem Gedichtband „Vergers“. Nach Rilkes Tod schrieb Marina Zwetajewa das Gedicht „Nowogodnee“ (Neujahrsgruß) und einige Prosaarbeiten, die sich mit ihm befaßten. Rilke war unter den Männern, denen ihre Bewunderung und Zuneigung galt, einer der wenigen, der sie nicht enttäuschte. 1935 schrieb sie, daß sie in ihrem Leben nur zwei Menschen getroffen habe, die ihr menschlich und dichterisch gewachsen waren: Rilke und Pasternak.
1928 erschien ihr letzter Gedichtband. Die nächsten zehn Jahre brachten ihr immer stärkere Isolierung in menschlicher und dichterischer Hinsicht. Auch die wirtschaftlichen Lebensbedingungen verschlechterten sich. Ihr Mann war häufig krank; Freunde mußten ihre finanzielle Unterstützung einstellen; die Zeitschrift „Wolja Rossiji“ (Wille Rußlands), in der sie viel veröffentlicht hatte, ging ein – damit hatte sie kaum noch Publikationsmöglichkeiten. In Paris wuchs eine neue Generation russischer Dichter heran, die ihre Dichtung ablehnte, in der Gefühle der Heimatlosigkeit und des Heimwehs immer stärker hervortraten. Hinzu kam eine immer stärkere Entfremdung von ihrem Mann. Er hatte inzwischen die Fronten gewechselt und war einer pro-

sowjetischen Organisation beigetreten, die die Rückkehr von Emigranten nach Rußland erleichtern wollte. Ihre Tochter teilte seine Überzeugungen und kehrte 1937 nach Rußland zurück. Sergej Efron wurde in Spionageaffären verwickelt; u.a. war er an der Ermordung von Trotzkis Sohn Andrej Sedow beteiligt. Er flüchtete zunächst nach Spanien, dann nach Rußland. Obwohl Marina Zwetajewa nichts von seinen Aktivitäten gewußt hatte, war sie daraufhin in russischen Kreisen heftigen Angriffen ausgesetzt; es wurde nichts mehr von ihr veröffentlicht. Sie plante ihre Rückkehr nach Rußland, wobei vor allem die Fürsorge für ihren Sohn bestimmend war. Aber sie hoffte auch, ihren Mann wiederzusehen. 1939 verließ sie mit ihrem Sohn Paris und reiste nach Rußland. Kurz danach kamen Gerüchte auf, daß ihr Mann in Rußland erschossen worden sei. Warnungen, nicht nach Rußland zurückzukehren, erreichten sie nicht mehr.

Als sie in Moskau ankam, war ihr Mann bereits tot; ihre Tochter war in einem Arbeitslager, und von den meisten russischen Schriftstellern wurde sie als ehemalige Emigrantin gemieden. Sie konnte unter dem Druck, den das stalinistische Rußland auf originelle und unabhängige Dichtung ausübte, nichts Eigenes veröffentlichen und mußte von Übersetzungen leben. 1941 wurde sie vor den heranrückenden Nazitruppen nach Elabuga in der Tatarei evakuiert. Dort erhängte sie sich zehn Tage nach ihrer Ankunft. Sie wurde in einem Massengrab beigesetzt.

Von ihrem Tod wurde in der Presse nichts erwähnt; andere Dichter erfuhren davon durch mündliche Berichte. Pasternak schrieb 1942 zwei Gedichte „Dem Andenken an Marina Zwetajewa", die Ausdruck seiner tiefen Erschütterung sind. Er machte sich Vorwürfe, sie bei einem Zusammentreffen in Paris, als sie ihn fragte, ob sie nach Rußland zurückkehren solle, nicht genug vor den gewandelten Verhältnissen in Rußland gewarnt zu haben.

Im übrigen wurde sie in ihrer Heimat ignoriert und abgetan. Das änderte sich erst in der sogenannten Tauwetterperiode in den fünfziger Jahren. Außerdem erschienen 1953 in New York eine Auswahl aus ihrer Prosa und eine Anthologie, die Gedichte von ihr enthielt. Vor allem der Prosaband fand ein starkes Echo, auch bei Schriftstellern, die sie früher abgelehnt hatten. Auch Briefe von ihr wurden in Emigrantenzeitschriften veröffentlicht. – In Rußland begann ihre Rehabilitierung 1956 mit einem Aufsatz von Ehrenburg; vereinzelt erschienen auch Gedichte von ihr. Im Westen trug Pasternaks „Autobiographische Skizze“ (Awtobiografitscheskij otscherk), in der er begeistert für sie eintrat, viel dazu bei, sie bekannt zu machen. 1961 erschien in Rußland eine einbändige Auswahl ihrer Gedichte mit einem einleitenden Essay des Herausgebers Orlow, der aber vor allem im Biographischen viele Verzerrungen enthielt. 1965 erschien sie in zweiter, erweiterter Auflage. Eine Gesamtausgabe steht bis jetzt noch aus.

Es ist schwer, Marina Zwetajewa einer bestimmten literarischen Richtung zuzuordnen, einfach wegen ihrer sehr ausgeprägten Individualität und Eigenwilligkeit. Sie hat nur zeitweise Bewegungen wie dem Futurismus und dem Symbolismus nahegestanden. Als Dichterin des Symbolismus kann man sie schon deshalb nicht bezeichnen, weil sie in ihrer Sprache sehr konkret (und dabei sehr detailliert) ist. Außerdem hat sie – ganz anders als die Symbolisten – eine sehr kraftvolle und klingende Sprache. Eher könnte man futuristische Züge in ihrer Ablehnung alles Überkommenen, Konventionellen sehen. Aber am ehesten ist sie noch der Spätromantik zuzuordnen; denn für ihre Dichtung ist eine sehr starke Gefühlsbetontheit kennzeichnend und – als besonderer individueller Zug – ein Ausleben aller Gefühle in einer Intensität, von der man den Eindruck gewinnt, daß sie nicht lange durchzuhalten sei. „Die Unermeßlichkeit meiner Worte ist nur ein schwacher Schatten der Unermeßlichkeit meiner Gefühle“, sagt sie in einem Brief an Alexander Bachrach vom 14./15.

Juli 1923. Sie betont, daß sie „Übermaß“ als einen ihrer Wesenszüge empfindet und daß ihre Liebe zu Deutschland und zur deutschen Literatur teilweise damit zusammenhängt, daß zwei ihrer Grundeigenschaften „Übermaß“ und „Schwärmerei“ nur auf Deutsch wiederzugeben sind.

Ein zweiter Wesenszug ihrer Dichtung ist ihre Unkonventionalität. Unkonventionell ist sie nicht nur in dem Sinne, daß sie bestrebt ist, nichts, was schon einmal gesagt ist, zu wiederholen, sondern auch darin, daß sie im Ausleben ihrer Gefühle keinerlei Rücksicht auf Konventionen, allerdings auch keine auf sich selbst nimmt. Dabei bleibt das Gefühl aber weitgehend formal gebändigt; allerdings entspricht der Unkonventionalität ihrer Thematik eine außerordentliche Kühnheit auch im Rhythmischen und Sprachlichen.

Ihre Metrik ist – außer in den Frühwerken – sehr eigenwillig und hat die russische Dichtung durch neue Formen bereichert; z.B. spielt das Enjambement eine große Rolle, aber auch Binnenreime und überhaupt klangassoziative Fügungen, was in Übersetzungen oft nicht nachzuahmen ist. Dabei artet aber dieses Betonen des Formalen nie in bloßen Formalismus aus; bestimmend bleibt immer der Sinn, und auch das Syntaktische wird nicht zugunsten der Form vernachlässigt. Dabei droht ihre starke Gefühlsintensität die dichterische Form aber manchmal doch zu sprengen, und nicht umsonst bieten gerade ihre Gedichte bei dem Bemühen, in der Übersetzung Inhalt und Form in Einklang zu bringen, besondere Schwierigkeiten. Darum habe ich mich gerade bei einigen ihrer emotional intensivsten Gedichte zugunsten des Inhalts für eine Prosaübertragung entschieden.

Die sprachliche Kühnheit äußert sich vor allem in den zahlreichen Anakoluthen und ungewöhnlich seltenen Verbalkonstruktionen. Vorherrschend ist das Bestreben, ein Maximum an Ausdruckskraft durch ein Minimum an Mitteln zu erreichen. Die Sprache ist sehr knapp; Epitheta fehlen weitgehend, und auch die Ellipse – das Auslassen vor allem des Verbs – ist ein beliebtes Stilmittel. All das macht das Verständnis ihrer Dichtung oft sehr schwierig.

Irmgard Wille

Sehr herzlich möchte ich Herrn Professor Ludolf Müller, Herrn Lew Druskin und Herrn Kay Borowsky danken, deren Vorschläge mir bei meiner Arbeit eine große Hilfe waren.

Irmgard Wille

Inhalt

***

***

Ossip Mandelstam

Briefe an Nadeshda

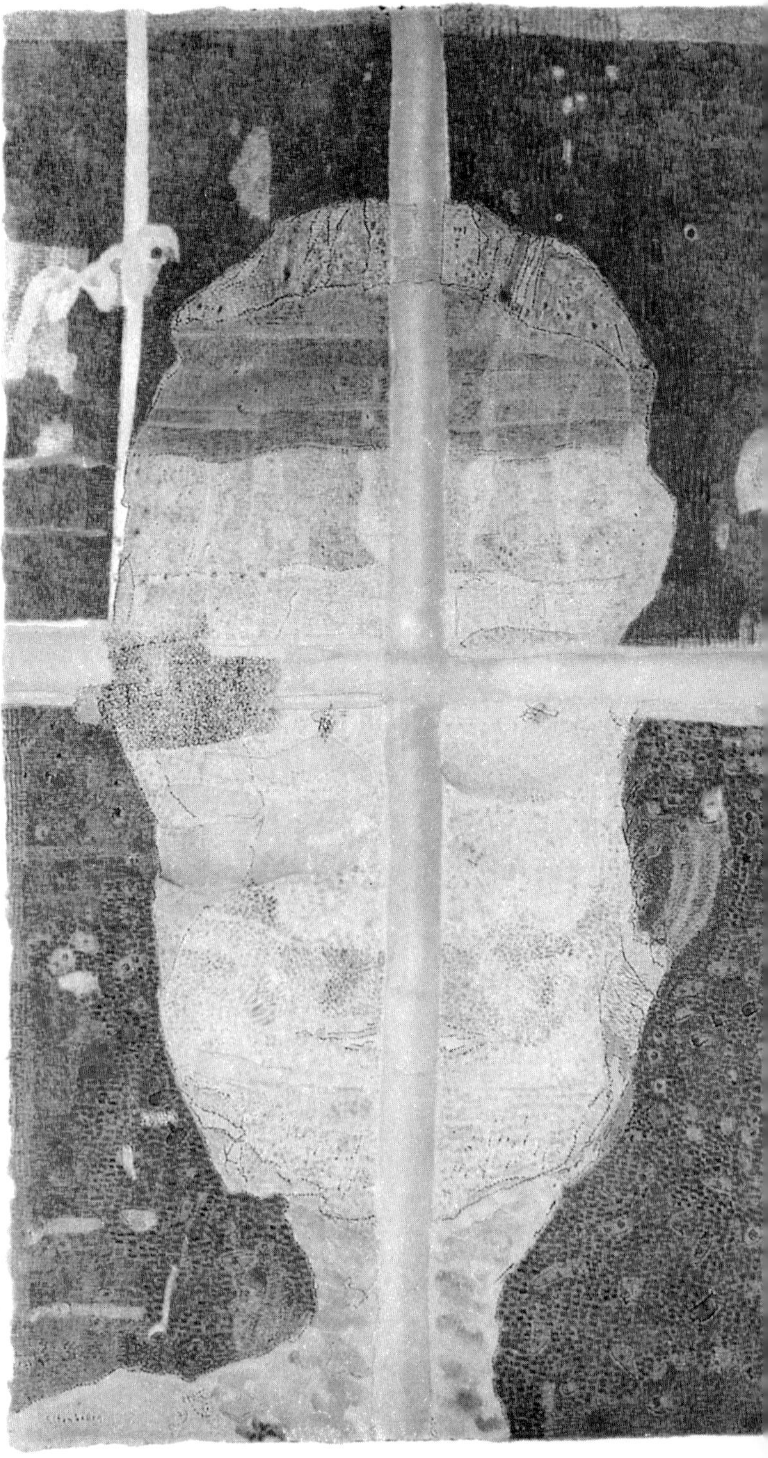

Oberbaum Verla

Ossip Emiljewitsch Mandelstam, russischer Dichter, geboren am 15. 1. 1891 in Warschau. – Vater Kaufmann; Jugend in Petersburg und Pavlovsk; lernte 1907 in Paris die französischen Symbolisten schätzen, 1909/10 erste Schritte in der Literatur, Studium 1910 in Heidelberg, Petersburg; Freundschaft mit Gumiljow. Wandte sich im Verein mit den Akmeisten gegen Symbolisten und Futuristen; 1913 erster Gedichtband; in den Revolutionsjahren in Südrußland, dann in Moskau, veröffentlichte nach 1932 nichts mehr. – Er starb am 27. 12. 1938 im KZ Wladiwostok.

/Ende Januar 1926/
Sewastopol. Buffet.

Meine allerliebste Freude! Ich will Dir keine Postkarte schreiben, weil ich Dir sagen will, daß Du meine Allerzärtlichste bist – meine Liebe in Deinen schäbigen Pantöffelchen* – wie Du am Ufer gestanden hast wie ein liebevoller Engel . . . Ich küsse, küsse, küsse Dich und freue mich, daß Du bei mir bist, daß Du bei mir bist!

Ich bin wunderbar angekommen. Die Reise war anregend . . . Die Telegramme sind abgeschickt. Den Fahrschein hab ich in der Tasche.

Ich war sehr schläfrig und habe gefroren. Jetzt habe ich mich aufgewärmt und erholt.

Naditschka, gute Nacht. Schlaf, mein Freundchen, und wache als kluges Mädchen auf. Ich werde die ganze Zeit von unterwegs schreiben. Jetzt ist es 10 vor neun.

Anna Achmatowa

Requiem

Oberbaum Verlag

Erstveröffentlichung

Anna Achmatowa

Requiem

zweisprachig

übertragen von Rosemarie Düring

mit zahlreichen Fotos

Französische Broschur; 104 Seiten; 24,80 DM

ISBN 3-926409-08-8

*

„Achmatowas (1889–1966) ‚Requiem' ist ein erschütterndes Dokument der Folter, der Schrekken der Deportation, der Erschießung. Es ist ein Dokument der Standhaftigkeit der Mütter, die vor den Gefängnissen auf ihre Söhne und Männer warteten. Die vorliegende 2sprachige Ausgabe wird dieser Dichtung in sehr schöner Weise gerecht. Das Buch ist von wunderbarem Druck und Design, die Übersetzung, klar und genau, ohne die Mühen der Nachdichtung, trifft Sprache und Stil des russischen Textes. Dem ‚Requiem' angefügt sind auf 48 Seiten Fotos und Dokumente aus dem Leben A. Achmatowas. Der Band ist allen Bibliotheken, auch Schulbibliotheken mit russischem Sprachunterricht, sehr zu empfehlen."

Günther Fischer
ekz-Informationsdienst

Anna Achmatowa

Die roten Türme des heimatlichen Sodom

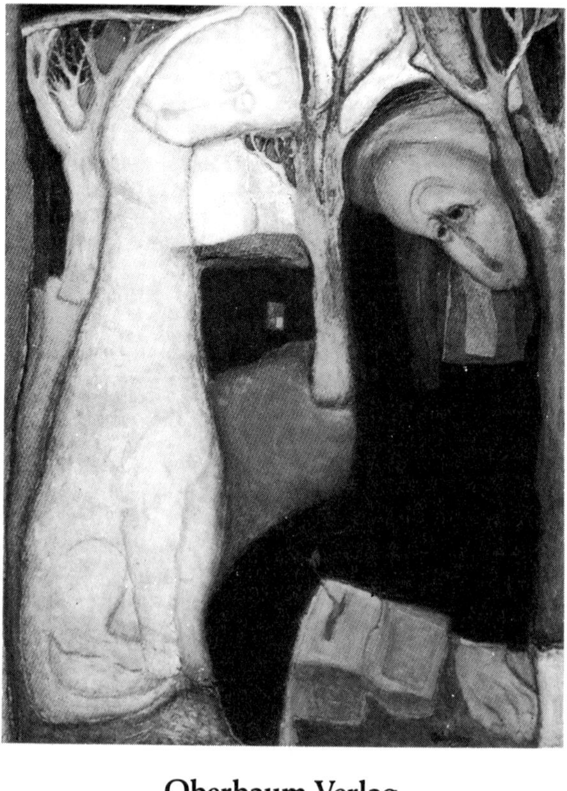

Oberbaum Verlag

Erstveröffentlichung

Anna Achmatowa

Die roten Türme des heimatlichen Sodom

Gedichte

zweisprachig

Gedichte
ausgewählt und übertragen
von Irmgard Wille
Fünf Pasternak-Briefe
übertragen von
Rosemarie Düring
herausgegeben von
Siegfried Heinrichs
mit zahlreichen Abbildungen

Französische Broschur; 244 Seiten; 32,– DM

ISBN 3-926409-09-6

*

Die Auswahl von Irmgard Wille erstreckt sich auf das gesamte lyrische Werk der Anna Achmatowa. Man findet einige der Gedichte, in denen sie die komplizierte Beziehung zu Nikolaj Gumiljow zu erklären sucht. 1910 hatte sie ihn geheiratet; die junge Ehe stand ganz im Zeichen der Poesie, des Akmeismus, wie ihn Gumiljow mit einer kleinen Gruppe von Dichtern gegen den herrschenden Symbolismus vertrat. Mit der für Anna Achmatowa typischen Unmittelbarkeit wird das Zerbrechen der Beziehung, dem Eisgang der Newa korrespondierend, ausgesprochen:

Auf dem Fluß treibt klirrend das Eis,
und die Himmel so hoffnungslos fahl.
Ach, warum, da von Schuld ich nichts weiß,
diese Strafe? Warum diese Qual?

Man findet den Balladenzyklus ‚Biblische Verse' mit dem wundervollen Gedicht ‚Lots Weib'. Anna Achmatowa erkennt und beklagt hier im Los jener Neugierigen, die zur Salzsäule erstarrte, zeitloses Frauenschicksal.

. . .

Außer den Gedichten enthält die Ausgabe von Irmgard Wille und Rosemarie Düring . . . fünf Briefe von Boris Pasternak an die Achmatowa . . . und vier Dutzend überaus eindrucksvoller Fotos, darunter wenig bekannte Privataufnahmen der Dichterin. . . . Anna Achmatowa wird uns . . . ein gutes Stück näher gebracht."

Frankfurter Allgemeine Zeitung
30. Juli 1988

Anna Achmatowa

Briefe

Oberbaum Verlag

Erstveröffentlichung
Anna Achmatowa
Briefe
übertragen von Irmgard Wille
Artikel aus „Ogonjok“
übertragen von Rosemarie Düring
herausgegeben von
Siegfried Heinrichs
mit zahlreichen Abbildungen
Französische Broschur. 142 Seiten; 32,– DM
ISBN 3-926409-60-6

*

Diese Ausgabe enthält siebzig Briefe der Anna Achmatowa, erstmalig in deutscher Sprache, an Empfänger wie S. W. von Stein, W. J. Brjussow, N.S. Gumiljov, A. N. Tschebotarewskaja, Fjodor Sologub, N. I. Chardshijew, O. E. Mandelstam, N. Mandelstam L. K. Tschukowskaja, Alexis Rannit, K. S. Weinberg, V. A. Gorenko u.a. sowie einen, erstmals im deutschen Sprachraum, Artikel aus "Ogonjok" über Anna Achmatowa und ca. 20 im deutschen Sprachraum bisher unveröffentlichte Fotos aus ihrem Leben.

Marina Zwetajewa

Briefe an Bachrach
und
Ausgewählte Gedichte

Oberbaum Verlag

Erstveröffentlichung

Marina Zwetajewa

Briefe an Bachrach

und

Ausgewählte Gedichte

übertragen von Irmgard Wille

herausgegeben von

Siegfried Heinrichs

mit ca. 40 Abbildungen

Französische Broschur; 144 Seiten; 32,-DM

ISBN 3-926409-54-1

*

Marina Iwanowa Zwetajewa, russische Lyrikerin, geboren am 8.10.1892 in Moskau. Vater war Universitätsprofessor in Moskau. Studium in Prag; erster Gedichtband 1911. 1910 heiratete sie Sergej Efron. 1922 Emigration. Lebte in Prag, Berlin und Paris, kehrte 1939 in die Sowjetunion zurück. Sie verübte am 31.8.1941 in Elabuga Selbstmord.

*

27. August 1929, Montag

Ich habe mich für diesen Monat abgehärmt. Die Glaubwürdigkeiten sind folgende: Nicht auf einen meiner letzten Briefe habe ich eine Antwort erhalten; mein letzter Brief (von mir persönlich am 28. Juli abgegeben) ist verlorengegangen, ebenso wie Ihr letzter. Werden Sie für eine Sekunde ich und begreifen Sie: keine Zeile, kein Wort – einen ganzen Monat, Tag für Tag, Stunde um Stunde. Verdächtigen Sie mich nicht der Armut: Ich bin r e i c h an Freunden, ich habe schöne Verbindungen mit Seelen, aber was sollte ich tun, wenn ich von allen auf der Welt in der gegebenen Stunde der Seelen – nur Sie bräuchte?! . .

Nicolai Gumiljov

Ausgewählte Gedichte

Oberbaum Verlag

Erstveröffentlichung
Nicolai Gumiljov
Ausgewählte Gedichte
zweisprachig
Gedichte
ausgewählt und übertragen
von Irmgard Wille
Briefe
ausgewählt und übertragen
von Rosemarie Düring
herausgegeben von
Siegfried Heinrichs
mit zahlreichen Abbildungen
Französische Broschur; 168 Seiten; 32,— DM
ISBN 3-926409-45-2

*

Nicolai Gumiljov, geboren als Sohn eines Schiffsarztes in Kronstadt 1886.
Erster Gedichtband 1905.
In Paris (Sorbonne) 1907/08 Studium der französischen Literatur und 1912 Fortsetzung des Studiums in Petersburg ohne Abschluß. Erste Afrikareise 1907. 1911 Gründung der Dichterinnung „Cech poetow". 1910 heiratet er Anna Achmatowa, welche er bereits in seiner Gymnasialzeit in Zarskoje Selo kennenlernte. 1914 Kriegs-Freiwilliger. 1918 Scheidung. 1921 Verhaftung wegen Beteiligung an der „Taganzew-Verschwörung". Am 25. August 1921 als „Konterrevolutionär" erschossen.
Seine Gedichte wurden bis heute nicht in der Sowjetunion veröffentlicht.

*

„Nach der Achmatowa nun Gumiljov; der Berliner Oberbaum Verlag zeigt eine bemerkens- und anerkennenswerte Konsequenz. Der Lyriker Nicolai Gumiljov, von dem jetzt ‚Ausgewählte Gedichte' . . ., übersetzt von Irmgard Wille und ergänzt durch einige Briefe (diese übersetzt von Rosemarie Düring), erschienen sind, ist — mehr noch als seine Frau, die Achmatowa — in Deutschland fremd geblieben. Immerhin ist es nun möglich, einen Eindruck von dem Dichter zu gewinnen, der 1921 von den Bolschewiki als ‚Konterrevolutionär' erschossen wurde."

Die Welt
23./24. 4. 1988

Sergej Jessenin

Gegen die Seßhaftigkeit des Herzens

Gedichte / Briefe / Dokumente
zweisprachig

Oberbaum Verlag

Erstveröffentlichung

Sergej Jessenin

Gegen die Seßhaftigkeit des Herzens

Gedichte / Briefe / Dokumente

zweisprachig

herausgegeben von Anneli Hartmann

164 Seiten; 32,– DM

ISBN 3-926409-61-4

*

Jessenin hat den Ruhm gefunden, nach dem er zeitlebens strebte. Aber seine Berühmtheit steht in merkwürdigem Gegensatz zur tatsächlichen Bekanntheit seines Werks – zumindest hierzulande.

Der angezeigte Band stellt den vielseitigen Lyriker *und* die widersprüchliche Person Sergej Jessenin vor – der Faszinationskraft seiner Gedichte steht das Spektakuläre seiner Lebensgeschichte kaum nach. Den Band leiten autobiographische Skizzen Jessenins ein (sie lassen bereits die – eigene – Legendenbildung erkennen). Es folgt eine Auswahl seiner Gedichte aus verschiedenen Entstehungsperioden. Wie unterschiedlich und vielfältig der Zugang zu seiner Lyrik sein kann, spiegeln die deutschen Übertragungen (von Paul Celan, Adelheid Christoph, Karl Dedecius, Adolf Endler, Rainer Kirsch u.a.).

. . .

Einige (seiner) Bekanntschaften werden anhand von Briefen, Tagebuchnotizen, Erinnerungen und Essays „rekonstruiert“. In diesen Texten werden Bilder des Autors entworfen, die im Zusammenspiel mit den eingefügten Fotografien aufschlußreiche Jessenin-Porträts ergeben.

Das Verführerische der farbigen Staffage (der schöne Blondschopf, berühmte Frauen, Birken, Poesie, Trunkenheit und Rauflust) wurde nach seinem Selbstmord noch stärker. Nun setzten die Nachrufe ein und mit ihnen die Mutmaßungen. . . . Der Selbstmord wurde jedoch auch zu einer Tatsache der Politik. In den Disput „Verfallsstimmungen unter der Jugend (Jessenintum)“ griffen u.a. A. W. Lunatscharski und Karl Radek ein, aber auch Bucharin und Trotzki reagierten auf den Freitod. Auch solche Nachreden von Schriftstellern wie Politikern sind in dem Band dokumentiert.

Viele der Briefe, Essays, Erinnerungen, Reden und Nachrufe erscheinen hier erstmals in deutscher Sprache. Mit sparsamer Kommentierung werden sie historisch eingeordnet, während das Nachwort noch einmal den Blick auf die literarischen Zusammenhänge freigibt.

Die Herausgeberin

Moderne
russische
Poésie
Eine Anthologie
zweisprachig
Oberbaum Verlag

Erstveröffentlichung

Moderne russische Poesie

Eine Anthologie

zweisprachig

herausgegeben von

Walter Thümler

Französische Broschur; 224 Seiten; 32,– DM

ISBN 3-926409-65-7

*

Oleg Prokofiev, Genrich Sapgir, Jelena Pudowkina, Jelena Schwarz, Alex Ocheretyansky, Elizaveta Netzkowa, Michail Eremin, Arkadij Dragomostschenko, Olga Denissowa, Vilen Barsky, Gennadij Ajgi, Natalja Gorbanevskaja, Irina Ratuschinskaja, Alexandre Kusner u.a.

In Übertragungen von u.a. Kay Borowsky, Irmgard Wille, Felix Philipp Ingold, Sascha Anderson, Joachim Rohowski und Peter Steger.

*

Irina Ratuschinskaja

Warum
ist die Hälfte der Fluchten im Traum?
(O, fürchte dich nicht; sie holen dich nicht ein!)
Die Dunkelheit ist ausgetrocknet. Könnte man doch
am Leben bleiben!
Aber am morgigen Tag
kommt die andere Hälfte.

Fort von den Lebenden, die mit kalten Fingern das
Schicksal lenken,
aus der Falle der Spiegel,
die – wie Austern – die gierigen Flügel
ein wenig geöffnet haben, fliehe!

Sei nicht traurig, daß da . . . hinter dir . . . etwas ist.
Hinter dir ist nichts.
Da reißen sie schon an der Koppel!

Über die Öde des Asphalts,
über das Festland hin –
eine nicht erkaltende Spur
zurücklassend,
vom Wege abkommend –
um Schutz zu bitten verstehen wir nicht –
gehen wir fort, fliehen wir, werden atemlos . . .
Kein
Moses ist vor uns.

übertragen von Irmgard Wille

Emily Dickinson

Gedichte/Briefe

zweisprachig

Oberbaum Verlag

Aale Tynni
Gedichte

zweisprachig

ausgewählt und übertragen
von Ingrid Schellbach-Kopra

Oberbaum Verlag

Erstveröffentlichung

Aale Tynni

Gedichte

zweisprachig

ausgewählt und übertragen

von Ingrid Schellbach-Kopra

Französische Broschur; 124 Seiten; 28,– DM

ISBN 3-926409-63-0

*

Aale Tynni, geboren 1913 in Kolppana, Ingermanland (heute Sowjetunion); lebt in Helsinki.

1936 Mag. phil. (Universität Helsinki). Lehrerin für Finnisch, Literaturkritikerin. Freie Schriftstellerin. 1977 Dr. Phil. h. c. (Universität Helsinki). 1982 als erste Frau zum Mitglied der Akademie Finnlands ernannt. Aale Tynni-Haavio war verheiratet mit dem international bekannten Folkloristen Martti Haavio (1899–1973), Mitglied der Akademie Finnlands, der unter dem Pseudonym P. Mustapää als Lyriker hochgeehrt ist und als bedeutendster Erneuerer der finnischen Lyrik gilt.

Erste Gedichtsammlung 1938. Beginnt in traditionellem Stil mit Endreim, entwickelt dann eine ausgesprochen individuelle, psychologisch vielschichtige Lyrik. Balladen-, Märchen-, Volksdichtungsmotive stehen neben moderner Gedankenlyrik und allgemeinmenschlicher Thematik; mythische Überlieferungen werden in die Gegenwart eingebracht.– Seit 1938 hat sie vierzehn Gedichtsammlungen veröffentlicht. Sie erhielt zahlreiche finnische Auszeichnungen und Preise.